Vovehalsen Lucas

Af samme forfatter:
Slangens medicin

FINN OLIVER

Vovehalsen Lucas

Roman

2. udgave 2024

Forlag: BoD · Books on Demand,

Strandvejen 100, 2900 Hellerup, bod@bod.dk

Tryk: Libri Plureos GmbH, Friedensallee 273,

22763 Hamborg, Tyskland

Bogen er fremstillet efter on-Demand-process

ISBN: 978-87-4302-305-0

I

Det var en uforskammet tidlig søndag morgen i juni. Klokken var over fem, og solen tittede frem. Det ville blive en varm dag. Lucas Beck tog en taxa til Kastrup Lufthavn i Kastrup og mødte Alex Jensen i ankomsthallen. De var på vej til et kursus i det græske øhav. Begge mænd var sidst i tyverne.

Inde i ankomsthallen stod en kursist allerede og ventede. Han så ud til at have slået lejr for flere timer siden. Det var Anders, en københavner af den overlegne slags. Han var rap i kæften og havde en skarp tankegang. En forretningspræget type i starten af trediverne. Han havde mærkater fra forskellige rejseselskaber bundet til kuffertens lækre læderhåndtag. Mærkaterne strålede i gult mod kuffertens sortblå læder. Atomkraft og pæresaft, ja tak.

Lucas og Alex hilste på ham med skæve smil. Alex kunne ikke dy sig for at komme med en kommentar.

– Nå... drævede Alex. - Der er vist en, der er bange for sin bagage, hva'?

Alex trak det sidste ord og tilføjede: - Hva'ba'?

– Jeg mistede min kuffert sidste år på en forretningsrejse i USA, forklarede Anders.

– Hvilken kosmopolitisk verdensmand du er.

Alex rystede på hovedet, blinkede til Lucas og smilede bredt. De gav sig i tavshed til at vente på resten af kursisterne.

Trekløveret var en del af et større hold af kursister fra den progressive forening Morgendagens Ledere. De var udvalgt til at deltage i et kursus på den græske ferieø Skopelos for at lære om ledelse. Ingen kendte hinanden på forhånd, bortset fra et formøde en måned tidligere. Formødet havde strakt sig over en formiddag. Kursisterne havde fået en kort beskrivelse af kurset, som skulle give dem redskaber til at håndtere kriser med stor ansvarlighed over for det enkelte menneske.

– Det er typisk, sagde Alex.

– Hvad? spurgte Lucas.

– Det er typisk, at rige foreninger som Morgendagens Ledere bruger deres penge på unødvendige rejser.

– Vi får da glæde af det.

– Ja, du betaler næsten ingenting. Medlemmerne betaler. Tror du, at du får noget ud af det?

– Ja, det er en dejlig rejse med alt betalt.

– Vi er nødt til at deltage i møder.

– Det overlever du nok. Har du ikke selv valgt det?

– Jo, det har jeg.

– Du kan jo tænke på maden og stranden.

– Vil du bare ligge på stranden og nyde det?

– Nej, jeg vil afklare min situation. Jeg er træt af mit kedelige kontorjob.

– Hvad vil du så?

– Jeg overvejer at sige op og arbejde freelance. Måske kan kurset hjælpe mig med det.

De andre fra holdet dryssede langsomt til. Først kom Gitte fra Århus, der med sine 24 år var den yngste kursist. Hun kom slæbende på to kæmpestore kufferter. Iført jeans, stortrøje og foret vindjakke lignede hun en, der skulle til Nordpolen. Alex vinkede til hende.

– Hej, Gitte, sagde Alex.

– Halløjsa, sagde Gitte. - Hvor er jeres bagage?

– Vi har kun det mest basale med, svarede Lucas. - Vi skal jo til varme himmelstrøg i det græske øhav.

Lucas pegede på sin rygsæk. Det var verdens mindste rygsæk, der indeholdt en smule toiletsager, skiftetøj, pas og penge.

Lucas fortsatte: - Der er varmt i Grækenland, så vi får ikke brug for varmt tøj.

– Jeg har kun en minikuffert med, men jeg har nok mere med, end jeg kan nå at bruge, sagde Alex. - Jeg kan altid skylle en t-shirt op på værelset.

Gitte kiggede på Lucas, som var en høj og muskuløs fyr med lyst hår. Hans blå øjne skinnede indefra med et klarere lys end tusind sole. Den knaldsorte pupil var omkranset af en dybblå iris med en kridhvid senehinde. Øjnene lyste, når han blev ivrig. Han havde mellemrum mellem kindtænderne, og når han smilede, lignede han en lille dreng. Lucas var tillidsvækkende. Han opførte sig som en god storebror.

De næste, der dukkede op, var den lollandske psykolog Peter Svirre og hans kone. Han var 49 år og kendt for sine foredrag om gruppepsykologi. Han var den pædagogiske leder på turen. Han levede fuldt op til Lucas' forestilling om psykologer.

Dette mærkværdige folkefærd var enten magre gespenster med dybe, mørke og indfaldne røntgenøjne, der synes at gennemskue alt, eller lave, tykke mænd med dybdeborende øjne omgivet af smilerynker. Begge typer svingede med armene og tog straks rummet i fuld besiddelse med stor autoritet, som om de var familiens naturlige overhoved.

Svirre var af den sidste type. Han var lille og tyk med et stort, hvidt og velplejet Einstein-hår. Han havde grå, venlige øjne, der så direkte ind i ens sjæl. De skarpe øjne strålede ud i rummet, omkranset af smilerynker, der udtrykte livserfaring. Han havde et sundt og hvidt tandsæt, der næsten matchede det fine, hvide hår.

Der hang en faderlig, tryg atmosfære omkring ham. Lucas fik straks følelsen af, at han kendte Svirre personligt. Det kunne have været en kær gammel bekendt eller onkel. Det var et virkelig godt trick, som han mestrede. Svirre var uden tvivl flokkens leder.

Hans kone Margrethe var også psykolog. Hun var en høj, mager kvinde med små, indfaldne øjne. Hendes ansigt var aflangt med en spids hage og en firkantet næse. Hun kunne spidde enhver med blot et hævet øjenbryn. Med sine 41 år udgjorde hun den perfekte modvægt til Svirre.

Dernæst ankom en gruppe på tre fra Sjælland bestående af

Britt, Knud og Irene, alle i trediverne. De vinkede til de andre kursister og så glade ud. Samtidig ankom fynboen Michelle Honoré, blot 26 år gammel.

Alex prikkede Lucas i siden og pegede.

– Hej, se, der kommer Helle Thorning, sagde Alex. - Hun skal nok til London.

– Dit fjols, det er da ikke Helle Thorning, men Hanne Toft, sagde Lucas.

– Hun er sørme en moderne leder med sit lange, lyse hår.

– Ja, en feminist af den nye skole iført sexet tøj og højhælede sko.

Hanne Toft ankom sammen med sin mand. Hun var i slutningen af trediverne og repræsenterede Morgendagens Ledere. Hun stod for den praktiske del af rejsen. Lucas var tryllebundet af hendes øjne, der brød hendes venlige fremtoning med et udtryk af noget forbudt og farligt. Hun var en person, han skulle være varsom med at træde over tæerne.

Hendes jævnaldrende mand, Henning Toft, havde arbejdet sig op til underdirektør i farens firma. Han ville sikkert arve firmaet og blive direktør og eneejer en dag. Hanne og Henning var et perfekt par med matchende sorte modesolbriller, som de begge bar med graciøs ynde.

De næste fire kursister, der ankom, var alle i trediverne. Det var en blandet flok fra Jylland: Torben, Karen, Laila og Emil. Ingen lagde mærke til dem i al virakken med at hilse og omfavne hinanden.

Den allersidste, der ankom, skilte sig ud fra de andre. Det var den 46-årige Hans Peter Thorsen fra Gjøl. Han var fløjet ind fra Aalborg Lufthavn. Han var en vaskeægte, lun nordjyde med gråsprængt fuldskæg og skæve kommentarer til enhver lejlighed. Han lignede en figur fra et maleri af Skagensmaleren Michael Ancher. Han manglede blot sydvesten.

Holdet med kursister og ledere var dermed samlet og klar til at flyve til Grækenland.

2

De tretten kursister og de fire ledere gik i samlet flok ind i Københavns Lufthavns transithal efter check-in. Hanne tjekkede sin deltagerliste og konstaterede, at der manglede en kursist. En yngre fyr ved navn Rune Sten var ikke dukket op. Hun kiggede på de andre.

– Er der nogen, der ved, om Rune kommer? spurgte Hanne.

Der var stille nogle sekunder. Flere rystede på hovedet.

– Jeg har ikke set ham siden formødet, sagde Anders.

Flere nikkede samstemmende. Hanne rystede på hovedet. Hun ringede flere gange til det mobilnummer, der stod på hendes liste. Der blev ikke svaret, så hun opgav.

– Jeg kan ikke få kontakt. Vi tjekker ind og går op til gaten. Jeg prøver igen senere.

De tjekkede ind. Det tog tid at få styr på alles pas, boardingpas og kufferter, men det lykkedes at få det hele på plads. Flyet var næsten to timer forsinket på grund af tekniske problemer, og det ville forsinke afrejsen.

Hanne ringede flere gange til Runes mobil, men der blev ikke svaret. Hun efterlod en besked på hans mobil.

– Det er godt, at flyet er forsinket, sagde Lucas.

– Det er da irriterende, sagde Hanne.

– Javist, men hvis Rune har sovet over sig, kan han stadig nå det.

– Nå, på den måde.

Kursisterne fordrev ventetiden med indkøb i transithallen. Endelig kom de af sted i et lille jetfly. De skulle lande i Skiathos Lufthavn i det græske øhav og videre med skib til den endelige destination, Skopelos.

Lucas satte sig ved siden af Emil på flyet. Emil led af siddesår og sad på en oppustelig badering af plastik. Det var en børnebadering i blåt og hvidt med et billede af en smilende Mickey Mouse med store, sorte ører.

Emil begyndte at læse op fra en medbragt bog om den nordlige græske øgruppe, Sporaderne.

– Skopelos er en del af det nordlige græske øhav, som består af tre større øer, sagde Emil. - De tre øer er Skiathos, Skopelos og Alonnisos, hvor den største ø er Skiathos. Derudover er der en række småøer knyttet til øgruppen.

Lucas var ikke særlig interesseret og gabte.

Emil fortsatte uanfægtet: - Volos ligger tæt på Grækenlands næststørste by, Thessaloniki. Vi kunne i stedet have sejlet til øerne fra Volos.

– Ja, men så skulle vi have fløjet til Thessaloniki, sagde Lucas. - Det giver da ingen fordel, vel?

Emil svarede ikke, men fordybede sig i sin bog.

Da de var tæt på Skiathos, tog flyet et par ordentlige vendinger. Flyet drejede først til højre og derefter til venstre. Lucas sank spyt for at udligne trykket i ørerne. Så lagde piloten flyet an til landing ud for Skiathos' kyst. De skarpe drej til siderne virkede helt forkert. Der gik et sus gennem kabinen.

– Flyet er ude af kurs, sagde en passager.

– Der er vand til højre og skov til venstre, sagde en anden passager.

– Flyet hænger for lavt og lander helt sikkert i havet.

– Vi klarer den ikke.

Det var en foruroligende fornemmelse.

– Det ender galt, sagde den første passager.

– Flyet har tekniske problemer, sagde den anden passager.

– Vi rammer vandet.

Sådan gik det ikke. Stewardessen vinkede afværgende for at berolige passagerne. Sjovt nok landede flyet sikkert. Emil var helt hvid i ansigtet og sagde ikke et ord.

Der var ingen tekniske problemer med flyet, og landingen forløb som den skulle. Forklaringen på den bratte landing var, at Skiathos Lufthavn lå ud til havet ved en klippe. Derfor blev indflyvningen foretaget skråt ind langs øens kyst. Det var en vanskelig manøvre for piloterne, men der var næsten aldrig problemer med landingen.

Efter landingen taxiede flyet langsomt hen til terminalen, hvor lugen blev åbnet. Passagerne steg ud i en brændende middagssol. Solen føltes som et slag oven i hovedet.

Det tog utrolig lang tid at komme igennem lufthavnen. De græske toldere stuvede et voldsomt stort antal tyske og svenske turister sammen i de varme lufthavslokaler med gruppen fra Morgendagens Ledere. Alle kufferter blev skannet, og tolderne så mistænksomme ud, mens de åbnede alle mistænkelige kufferter.

Anders havde svedpletter under armene. Britt gjorde som om, hun var lige ved at besvime, mens hun viftede med hænderne.

– Åh, jeg klarer det ikke, stønnede Britt.

Lucas brugte sin hat til at vifte luft til sit ansigt. Han viftede også mod Britt.

– Lad være med det, sagde Britt. - Luften er tyk af uddunstninger.

– Tolderne tror skisme, at det ville være skidt, hvis vi kommer hurtigt ud af lufthavnen, grinede Hans Peter.

– Mon dog? De følger vel en eller anden procedure, sagde Alex.

– Ork satme, du ka' da se, at personalet henter kufferter fra flyet i ægte græsk siesta-tempo. Det går ufatteligt langsomt.

– Visse vasse. Nu kunne jeg godt drikke en iskold cola.

Efter mere end en time fik de lov til at slippe ud af lufthavnen. Hanne stillede sig op og tjekkede, at alle var kommet ud af lufthavnen.

– Jeg skal lige se, om I alle er her, sagde Hanne.

Hun konstaterede, at alle var der. På grund af den lange ventetid i Skiathos Lufthavn kom de for sent til den planlagte båd.

– Vi skal slå et par timer ihjel, inden den næste båd til Skopelos afgår, sagde Hanne. - I kan roligt gå op i byen til caféerne og få en kold drink og noget at spise, men I skal holde øje med tiden. Vær sikre på at være ved båden om to timer.

Kursisterne gik op i byen i mindre grupper. Nogle gik sammen med dem, de tilfældigvis havde talt med inden afrejsen, mens andre gik sammen med dem, de havde siddet sammen med i flyet. Ventetiden blev fordrevet med at drikke cola, kaffe og øl på de hyggelige taverner i Skiathos. Byen var typisk græsk med gyder, hvide beboelseshuse og et sandt overflødighedshorn af små hoteller, mindre butikker, snackbars og caféer.

Husene var helt hvide, og gaderne fremstod næsten hvide. Der duftede af krydret mad og varm madolie. Der var et sydende liv i gyderne, som mest var beregnet til gående. Alligevel var gaderne fyldt med parkerede biler, som holdt med få centimeter imellem sig.

Lucas kom i snak med Britt og Laila.

Britt var en fnisende type. Hun var en pågående kvinde, der helt uforpligtende lovede sjov eller måske bare ingenting. Hun var en mørk og sensuel kvinde. Hendes sorte øjne gnistrede om kap med hendes blåsorte hår.

Laila var en stille type med halvlangt sort hår og tilhørende sorte øjne, der var dybe som en stjerneklar nat. Hun hvilede sin hage i sin venstre hånd og havde to sølvringe på ringfingeren.

Emil stødte til. Han besad en blanding af sød charme og fræk gavtyv, som kvinderne faldt for. Han lignede en fyr, der kunne vinde kvindernes hjerter og samtidig planlægge historiens største bankkup. Hans store, brune øjne betog kvinderne. Han var en charmetrold, der i øjeblikket var hæmmet af at sidde på en badering af plastik.

Firkløveret satte sig på Café Goldfish, som havde en panoramaudsigt mod havnen. Der var en skøn stemning af glade og forventningsfulde turister. Mændene havde t-shirts og korte bukser på, og kvinderne havde korte blomstrede kjoler på. Alle gik i sandaler.

Lucas betragtede de mange turistbåde, der lå side om side og ventede på dagens udflugt. De fleste både var hvide med tynde blå striber hele vejen rundt. En enkelt båd havde modsatte farver, blå med hvide striber. Her kunne de passende drikke, spise og holde øje med tiden.

Snakken faldt på vind og vejr. Varmen trykkede dem grundigt ned i caféens sæder. De var ude af stand til at gå blot en eneste meter.

– Den græske sommervarme er så tyk, at man kan skære igennem den, sagde Britt.

Lucas kaldte på en tjener og kiggede på Emil: - Vil du have en øl?

Tjeneren kom hen til deres bord, og Lucas bestilte to store, iskolde fadøl.

– Britt og Laila, hvad vil I drikke? spurgte Lucas.

– Jeg vil have kaffe, svarede Britt.

– Også mig, sagde Laila.

Emil fortalte en vandrehistorie om aids i Grækenland, som han havde læst for nogle år siden i en dansk avis.

– En blond, frisindet pige fra Danmark møder en græsk charmetrold, fortalte Emil. - Forholdet er lidenskabeligt, og de nyder hinandens selskab på stranden, på diskoteket og ved poolen på hotellet. De hvisker kærlige ord på dansk, engelsk og græsk i hinandens ører.

– Åh, lad være, sagde Lucas. - Den er for gammel.

Emil lod sig ikke påvirke af denne kommentar.

– Den græske charmetrold følger pigen til lufthavnen, da hun skal hjem, sagde Emil. - I den tårevædede afsked får hun en pakke, som hun først må åbne, når hun kommer hjem. Hun kommer hjem, åbner pakken og får sit livs største chok.

– Stop!

Emil var ligeglad og sagde: - I pakken ligger en død rotte med følgende tekst: *I have aids.* Pigen bliver så chokeret, at hun går direkte til aviserne. Der er jo intet at gøre. Hun er blevet smittet med aids efter usikker sex i Syden.

– En forfærdelig oplevelse.

– Hvad pokker, sådan er livet.

Emil slog sig på låret af grin.

– Hvorfor fortæller du den gamle og skrækkelige historie?

– Den skal skræmme os fra at have feriesex med Sydens frække drenge, grinede Britt.

– Den store manddomsprøve for græske mænd er at være sammen med mindst en skandinavisk pige, påstod Laila.

– Mon dog. Emil skal nok bare gøre sig interessant, ikke sandt, Emil, sagde Britt.

Emil svarede ikke, men han sendte et skævt smil til Britt.

– Du er vel ikke misundelig på de græske mænds charme og sydlandske galanteri, sagde Laila.

– Nej, nej, sagde Emil.

– Mon Rune virkelig har sovet over sig? spurgte Lucas.

– Måske har han fået kolde fødder.

– Ville han så ikke have givet besked?

– Han er jo en genert type, så måske ikke.

– Kan der være sket ham noget?

– Mon?

– Se der!

Lucas pegede på en sidegade. De så alle i den retning.

– Det ligner Rune, sagde Lucas.

De fik alle øje på en fyr, der slentrede væk fra dem og ind i en gyde. Han havde en gul t-shirt på og gik i lyseblå cowboybukser. Han havde hvide sokker i sandalerne.

– Det er helt forkert. Det er forbudt at have sokker i sandaler, sagde Britt.

– Hvorfor det? spurgte Emil.

– Det er usexet. Det må man bare ikke.

Tut-tut. De blev forstyrret af en høj tuden fra en færge, der lagde til havnen. Da de kiggede igen, var fyren væk. Nu ville de aldrig få opklaret, om det virkelig var Rune. De havde ikke mere tid, da de skulle med færgen til Skopelos. Hanne sikrede sig, at alle var der, før de gik om bord.

Sejlturen til Skopelos var næsten begivenhedsløs. Alle nød at kigge på det lækre himmelblå vand ved udsejlingen fra Skiathos. Da de var kommet ud på åbent hav, pegede Hans Peter ud på vandet, mens han gestikulerede.

– Delfiner, dolphins, delfinen, råbte Hans Peter. - Look, look. Se, se. Guck mal, guck mal.

Alle kiggede i den retning, han pegede, men der var intet at se. Det var ingen delfiner. Optrinnet var et udtryk for Hans Peters særprægede form for humor. Det var en practical joke, der skulle vise, hvor dumme folk var, især turister.

Alle på dækket bevægede sig over til bagbord og pegede, mens de spejdede og talte ivrigt. Hans Peter stod en smule blasert og storgrinende midtskibs. Turens leder, Hanne, så ærgerlig ud. Hun var på nippet til at sige noget til Hans Peter, men tog sig i det.

– Jeg er ikke vant til, at forretningsfolk opfører sig som pattebørn, sagde Hanne henvendt til Svirre.

– Nej, det er usædvanligt. Bare gør som ingenting, sagde Svirre.

Folk var i mellemtiden blevet trætte af at spejde efter indbildte delfiner og var ved at vende tilbage til deres oprindelige pladser, da en tysk dreng stirrede ud mod havet.

– Da, råbte drengen. - Delfinen.

Ved en tilfældighed var en flok delfiner dukket op. Folk styrtede tilbage til bagbord. Mange rettede deres kameraer mod delfinerne, og der blev blitzet løs i en større offensiv. Heldigvis var det så lyst, at delfinerne ikke blev skræmt af turisternes blitzkrig mod naturens egen ynde.

Hans Peter var den eneste, der ikke gik hen for at se dette skønne syn. Han var gået i sin egen fælde.

– Den, der graver en grav for andre, falder selv i den, drillede Alex.

– Ja, le du bare. Det var en spøg, sagde Hans Peter.

Hans Peter spillede ligeglad og forsøgte at bevare den sidste rest af stolthed. Han så ærgerlig ud. Han fik ikke en ny mulighed for at tage et foto af de legende delfiner.

Delfinerne kom aldrig helt tæt på færgen. De fjernede sig fra færgen og fulgte efter på afstand. Lucas stod og beundrede de store, intelligente tandhvaler, der svømmede så frit. De sprang op over vandet i enorme skumsprøjt, dykkede ned og kom op længere fremme. Nogle af delfinerne red på halefinnen.

– De leger som små børn i bølgen blå, sagde Alex.

– Med en telelinse kunne jeg have skudt et kanonfoto og printet min egen delfinplakat, sagde Lucas.

– Ja, du kunne sikkert få trykt en plakat, der ville være lige så flot som en købt plakat, sagde Alex.

Delfinerne drejede af og forsvandt lige så pludseligt, som de var dukket op. Det havde været en sjælden naturoplevelse, der næsten gjorde hele turen pengene værd. Turisterne havde fået fuld valuta for pengene.

– Hvis man på forhånd kunne arrangere sådanne oplevelser, kunne man blive millionær, sagde Lucas.

– Dresserede delfiner i det fri. Heldigvis er den idé umulig at praktisere, selv for den mest driftige forretningsmand, sagde Alex.

Oplevelsen blev hurtigt glemt, og færgen fortsatte mod Skopelos.

3

Færgen anløb Skopelos' havn planmæssigt. Bugten lignede en hestesko, hvor indsejlingen var i hesteskoens åbning. Der var masser af aktivitet i bugten. Turisterne levede et herligt liv blandt de temmelig store rutebåde, der med jævne mellemrum lagde til.

Molen var fyldt med turister og handlende, som smeltede sammen med de larmende taxaer. Lucas lod blikket glide rundt om havnen og opdagede mange små taverner og diskoteker.

Et kæmpestort krydstogtskib var på vej ind i havnen.

– Det ser bizart ud, når et stort skib anløber en lille havn, sagde Lucas.

Krydstogtskibet sejlede direkte mod havnen, men så ud til at være alt for stort.

– Et surrealistisk mareridt, sagde Alex.

– Knib mig i armen, sagde Lucas.

Alex kneb hårdt i Lucas' arm.

– Av.

Lucas grinede og kiggede ud mod skibet med store øjne og åben mund.

– Skibet klemmer sig op på molen, så folk må springe for livet.

– Det er ren indbildning. Der sker intet.

Til Lucas' overraskelse lagde skibet uden problemer til kaj ved den langstrakte havn.

Hanne fik samlet lederne og kursisterne til transport til hotellet. Der var ikke nok taxier til alle på en gang, så kursisterne ankom til hotellet i løbet af den næste time, selvom turen fra havnen kun varede ti minutter. Selvom det hed Hotel Greko, var det nærmere et lille hus end et hotel, som de havde helt for sig selv.

Kursisterne var blevet trætte, da værelserne skulle fordeles.

Det udviklede sig til et show. Det viste sig, at der kun var et enkeltværelse til rådighed. De fleste skulle altså bo to og to på værelserne. Der blev en del snak frem og tilbage. Med sin badering var Emil den mest oplagte kandidat til enkeltværelset.

De kvindelige kursister var indstillet på at dele værelser, så problemet blev hurtigt løst for dem.

Det var sværere at fordele fyrene i værelserne. Lucas ønskede at undgå at være sammen med Hans Peter. Han kunne ikke holde ud at se på hans uplejede fuldskæg eller høre på hans sære vittigheder. Lucas ville helst bo alene.

– Kunne I to bo på samme værelse? spurgte Hanne og pegede på Alex og Lucas.

– Det er i orden med mig, svarede Alex.

Lucas tøvede.

– Også med mig, sagde Lucas.

Da fordelingen af værelser var overstået, var klokken blevet fire. Kursisterne fik resten af eftermiddagen fri. Tiden gik med at pakke ud, gå til stranden, handle ind eller få sig en tiltrængt lur.

Klokken syv om aftenen blev kursisterne samlet uden for hotellet. Sammen med lederne spadserede de til en lokal restaurant for at spise et herligt græsk måltid på foreningens regning.

Det blev en dejlig gåtur gennem byen ned til molen med caféer og taverner. Der var en typisk græsk feriestemning. Solen var ved at gå ned, og der var en behagelig varme. Fra havet blæste en let brise. Ferieklædte turister spadserede i små grupper.

Hanne pegede på et spisested på gaden Vasilleo Orthonou med udsigt ud over havnen.

– Nostos Taverna, sagde Hanne. - Se den flotte bod udenfor med lokale retter. Der er lækker moussaka, friske fisk og solmodne grøntsager.

Tavernaen duftede af oregano og kulgrill. Hanne talte med indehaveren, som fik sat nogle borde sammen, så alle lederne og kursisterne kunne sidde sammen.

Efter en velkomstdrink blev kursisterne forkælet med et overdådigt aftensmåltid bestående af en lang række småretter og dejlige vine.

– Priserne er rimelige i Grækenland, så vi behøver ikke at spare, sagde Hanne. - I kan få tzatziki, græske bøffer, grillet blæksprutte og søde desserter. I bestiller selv, hvad I vil spise og drikke.

En tjener gik rundt og tog imod bestillinger. Alle bestilte mad og vin eller skønne, iskolde øl i store krus.

Kvinderne havde taget deres pæne tøj på. De fleste mænd var sommerklædte i lange shorts og spraglede t-shirts eller lyse skjorter med korte ærmer.

Lucas kunne ikke tage øjnene væk fra de unge kvinder ved nabobordene. Der var mange solbrune skønheder iført let tøj med masser af bar hud og blottede skuldre. Der lød en livlig snak på dansk, svensk, norsk, tysk og engelsk. Kvinderne havde langt hængehår eller opsatte frisurer i farverne rød, brun, blond og sort.

Under en smuk gammeldags lanterne helt nede ved molen fik Lucas øje på en lokal græsk, brunøjet skønhed, der stod og vogtede sin scooter. Hun var vidunderlig, som hun stod der og talte i sin mobil.

– Hun er for ung til dig, sagde Britt.

– Øh, ja, jeg kiggede på scooteren, sagde Lucas.

– Ja, det er godt med dig, grinede Britt.

Lucas tog øjnene til sig og vendte sin opmærksomhed mod sit eget bord.

Lederne og kursisterne spiste, drak og grinede. Kursisterne flirtede. Selvfølgelig var kvinderne åbne for uskyldige ferieflirts, da de var langt væk fra deres mænd. De mandlige kursister var, ligesom andre mænd, altid skudklare. Det var spændende for Lucas at se, om nogen ville hoppe med på vognen og starte et ferieforhold.

Hans Peter forsøgte at charmere kvinderne, men det virkede ikke. Hans bemærkninger var klæbrige, og kvinderne gennemskuede ham. De lagde ikke skjul på det. De ville ikke opmuntre ham. Britt var iskold overfor ham og havde et blik, som om han var et slimet kryb, der havde gemt sig under en sten og nu var krøbet frem.

– Ja, ja, det gider vi ikke høre på, kaptajn Gråskæg, sagde Britt.

– Lad mig skænke mere vin, sagde Hans Peter.

– Stop, stop, du spilder jo på mig.

– He he, det var ikke med vilje, bette Britt.

– Du er altså bare for meget.

Hans Peter grinede fjollet og drejede sig fornærmet væk. Hvis han havde regnet med, at Britt ville sige mere til ham, må han være blevet slemt skuffet. Britt vendte sig til den anden side af bordet og smilede til Lucas. Hans Peter fortalte en gammel soldatervittighed.

– To mursten flyver gennem ørkenen. Den ene er for bred og falder ned.

Torben var den eneste, der grinede. Han havde åbenbart samme form for humor, selvom han aldrig havde været soldat. Det opmuntrede Hans Peter, som fortalte en ny vittighed.

– En mand kommer ind til en bager og ber' om et franskbrød. Bageren går ovenpå, tar' en salonriffel og skyder to huller i fjernsynet. Derefter går han ned og sir' til manden, at han ikke har mere brød.

Torben grinede i en høj, skinger tone, mens Hans Peter klukkede af grin.

– Dine vitser er fuldstændig meningsløse, sagde Anders.

– Soldater er underlagt specielle forhold, der udvikler en særlig form for indforstået humor, sagde Alex.

– Sjove er de i hvert fald ikke.

– I har da heller ingen humor, sagde Hans Peter.

Anders rystede på hovedet. Han var iført lange, lyse bukser og en nystrøget hvid skjorte. Han flirtede ikke det mindste, men han sad længe og talte med Gitte. Hun var så nedringet, at der var fare for, at brysterne hoppede ud af hendes top. Begge var singler.

Knud var den generte type. Han var gift, men virkede meget tolerant og social. Lucas tænkte, at han med sit overskæg nok kunne vinde på sin charme, hvis han fik tid nok. Hans brune øjne var varme og glade. Dette bløddyr kunne sikkert blive lokket, hvis chancen bød sig.

De fire ledere flirtede overhovedet ikke. De havde også deres ægtefæller siddende lige ved siden af. Lucas var sikker på, at de ville undgå skandaler. De ville slappe af og score verdens mest let tjente penge. De havde lange uddannelser som psykologer, advokater og økonomer og kunne nu arrangere feriekurser til en tårnhøj løn. Det var garanteret nogle af de lettest tjente penge i denne branche.

Selskabet hyggede sig aldeles glimrende. Kursuslederne blandede sig på forbilledlig vis. Svirre talte længe med Michelle om mødres forhold til deres døtre.

Hanne fik en god snak med Karen, som faldt uden for selskabet. Karen var en nervøs type med mørke øjne, der så ud til at dække over alle mulige sociale udfordringer.

– Jeg er ansat i kommunens socialforvaltning, sagde Karen. - Jeg har svært ved at træffe beslutninger, hvis de gør ondt på mine medarbejdere.

– Hvilke beslutninger kunne det være? spurgte Hanne.

– Jeg kan ikke tage en opgave fra en medarbejder, der ikke magter opgaven.

– Det kan du måske arbejde med her på kurset.

– Det vil jeg forsøge.

Kursisterne og lederne spiste, drak og hyggede sig et par timer, indtil klokken blev elleve, hvorefter lederne trak sig tilbage. Kursisterne blev siddende, drak mere vin, lavede sjov og fortalte vittigheder et stykke tid.

Ved midnat blev selskabet opløst, og alle gik tilbage til Hotel Greko. Lucas og Alex gik ind på deres værelse, talte sammen og lagde sig til at sove i hver deres seng. Lucas var spændt på morgendagens kursus, men faldt hurtigt i søvn og sov tungt resten af natten.

4

Lucas vågnede klokken syv mandag morgen. Der var helt lyst i værelset, selvom solen ikke skinnede direkte ind. Lucas måtte knibe øjnene sammen, da han forsøgte at åbne dem. Efter kort tid kunne han langsomt åbne øjnene.

Han havde sovet som en sten, men var vågnet gennemsvedt og tumlede ud af sengen. Han kiggede ud af altandøren, gik ud på en bred svalegang, tog en dyb indånding af frisk morgenluft og kiggede ud i haven.

Havgusen hang ude i horisonten. Han kiggede direkte ud i en skyggefuld have omgivet af velvoksne løvtræer. Der duftede af et eller andet krydderi. Lucas kendte duften, men kunne ikke placere den. Det kunne være oregano, anis eller salvie.

Han gik ud på toilettet, tog et bad og børstede tænder. Derefter gik han ned i køkkenet og blev mødt af en smilende Irene.

– Godmorgen, har du sovet godt? spurgte Irene.

– Ja, godmorgen, svarede Lucas. - Her dufter herligt af friskbrygget kaffe.

– Der er ingen betjening på hotellet. Vi skal selv sørge for mad og drikke.

– Hanne sagde, at vi kan købe mad i et supermarked.

– Ja, men det er lige så billigt at spise ude.

Selvom der kun var ganske få hundrede meter til det nærmeste supermarked, var Lucas for doven til at gå hen og købe ind. Han havde derfor ingen råvarer i køleskabet og kunne ikke bikse noget mad sammen. Den forførende duft af kaffe ramte hans næsebor. Lucas havde ingen kaffebønner til en kop kaffe. Irene så hans tørstige blik.

– Du kan låne kaffebønner af mig og brygge en kop kaffe, sagde Irene.

– Mange tak, det er lige hvad jeg trænger til, sagde Lucas.

Med kruset i hånden gik han udenfor og satte sig på en sten. Alex kom forbi. Han var lige kommet tilbage fra et supermarked, hvor han havde handlet ind.

– Har du lyst til lidt lækkert brød med solmodne tomater og hjemmelavet pølse? spurgte Alex. - Det smager himmelsk.

Lucas tog imod tilbuddet. Han og Alex begyndte at tale om aftenen før. De havde begge hygget sig gevaldigt og havde begge drukket alt for meget. Sommervarmen fik dog hurtigt bugt med deres tømmermænd. De drak masser af vand, hvilket hjalp.

– Nå, sagde Alex.

– Nå, nå, sagde Lucas.

– Fik du scoret i aftes, he-he?

– Idiot.

– Du kiggede da efter kvinderne.

– Ja, de er flotte, men jeg ved nu ikke rigtig.

– Der er længe til søndag. Det holder du ikke til. Næsten en hel uge.

– Selvfølgelig gør jeg det. - Hvad med dig? Du kiggede da efter Gitte.

– Hun ser da sød ud, men der skete intet. Det ved du godt.

– Ja, ja.

Lucas gik op på sit værelse på første sal og ud på en svalegang, som gik hele vejen rundt om hotellet.

Foran hotellet var der en officiel indgang til alle værelser, men Lucas foretrak den mere private indgang oppe på svalegangen. Han tog en stol fra værelset med ud på svalegangen og nød morgenstunden. Fred og ro. Den stærke kaffe hjalp med at vække hans slumrende hjerne, som så småt begyndte at virke.

Lucas tænkte på de andre kursister. De skulle snart samles og lære hinanden bedre at kende. Det var spændende at sidde og tænke på. Det er sjovt at forestille sig nye bekendtskaber, før man rent faktisk møder dem. Ugen ville afsløre, hvem der var stærke, og hvem der faldt igennem.

Lidt i ni gik Lucas ned ad trappen og ud i haven. Alle lederne var til stede. Hans Peter deltog ivrigt i opstillingen af et videokamera på et stativ, men det havde han ikke forstand på, så han kom med overflødige kommentarer og pillede ved stativet.

– Man skal dreje til venstre her, sagde Hans Peter.

– Ja, ja, sagde Svirre.

Svirre overhørte Hans Peters anvisning og drejede håndtaget til højre. Svirre skruede på nogle andre håndtag på stativet, hver gang modsat af Hans Peters anvisninger. Videokameraet syntes endelig at finde hvile i en truende, nedadgående vinkel.

Der stod en række stole i en rundkreds i haven. Nøjagtig tretten stole, en stol til hver kursist. Inde i kredsen var der stillet en stol frem, som havde front ud mod de tretten stole. Videokameraet var stillet, så det pegede på stolen inde i kredsen.

Således var scenen sat til et sødt lille drama.

Stolene stod på en slags græsplæne, som fremstod som et næsten bart stykke jord med få græstotter. En række træer på plænen ydede en pæn skygge. Alle kunne sidde i skygge hele dagen. De kunne også få sol, de behøvede bare at rykke stolen til en af siderne.

Kursisterne satte sig i tilfældig rækkefølge og kiggede på hinanden. De var tretten højt kvalificerede unge ledere, som sad i en rundkreds under de skyggefulde træer i hotellets baghave. De fire ledere sad på linje med front mod kursisterne. Her var varmt, selvom klokken kun var ni om morgenen.

Cikaderne sang deres messende sang. Når den messende sang af og til stoppede, var der en ildevarslende tavshed. Haven var omgivet af fristende lunde, som slangede sig ned mod havet. En tung lugt af lakrids fra anismarkerne i nærheden hang i luften. Lucas sad og dagdrømte om Agnonda, en nærliggende blå lagune, han havde set i en turistbrochure.

De andre kursister snakkede dæmpet og muntert. Lucas blev afbrudt i sin dagdrøm, da Svirre brød ind med en forunderlig gestus med hånden. Med et nik fik han fuld opmærksomhed. Hans stemme var dyb, da han langsomt og velovervejet begyndte at tale.

– Velkommen til kurset, sagde Svirre.

Han virkede både afslappet og supertjekket. Han udstrålede en visdom, der både var bundet i hans flotte fuldskæg og en dybtliggende viden om mennesker, livet og den dybere mening med tilværelsen.

Svirres lollandske dialekt brød den perfekte facade, men var også med til at trække det hele ned på jorden og gøre det mere menneskeligt. Han udnyttede denne effekt mindst lige så godt som Knol Bromme fra radioen. Lucas tænkte, at det ville have været underholdende, hvis Peter Svirre og Knol Bromme diskuterede et frit emne alene på grund af deres lollandske dialekt. Lucas fik skubbet denne fjollede tanke væk.

Svirre så ud til at vide præcist, hvor dette kursus skulle hen, og hvad målet med ugen var. Svirre trak vejret dybt, lukkede langsomt øjnene og åbnede dem. Han fik alle kursisterne til at slappe af og præsenterede de andre kursusledere.

– Vi tager en runde, hvor alle skal sige et par ord om sig selv, fortsatte Svirre. - Jeg starter selv.

Han talte et par minutter, hvorefter hver af lederne fortalte om sig selv. Derefter var det kursisternes tur. Det blev den sædvanlige runde med navn, titel og position i firmaet. Nogle talte længe om sig selv og fik blandet hele deres pukkelryggede familie ind i sagen og gav næsten en fuld livshistorie. Svirre blandede sig ikke.

Efter runden tog han ordet.

– Nu kender vi hinanden lidt bedre og kan gå videre.

Han slog ud med armene, førte hænderne frem foran ansigtet og drejede dem, så håndfladerne vendte fremad. Derefter sænkede han langsomt hænderne og stod med håndfladerne ud fra hoften.

– I skal præsentere jer selv på video. Jeg har en liste med ti punkter, der kan bruges som disposition. I behøver ikke at bruge dem alle. I får en time til at forberede jer. Når I kommer tilbage, starter vi med at optage jer på video. Jeg regner med ti minutter til hver præsentation.

Kursisterne fik udleveret en liste, der indeholdt punkter om personlig baggrund, opvækst, faglig profil, fremtidsmål og lignende. Listen kunne bruges til at forberede den tale, som de skulle holde foran videokameraet. Kursisterne gik forskellige steder hen. Nogle satte sig et skyggefuldt sted, mens andre gik op på deres værelser.

Da der var gået en time, var alle kursister tilbage på deres stole.

– Jeg håber, I er klar til at fortælle om jer selv i ti minutter, sagde Svirre. - Glem videokameraet og tal til de andre, som var det et almindeligt foredrag. Det her handler mere om kommunikation end om videoteknik. Vi kigger ikke på, hvor fotogene I er.

Svirre grinede med en dyb, musikalsk latter.

– Det er ikke et glansbillede af jer selv, vi er ude efter. Det drejer sig om, hvordan I er som personer. Vi kigger på det budskab, I leverer til tilhørerne. I får feedback i morgen.

– Jeg glæder mig til at se videoerne, sagde Hanne. - Jeg håber, at I synes, at øvelsen er sjov og nyttig.

– Vi kører efter lystprincippet, sagde Svirre. - Den første, der kommer herop, får lov til at starte. Derefter er det op til jer selv. Vi kører frem, efterhånden som I melder jer.

Kursisterne var helt stille.

– Er der nogen spørgsmål?

Det var der ikke. Emil var den første, der meldte sig. Han virkede struktureret og brugte præcist ni minutter, inden han rundede af.

– Min verden styrtede sammen på et tidspunkt, sagde Emil. - Jeg har været medlem af et politisk protestparti og søger efter et nyt ståsted. Jeg vil være mere fri og mindre firkantet. Jeg håber, at kurset kan hjælpe mig med det.

Da knap halvdelen af kursisterne havde fortalt deres historie, var det blevet frokosttid. Kurset havde hver dag indlagt en siesta klokken tolv, hvor kursisterne var frie til at finde et sted at spise eller handle ind. Lucas gik hen til det nærmeste supermarked og købte kaffe, brød, solmodne tomater og hjemmelavet pølse.

Efter frokost satte Lucas sig som den første foran videokameraet. Det var en stor udfordring, men hans nervøsitet forsvandt, og han blev helt rolig. Normalt svedte han, fik hjertebanken og kiggede febrilsk omkring sig, når han skulle tale til en forsamling. Nu var han helt afslappet. Han følte sig så tryg ved situationen, at energien ebbede ud.

Lucas følte sig ikke særlig engageret, men han kunne mærke de andres opmærksomhed, da han fortalte om dengang, han hjalp politiet med at opklare et mord.

– En tidlig morgen så jeg en mistænkelig person foran mit vindue, sagde Lucas. - Han løb ned ad gaden. Jeg beskrev ham senere for drabschefen på Københavns Politigård.

Lucas fugtede sine læber og fortsatte: - Den mistænkelige person lignede en narkoman med fedtet strithår. Han var sølle, desperat og ubarberet.

Alle lyttede opmærksomt.

– Narkomanen havde myrdet en ung kvinde og var på flugt. Det er trist at tænke på, at hun fik en alt for tidlig og brutal død. Mit signalement gjorde, at politiet hurtigt kunne anholde morderen.

Lucas genoplevede situationen indvendigt og gøs.

– Det er trist, at en så ung kvinde fik berøvet sit liv og sin fremtid, sagde Lucas. - Morderen havde en kummerlig skæbne som narkoman. Han kunne have haft et bedre liv, men jeg har mest ondt af offeret.

Lucas kunne have gået i detaljer, men følte, at det var på tide at runde af og lade andre komme til. Resten kom op en efter en. Det blev ud på eftermiddagen. Hans Peter og Karen manglede.

Karen gik op og satte sig foran videokameraet. Det blev en uendelig lang lidelseshistorie.

– Jeg har haft problemer siden gymnasiet, især med lærerne,

som gav mig dårlige karakterer, sagde Karen. - De andre elever undgik mig de første to et halvt år på gymnasiet.

Karen trak vejret dybt og så sørgmodig ud: - Det sidste halve år på gymnasiet var jeg syg. I virkeligheden var jeg gravid, og det endte med en abort. Så begyndte min mave at vokse. Den blev hård som sten og svulmede op. Jeg kunne ikke mærke min mave omkring navlen. Lægen kunne ikke finde ud af, hvad der var galt, men min mave blev ved med at vokse og blev mere og mere hård og følelsesløs.

Karens beskrivelse af egne lidelser blev mere og mere detaljeret, efterhånden som minutterne sneglede sig af sted. Hun gav en levende beskrivelse af sine oplevelser. Historien om maven fortsatte i næsten fem minutter.

Alle lyttede til Karens triste beretning. Lucas havde ondt af hende. Han undrede sig over, at hun ikke indså, at ingen var interesserede i hendes maveproblemer. Det havde været bedre, hvis hun havde fortalt om sine problemer med at håndtere besværlige medarbejdere.

Karen blev omsider færdig, og der var tavshed i flere minutter. Alle sad forlegne og kiggede ned i jorden, da ingen havde mod til at se på hende.

Tavsheden trak ud. Svirre skulle til at bryde tavsheden, da Hans Peter langsomt rejste sig op fra sin stol, der knirkede grotesk med en protesterende lyd. Nærmest provokerende langsomt trådte han hen til stolen foran videokameraet. Alles øjne blev rettet mod ham. Det blev til et studie i nordjysk sindighed.

Hans Peter satte sig til rette, børstede et usynligt fnug af sin opknappede skjorte og kiggede rundt. Hans skæg pegede anklagende på Svirre. Hånden forsvandt bag ryggen og tryllede et krøllet stykke papir frem fra de kakifarvede shorts. Han kiggede på papiret, rynkede øjenbrynene og lagde det på knæet. Derefter tog han langsomt sine briller af og lagde dem ned i sin venstre brystlomme.

– My father was a taylor in Edinburgh, but he never made a jacket, sagde Hans Peter.

Det blev sagt på forunderligt langsomt svingende jysk-engelsk. Denne åbning kom som en overraskelse for de fleste. Han havde fået fuld opmærksomhed med den bemærkning. Om det så gav mening, var en helt anden sag.

Hans mund tyggede på reaktionen inde bag skægget. Han åbnede langsomt munden, som om han ville sige mere, men han lukkede den igen. Folk slappede af. Hans Peter åbnede munden på vid gab, skægget strittede i alle retninger, og han råbte ud i luften.

– Jeg er...

Folk fór forskrækket sammen, og han fortsatte i en lav tone.

– ... på vej til ta'... en anden retning med...

Efter en pause råbte han så højt, han kunne.

– ... mit liv.

Folk fløj tilbage i sæderne, og han kiggede sig omkring.

– Der fik jeg jer. I tror nok, I ve' alt. Men det gør I ikke. Hvis I havde set det, som mine øjne har set, ville I ikke sidde så roligt på jeres stole. Næ, I ville løbe skrigende væk og begrave jer i den næste olivenlund. I er nogle feje hunde. I har ikke levet endnu, jeg derimod...

Hans Peters skæg strittede vildere end nogensinde før. Hans røde øjne stirrede ud i luften, og han var rød helt ud i kinderne. Rødmen kunne anes gennem hans gråsprængte skæg. Lucas var bange for, at skægget ville skyde ud fra hans ansigt og ramme en af kursisterne i ansigtet.

Hans Peter dæmpede sig imidlertid og fortsatte langsomt. Dialekten kunne have været brugt i tv-serien *Fiskerne*, baseret på Hans Kirks roman.

– Jeg derimod ve', hvad det hele drejer sig om. Det drejer sig om at ta' sit liv i egne hænder og stole på sig selv. I ka' rende mig noget så grusomt...

– ... rend og hop, råbte Hans Peter.

Der blev helt stille.

Så bankede han hånden ned i stolens armlæn. Det gav et sæt i Lucas. Hans Peter lænede sig bagover og kiggede hele vejen rundt. Han kiggede alle i øjnene og begyndte stille og roligt at fortælle om sig selv.

– Jeg er søn af en jysk gårdmand med begge ben på jorden. Jeg ve', at I tænker jeres. Bondekold. Men jeg har oplevet lidt af hvert, har rejst det meste af verden rundt og har væ't direktør for en bette maskinfabrik.

Eventyret om hans liv fortsatte i femten kedelige minutter uden at Svirre greb ind. Endelig var Hans Peter ved at være færdig med sit livs eventyr.

– Jeg har styr på min situation.

Han sluttede af med at sætte fingerspidserne sammen foran sig, mens han langsomt bukkede sit hoved ned mod hænderne, måske for at vise, at han havde styr på situationen. Et eller andet sted fik Lucas et indtryk af en lille mand, der endnu ikke havde fundet sig selv. Hans Peter satte sig langt om længe ned på sin egen plads.

Der var stille. Selv cikaderne holdt pause. Svirre rejste sig.

– Videoerne er i kassen. Vi trækker os tilbage og vil se alle videoerne igennem. I får feedback i morgen. Klokken er fem, og I har fri.

Næsten alle kursister gik op på deres værelser for at slappe af. Nogle havde lavet aftaler og gik ud for at spise på byens taverner.

Lucas og Alex tog ned til stranden for at prøve deres dykkermasker. Det begyndte at blive mørkt. Iført dykkermaskerne undgik de at få vand i øjnene, og de kunne se klart i det mørke vand.

Lucas dykkede og ville sætte foden på bunden. Han satte foden på et klippestykke og mærkede et kraftigt jag i venstre fod. Han tog lynhurtigt foden til sig og kiggede ned i mørket. Han kunne se, at der var mange søpindsvin, så han måtte have stukket sig på et af dem. Han svømmede ind på land og så på sin fod. Der stak en del pigge ud. Han fik pigge ud, men ikke dem alle.

– Du skal til lægen med den fod, sagde Alex.

– Nej, det er ikke nødvendigt, sagde Lucas. - Jeg køber en flaske olivenolie og en pincet på vejen hjem.

– Hvad skulle det hjælpe?

– Olivenolie vil blødgøre min fod, og med pincetten kan jeg trække pigge ud. Jeg har ofte brugt olivenolie til at behandle sår. Det virker.

Alex rystede på hovedet. De fandt en café ved havnen, der hed Jazz Café Platanos, og fik et måltid græsk mad med en iskold øl. Lucas kunne kun gå på ydersiden af venstre fod. Højre fod var helt normal. På vejen hjem købte Lucas olivenolie og en pincet. Da de kom hjem, brugte Lucas pincetten til at trække flere pigge ud og smurte foden ind i olivenolie. De var trætte og gik til ro inden midnat.

5

Tirsdag morgen stod mange af kursisterne tidligt op og fulgte deres egne morgenrutiner. Lucas vågnede før klokken seks, stod op og gik en tur. Han humpede af sted, efter at være blevet stukket af et søpindsvin dagen før. Det var varmt. Han gik ned og stak en hånd i havet. Han smed alt tøjet og hoppede i. Selvom vandet var over tyve grader varmt, føltes det koldt, men forfriskende. Han tørrede sig med sin t-shirt, tog sit tøj på og gik tilbage til sit værelse.

På værelset gav Lucas sin fod en overhaling med sin pincet. Han fik fjernet fire pigge, men der sad stadig mange pigge fra søpindsvinet i foden, som heldigvis ikke var hævet. Foden var øm, og der var mørkt omkring piggene. Han måtte holde øje med foden og håbe på, at der ikke gik betændelse i den. Han smurte olivenolie på foden og regnede med, at den ville få flere pigge til at arbejde sig ud.

Lucas så hen på sin værelseskammerat, Alex, som rørte sig. Lucas kaldte på ham, men han reagerede ikke. Lucas gik ned i køkkenet, lavede en kop kaffe og spiste lidt af den mad, som han havde handlet ind om mandagen.

Nogle af kvinderne kom ned i køkkenet. Der blev hilst med korte nik, da alle ønskede fred, inden dagens løjer. Da kursisterne var færdige med at spise, luntede de langsomt ud i hotellets have.

Scenen var sat i den skyggefulde have. Cikaderne summede, og varmen var ulidelig. Lederne kom dyssende en efter en og hilste gemytligt på kursisterne. Der lød en summen af småsnak. Da klokken var ni, var alle kursister og ledere på plads. Alle valgte den samme plads som dagen før.

Der var blevet stillet et stort tv op. Svirre lod sine øjne løbe rundt på kursisterne.

– Vi skal se jeres videoer fra i går, sagde Svirre. - Jeg har redigeret hver video ned til to minutter. Jeg viser dem alle sammen, og hver enkelt får feedback.

De fire ledere rettede deres rygge. Hanne kiggede på kursisterne og sendte beroligende blikke. Kursisterne så på hinanden, men reagerede ellers ikke.

– Vi tager jer en efter en, sagde Svirre. - I får lov til at sidde i stolen i midten. Vi kalder det den varme stol. Bare rolig, vi udstiller ikke nogen. Hvem vil starte?

– Jeg vil gerne starte, sagde Lucas og rejste sig.

Lucas ville have det overstået, så han kunne slappe af. Videoen blev vist. Det var sjovt at se sig selv. Han troede, at han ville se fjollet ud, og at stemmen ville ryste af nervøsitet, men han så naturlig ud og lød afslappet. Han lænede sig frem, som om han ville fortælle noget fortroligt, da han fortalte om mordet på den unge kvinde.

Efter videoen brugte Svirre et gammelt trick.

– Hvad synes du selv? spurgte Svirre.

– Jeg synes, det ser for afslappet ud, svarede Lucas. - Der mangler energi til at fastholde et publikum.

Svirre rystede på hovedet.

– Det var en fin præsentation, sagde Svirre. - Du får dit publikum med fra starten. Du har en sjov anekdote og en effektfuld slutning.

Sådan foregik det. Alle fik god kritik, og videoerne var klippet, så det bedste kom frem. Alle kursister fik personlig feedback. Alle fik et godt indtryk af de andre kursister. Selv Karen var redigeret, så hun så sympatisk ud. Lucas var imponeret, især når han tænkte på den ulækre historie om hendes mave. Den historie var klippet helt væk.

De var færdige med videoerne omkring frokosttid. De fleste af kursisterne gik hen til en af de lokale taverner og fik god græsk mad og øl.

Efter frokosten samledes kursisterne og lederne.

– I skal skrive et brev til jeres indre barn, sagde Svirre. - I skal tænke tilbage til den tidligste barndom, hvor I kan huske noget. Det får I en time til.

Svirre brugte et par minutter på at svare på spørgsmål.

– Hvorfor skal jeg skrive til mit indre barn? spurgte Alex.

– Det er en teknik, der åbner for ting fra barndommen, som stadig har betydning, svarede Svirre. - Det indre barn er den del af os, der stadig lever i fortiden. Når vi reagerer ude af proportion, er det ofte fordi vi reagerer på følelser, vi har oplevet i barndommen, men vi er ikke altid bevidste om det.

Lucas lagde mærke til, at Alex og flere andre sad med blanke øjne. Lucas stod selv af på det der psykologifis, men det sagde han ikke højt.

– Når I skriver til jeres indre barn, åbner det op for dybe ting, sagde Svirre. - I får en bedre erkendelse af jeres egen adfærd, og I kan arbejde med det for at opnå et sundere forhold til jer selv samt en bedre forståelse og accept.

Før de skiltes, satte Svirre kursisterne sammen i grupper. Når de havde skrevet deres brev, skulle de mødes i grupperne og fremlægge deres brev og få de andres besyv. Lucas kom i gruppe med Laila og Michelle.

Lucas aftalte med sin gruppe at mødes på en skrænt med udsigt over vandet. Han gik op på skrænten, nød udsigten og spekulerede på, hvad han skulle skrive. Han havde altid været imod alting, især autoriteter. Han tænkte tilbage på sin barndom.

Han huskede, da han som treårig løb væk på sin trehjulede cykel. Han var kørt over en jernbanebro, hvor der kørte larmende godstog. Han havde følt, at han var faret vild, men han havde alligevel selv fundet hjem. Det havde givet ham en følelse af at være helt alene i verden, en følelse der plagede ham om natten. Den gamle følelse kom op i ham, og den gav ham idéen til at skrive et digt til den oprørske dreng, der altid kunne klare sig selv.

Lucas blev færdig med sit brev og ventede på de to andre. Laila og Michelle kom op på skrænten fra hver deres hjørne. De sad og snakkede, og så gik Laila i gang med sit brev til det indre barn. Hun havde taget opgaven alvorligt.

Lailas brev handlede om et anstrengt forhold til hendes far. Michelle iagttog Laila opmærksomt. Lucas kunne se, at der var en god kemi mellem de to kvinder. Han syntes, at det så sødt ud, men det var ikke nemt for ham at komme ind her. Han måtte pænt vente, indtil de var færdige med at snakke.

Lucas tog en dyb indånding og satte sig til rette. De to kvinder ville ikke se på hans digt med nådige øjne. På den ene side var han ligeglad, og på den anden side ville han gerne give et godt indtryk, så han læste hele sit digt op:

Kære indre barn,
du havde ikke brug for hjælp.
Du var et skarn,
der misbrugte dit talent.
Det forstod de voksne ikke,
og mente, at du var forvent.

Mors råd var helt på månen,
mens far troede på frihed.
Du tabte tråden,
og ville gøre alting selv.
Læreren forsøgte at undervise dig,
men hun havde ingen held.

Du var så klog, din lille møgunge,
og da du blev ældre, læste du bøger.
Du fik viden om alt det forsvundne,
skulle altid lufte din viden.
Det var ikke sjovt at være lærer,
som ikke havde fulgt med tiden.

Som teenager var du imod autoriteter,
og havde kæresten bag på knallerten.
Du var ligesom de andre døde poeter,
dog uden pølsemandens forlorne visdom.
Barberens indsigt fik fingeren,
mens du var ufølsom og rædsom.

Du gjorde oprør, din lille hvalros,
og meldte dig ud på trods,
og var din egen boss.

Der var stille efter oplæsningen. Lucas forsøgte at forklare sig: - Jeg har altid haft et stort problem med autoriteter. Jeg kommer altid i modstrid med dem.

Han pegede på sin bare arm, som var uden armbåndsur.

– Jeg er et frit barn og går ikke med ur, sagde Lucas.

Michelle og Laila kiggede på hinanden, men sagde ikke noget. De købte ikke hans forklaring. Der var intet, han kunne gøre, så han lod det fare. Han havde en fornemmelse af, at de syntes, at han havde sjoflet opgaven. Det var der ikke noget at gøre ved. Laila slog ud med hånden.

– Mener du det? spurgte Laila. - Jeg er i tvivl, om du har taget opgaven alvorligt.

– Jeg vidste ikke, hvordan jeg skulle skrive til mit indre barn, svarede Lucas.

– Og så skrev du et digt?

– Ja, men det var ikke så nemt, som du tror. Mit digt rammer plet. Måske skulle jeg finde ud af, hvorfor jeg er imod autoriteter.

– Det kan jeg forstå, sagde Michelle. - Hvad vil du gøre ved det?

– Jeg vil forbedre mit syn på autoriteter, svarede Lucas. - Måske se det fra deres vinkel i stedet for altid at være imod.

– Så gør du det, sagde Michelle.

Lucas kunne mærke, at Michelle havde givet op. Kort efter læste hun sit eget brev op til sit indre barn. Det handlede om den usikkerhed, som især moren havde forårsaget. Da hun var færdig, var Lucas stærkt besluttet på at vinde det tabte tilbage.

– Er du stadig præget af din usikkerhed fra barndommen? spurgte Lucas.

– Ja, min mor nedgjorde mig altid, svarede Michelle. - Jeg var aldrig god nok, og alt hvad jeg gjorde var altid helt forkert.

Michelle fældede en tåre, og Lucas indså, at han måtte opgive sit instinkt for sarkasme.

– Har du stadig den følelse?

– Ja.

– Håber du, at brevet til dit indre barn og kurset kan hjælpe dig med at komme af med den følelse?

– Ja.

Lucas var ikke den rette person til denne samtale. Michelle havde ganske givet gennemskuet ham og kunne ikke tage ham alvorligt i et så dybt følelsesmæssigt problem. Lucas havde mistet muligheden for at nå ind til hende i denne omgang.

De blev færdige med at tale om brevet til det indre barn, gik tilbage til haven og satte sig til rette. Da alle tretten kursister var på plads, dukkede Svirre og de andre ledere op.

– Brevet til det indre barn er kun for jer selv, men I kan bruge jeres nyvundne indsigt senere på kurset, sagde Svirre.

Der lurede et drilsk smil i Svirres øjne: - Vi skal danne en gruppe med seks personer og en gruppe med syv personer. Det vil tage resten af eftermiddagen. Rejs jer op!

Svirre delte alle kursisterne tilfældigt op i to grupper og bad dem samle sig i hver deres rundkreds. Det var et sjovt syn med de andre ledere, som sad og betragtede de to grupper af kursister på deres forhøjning, mens Svirre stod og dirigerede. Svirre instruerede de to grupper langsomt med få ord og mange pauser.

– I skal bevæge jer...

– I må ikke tale sammen...

– I skal mærke hinanden...

– Bevæg jer og mærk efter!

Lucas synes, at øvelsen var fjollet og havde mest lyst til at smutte, men han blev. Han var glad for at være kommet i en gruppe med værelseskammeraten Alex.

Lucas' gruppe stod og trippede, gik så til højre og så til venstre. Derefter gik de mod hinanden, og så gik de væk fra hinanden. Alle disse bevægelser blev gentaget uden at der skete noget. Til sidst var gruppen klar.

Den anden gruppe gjorde stort set det samme og blev klar.

Det føltes som en joke, men to grupper blev omsider dannet. Svirre kom med flere instruktioner med lange pauser imellem hver sætning.

– I har mærket efter...

– Det er ikke sikkert, at I er i den rigtige gruppe...

– I mærker en vis tryghed i jeres gruppe...

– I kan forlade jeres gruppe og mærke efter i den anden gruppe...

– Det er ikke helt nemt at give slip på den trygge gruppe...

– Prøv alligevel. I kan altid vende tilbage.

Ingen havde lyst til at forlade deres trygge gruppe, men det var åbenlyst, at grupperne ikke var optimale. Lucas var den naturlige leder af sin gruppe, men han ville ikke tage ledelsen.

Karen valgte som den første at skifte fra Lucas' gruppe til den anden gruppe, hvor Hans Peter havde taget lederskabet. Der var flere skift frem og tilbage. Gitte skiftede til Hans Peters gruppe. Derefter var grupperne stabile, og der skete ikke mere.

Lucas ville prøve det af. Han forlod sin egen gruppe, som nu var uden leder, og tilsluttede sig Hans Peters gruppe. Det skabte ustabilitet i begge grupper. Der blev stadig ikke sagt et eneste ord. Den anden gruppe var tydeligt utilpas med Lucas' tilstedeværelse. Det virkede som en direkte udfordring af Hans Peters lederskab.

Det blev uudholdeligt.

Lucas blev hængende og rykkede endda rundt med gruppen.

Gruppen blev endnu mere utilpas. Hans Peter havde etableret sig som leder, så han brød tavsheden på klingende vendelbomål.

– Så kan du godt pikkel av.

Lucas blev hængende et minut i trods, før han piklede tilbage til sin oprindelige gruppe. Her blev han modtaget med åbne arme som den naturlige leder. Han ville stadig ikke tage lederskabet og nikkede over mod Alex, som tog imod det.

Kursisterne i begge grupper åndede lettet op, og grupperne var nu stabile. Svirre virkede tilfreds. Hans selskabsleg eller psykologiske eksperiment havde virket. Der var dannet to grupper, så Svirre stoppede legen med et kast med højre hånd.

– Vi har to grupper, sagde Svirre. - I skal sætte jer sammen og finde et navn til gruppen samt udpege en leder, som I giver et kaldenavn. I har en halv time, så mødes vi igen.

Selvom Lucas syntes, det var en fjollet måde at danne grupper på, måtte han indrømme for sig selv, at det havde virket. Grupperne var ikke sammensat ud fra faglige kompetencer, men ud fra kursisternes naturlige sociale tilhørsforhold.

Alex foreslog, at gruppen forlod haven. De fandt et sted med blødt græs, hvor de kunne sidde og tale frit. Der kom mange gode forslag. Efter en halv time mødtes de to grupper med lederne. De satte sig i kredsen af stole, men ikke på samme plads. De to grupper sad samlet.

Gruppe 1, Piraterne, bestod af Alex alias Long John Silver, Lucas, Britt, Irene, Anders, Laila og Emil.

Gruppe 2, Rebellerne, bestod af Hans Peter alias Gjøl Trolden, Torben, Gitte, Knud, Michelle og Karen.

Grupperne var dermed fuldt etablerede med navne og hver deres leder. Der var ikke mere på programmet den dag, så de var frie til at gå ud at spise enten hver for sig eller i de to grupper.

Alex aftalte med sin gruppe, Piraterne, at gå samlet til en taverna for at spise. Emil undskyldte sig med, at det ikke var sjovt at være i byen og sidde på en badering, så han tog ikke med, da hans tilstand ikke var blevet bedre.

Den anden gruppe, Rebellerne, var splittet. Karen blev hjemme, Hans Peter gik for sig selv, mens resten af gruppen gik samlet ud at spise.

Efter aftensmaden gik alle kursister tilbage til deres egne værelser for at sove, godt trætte af dagens begivenheder og spændte på næste dag.

6

Om onsdagen var der kun kursus om formiddagen. Lucas stod op og behandlede sin fod med olivenolie. Han trak flere pigge ud med sin pincet. Han humpede stadig en smule, men det gik bedre. Efter morgenmaden var der samling i haven. Det var varmt, og der lød cikadesang. En flipover var stillet op.

– Vi starter med en øvelse, sagde Svirre. - I får fri klokken halv tolv og er så frie til at lave, hvad I vil. Min kone vil introducere jer til dagens gruppeopgave. Værsgo, Margrethe.

Margrethe trådte frem og trak flipoveren helt frem, så alle kunne se den. Hun viste den første hvide flipoverside, hvor der stod: - Hvad drømmer du om?

– Vi springer teorien over og går direkte til sagen, sagde Margrethe og læste op fra flipoveren. - Hvad drømmer du om at opnå?

Det var et stort spørgsmål at få stukket ud så tidligt om morgenen.

– Mener du drømme om job eller mere privat? spurgte Gitte.

– Det kan være begge dele, svarede Margrethe. - Måske drømmer du om at blive chef eller pilot. Det kan være en lille drøm eller en stor drøm. Drømmen skal kunne realiseres, men I skal ikke lave en plan.

Imens Margrethe præsenterede opgaven, dagdrømte Lucas om en tur i bølgerne. Hanne afbrød hans dagdrøm.

– Brug fem minutter på at snakke om jeres drømme med de andre, sagde Hanne. - Derefter har I en halv time til at tegne en tegning af jeres drøm på et bræt.

Hanne delte tuscher ud i farverne grøn, rød, blå og sort. Hun gav hver enkelt kursist et bræt på størrelse med en stor billedbog. Brættet var af en gullighvid træsort med en svag åretegning. Brættet så robust ud.

– Når I er færdige med at tegne jeres drøm på jeres bræt, mødes vi her, sagde Hanne. – Nogen spørgsmål?

Der var ingen spørgsmål. Lucas mødtes med sin gruppe, Piraterne. Der var mange forskellige drømme. De fleste havde beskedne karrieredrømme. Irene ønskede at blive selvstændig og starte et vikarbureau. Emil drømte om at blive rask.

Lucas havde ikke nogen drømme og spekulerede som en gal. Så fik han en god idé og slappede af.

– Jeg vil hjælpe folk med at løse problemer, sagde Lucas. - Jeg er god til at finde ind til kernen og komme med løsninger. Min drøm er at blive selvstændig.

Piraterne stoppede klokken elleve og vendte tilbage til kredsen af kursister. Alle fik to minutter til at præsentere deres egen drøm uden at sige, hvordan de ville realisere den. Da de var færdige, fik de fri resten af eftermiddagen og aftenen. De skulle efterlade deres bræt med tegninger på deres værelse, før de foretog sig andet.

Alle kursister blev hængende og talte sammen i en god og munter tone. Lucas foreslog Alex, at de skulle leje motorcykler og køre en tur til Agnonda strand.

– Det er for farligt, og jeg har ikke mit kørekort med, sagde Alex.

– Visse vasse, det er slet ikke farligt, og man kan bruge sit pas, sagde Lucas.

– Hvor kan man leje motorcykler?

– Nede på havnen. Tæt på Nostos Taverna, hvor vi spiste den første aften.

– Må jeg tage med? spurgte Gitte.

– Okay, sagde Lucas.

– Også okay med mig, sagde Alex.

Der var ingen andre, der ville med. Alex, Gitte og Lucas gik hen for at leje hver deres motorcykel. Hvis Alex havde håbet, at kørekort var et krav for at leje motorcyklerne, blev han skuffet. Det viste sig, at passet var nok til at leje motorcyklerne. Alex og

Gitte valgte hvide Yamaha offroaders. Vovehalsen Lucas valgte en stor Kawasaki. De tjekkede bremser, styretøj og sikrede sig, at der var benzin på tanken.

Det var ganske let at køre på motorcyklerne. Alex og Gitte skulle lige vænne sig til det. Lucas så ud til at være født til at køre på motorcykel. De kørte ud af Skopelos by. Planen var at køre til Agnonda strand og så hjem. En køretur i det grønne på cirka femten kilometer med afstikkere. De ville bade undervejs og spise frokost et passende sted omkring klokken halv to.

I starten kørte de i samlet flok lige efter hinanden i et adstadigt tempo. De fik alle smag for farten og drejede op for gashåndtaget. For Lucas var det, som om lysten til at dreje på gashåndtaget steg, hver gang han følte sig sikker. Han kom foran de to andre. Han ræsede af sted, som om det gjaldt om at komme først. Han nærmede sig et sving.

Lucas opdagede for sent, at han var på vej ind i et hårnålesving. Han kørte for stærkt og kom tæt på kanten. Han var ude i rabatten. Forhjulet var få centimeter fra kanten. Skrænten gik tyve meter stejlt ned. Han mærkede frygten som et rødt signal fra helvede. Det var adrenalin. Blodet blev pumpet rundt til hans muskler. Han blev kampklar med det samme. Han fik rettet op, inden han røg ud over kanten.

Det havde været en ubehagelig oplevelse. En brat opvågnen fra idyllen. Lucas var klar over, at han skulle dreje lidt mindre på gashåndtaget fremover. Han standsede, men blev siddende på motorcyklen for at slappe af. Pulsen kom ned, og han var snart rolig.

På det sidste stykke vej mod Agnonda Strand fandt de en smal skovsti, som de besluttede at følge. De nåede et smalt vandløb med en halvrådden bro. Det så ud til, at de ikke kunne komme videre. Efter et kort stop kørte Lucas over vandløbet i et hop.

– Det vil jeg ikke, sagde Alex til Gitte. - Det ser vildt ud. Lad os vende om og mødes med Lucas senere.

Gitte hørte det ikke. Hun var allerede kørt over den halvrådne bro. Alex stod stille i nogle få sekunder, hvorefter han lukkede øjnene og kørte slingrende over broen. Det var virkelig offroad. Lucas kørte med et smil på læben. De kørte gennem buske og krat, før de igen kom ud på en asfalteret vej.

Lucas elskede farten og de bløde sving på vejen ned ad øens bjerge. Det gav et sus i maven, når han mærkede vinden i ansigtet, mens han susede ned ad bjergene. Han kunne komme slemt til skade, hvis han røg ud over en kant. Han nød den betagende natur med bjerge, blå himmel og træer på vej mod stranden.

Trekløveret parkerede deres motorcykler uden for en fisketaverna nede ved Agnonda Strand. Tjeneren placerede dem under et skyggefuldt egetræ ved et hvidt bord med blå stole. De kunne se de badende på stranden boltre sig. De fik græsk salat, rød snapper med pommes frites og en iskold øl til maden.

Efter frokosten lagde de tre barske motorcyklister sig ned på stranden for at slappe af. Agnonda Strand lå ud til en bugt, der var formet som en hestesko med en ganske smal indsejling. Begge sider var dækket af skov. Vandet var fyldt med både, og der var masser af turister på liggestole på stranden.

Lucas døsede, men blev lysvågen, da han hørte et skrig langt ude fra indsejlingen. En ung mand baskede med armene og råbte om hjælp. Lucas sprang op og svømmede resolut ud til den unge mand, som kunne gå under hvert øjeblik. Manden fægtede med armene. Lucas forsøgte at få fat på ham, men fik en lige højre. Det gjorde ondt.

Alle på stranden var kommet ned til strandkanten og stod og gestikulerede. Lucas forsøgte igen, og denne gang lykkedes det ham at få et fast greb om manden bagfra. Han lagde armene rundt om ham og foldede hænderne på mandens bryst. Langsomt bjærgede han manden ind på lavt vand. Den unge mands venner gik ud i vandet og hjalp med at få ham helt ind på stranden.

Den unge mand var blevet stukket af en pigrokke og var kortvarigt lammet af giften fra halen. Pigrokken havde sandsynligvis stukket som en forsvarsreaktion, fordi den var blevet forskrækket.

Den unge mand havde fået dannet et stort rødt mærke på brystet, hvor han var blevet stukket, men han havde ikke taget større skade. Han kom hurtigt til sig selv og takkede Lucas. Den unge mand var heldig, han kunne være blevet ramt i hjertet, og det kunne have været fatalt.

Da Lucas, Alex og Gitte kom tilbage til hotellet, var der nyt om Rune. Hanne samlede alle ved at klappe i hænderne.

– Jeg har noget, jeg skal fortælle jer, sagde Hanne. - Jeg har nyt om Rune. Han er forsvundet. Der har været en notits i Berlingske med ganske få detaljer.

Der blev stille. Ingen sagde et ord.

– Det er kedeligt, sagde Hanne. - Men der er intet, vi kan gøre. Familien er underrettet ifølge avisen. Jeg kender ikke familien og vil ikke kontakte dem.

– Han er forsvundet, men han dukker måske op igen, sagde Karen.

– Ja, måske.

Alle virkede triste, selvom ingen havde kendt Rune før kurset. Kursisterne begyndte at tale med hinanden, men det blev aldrig muntert, og stemningen forblev trykket. De skiltes i små grupper for at spise aftensmad.

– Lucas, har du lyst til at gå med hen og spise på Jazz Café Platanos? spurgte Alex.

– Ja, det er jeg med på, svarede Lucas.

På vej mod tavernen indhentede Emil dem.

– Må jeg tage med jer? spurgte Emil.

– Ja, selvfølgelig, svarede Lucas. - Hvor er din badering? Skal Mickey Mouse blive hjemme?

– Det går bedre med bagen. Med det, vi lige har hørt, kan det ikke være Rune, vi så på Skiathos.

– Jo, han kan være taget til Grækenland på egen hånd.

De bestilte græsk salat, tzatziki og grillede blækspruttearme, hvortil de drak retsina. Smagen af enebær fra den bitre retsina klædte fisken. De sad længe og nød maden og beundrede udsigten fra caféen, men solen gik ned. Da de var færdige med at spise, gik de hjemad.

– Hvad med at købe øl og snacks? spurgte Alex. - Vi kan sætte os sammen, snakke og drikke.

– Det er en god idé, svarede Lucas.

– Den er jeg med på. Lad os nyde livet, sagde Emil.

De købte to poser øl og en flaske ouzo. Der var flere drikkevarer, end de tre kammerater kunne nå at drikke på en aften.

De satte sig på nogle stole i haven tæt på kursusområdet ved hotellet. De drak den ene øl efter den anden. Alex hentede nogle glas fra køkkenet og nogle flasker vand fra værelset. Han hældte ouzo op i et glas og fyldte efter med vand. Ouzoen skiftede fra at være klar som vand til at blive let mælket og uklar. Lucas kunne lide den søde smag af anis.

Emil drak mere end de andre, men alle blev mere og mere vrøvlede. Alex elskede det og grinede, så tårerne løb ned ad kinderne. Han fik ondt i maven af grin. Lucas lavede en vanvittig parodi på Svirre. Han sprang rundt i haven, mens han svingede med armene. Han løb på den akavede måde, som kun tykke mænd løber på. Det så morsomt ud, og Alex skreg af grin.

Lucas stillede sig foran Alex og Emil og sagde på klingende lollandsk: - I skal præsentere jer selv på video. Jeg er ligeglad med, hvordan I ser ud med jeres røde hoveder og grimme filipenser.

Emil kiggede forbløffet på Lucas.

– Luk munden og se begavet ud, sagde Alex.

– I skal tænke på jeres indre barn og udleve jeres fantasier, sagde Lucas. - Glem alt om janteloven. Vær jer selv og ræk ud efter jeres mål.

– Mit mål er at have sex med alle de søde piger, sagde Alex.

– Jeg er ligeglad med, om din drøm er hed sex på molen. Drømmen skal leves fuldt ud.

Lucas svingede med armene, præcist som Svirre gjorde. Alex grinede højlydt.

Lucas kiggede direkte på ham: - Hvem ville du foretrække at være sammen med? Gitte?

– Nej, nej, slet ikke, svarede Alex.

Lucas havde ramt hovedet på sømmet. Hans spørgsmål tørrede det svedne grin af Alex' læber.

Lucas satte sig ned: - Du vil vist gerne score Gitte nede på stranden, ikke?

Alex svarede ikke. Det bedste forsvar er som bekendt angreb.

– Åh, du glor efter Britt hele tiden. Du ville ikke sige nej til en hyrdetime med Britt mellem klipperne, dit liderlige svin.

Alex drak ouzo, som han skyllede ned med kold øl. Han hentede nye forsyninger fra køleskabet i køkkenet og begyndte at fortælle en gammel historie om en mand med glasøje.

– En hjemløs træder ind på en bodega og påstår, at han kan bide sig selv i øjet, fortalte Alex. - En af de pæne gæster forsøger forgæves at bide sig selv i øjet.

Alex illustrerede det ved at forsøge at bide sig selv i øjet. Hans mund åbnede sig i højre side, og tænderne skød ud. Han kunne ikke engang bide sig selv i ansigtet over læben. Det var selvfølgelig helt umuligt for ham at bide sig i øjet.

– Den pæne gæst vædder en øl på, at den hjemløse heller ikke kan, sagde Alex. - Den hjemløse tager sit glasøje ud, bider i det med tænderne, og han får sin øl af gæsten.

Alex fortsatte: - Senere påstår den hjemløse, at han også kan bide sig i det andet øje. Den pæne gæst og vædder endnu en øl. Den hjemløse tager sit kunstige gebis ud, bider sig i det andet øje og får en ny øl af gæsten.

Lucas var ved at få sin øl galt i halsen af grin, selvom han havde hørt historien for et par år siden. Alex fortalte meget levende.

– Den hjemløse vil vædde på, at han kan tisse gæsten i lommen, uden at han bliver våd, sagde Alex. - Den pæne gæst kan ikke regne det ud og accepterer væddemålet. Den hjemløse tisser gæsten i lommen, som bliver drivvåd. Gæsten ser helt forvirret ud. Den hjemløse griner og siger, at man ikke kan vinde hver gang.

Da de var færdige med at grine, fortalte Lucas en kendt historie om en spytbakke fra en længst forsvunden tid.

– I gamle dage blev der harket og spyttet til den store guldmedalje, sagde Lucas. - Derfor var der spytbakker på alle værtshuse.

– Åh, hvor ulækkert, sagde Emil.

– En gæst siger til en hjemløs, at hvis han tør tage en tår af spytbakken, får han en gratis øl, sagde Lucas.

Lucas fortsatte: - Den hjemløse er glad og løfter bakken op til munden for at tage en tår, men han tømmer hele bakken.

Lucas løftede sit ølglas for at illustrere det, slurpede flere gange og slugte det meste af øllen i en lang slurk. Han trak lydeffekten længere end nødvendigt for at illustrere scenen. Han sank det sidste i glasset øl med et gylp og bøvsede helt nede fra maven. Så vendte han glasset for at vise, at det var tomt.

– Den hjemløse fik sin øl af gæsten, som sagde, at han ikke havde behøvet at tømme hele bakken, da en lille tår ville have været nok, sagde Lucas. - Den hjemløse svarede, at han var nødt til at tømme hele bakken, fordi spyttet hang sammen i en stor klat.

Alex klaskede sig på låret af grin, mens Emil vrængede med munden i afsky. Han bidrog med en historie i samme stil.

– To sultne hjemløse finder en strandvasker, sagde Emil. - Den ene hjemløse farer ned og begynder at spise af strandvaskeren. Den anden står og kigger.

Alex kiggede på Lucas og rullede med øjnene som en lille skolepige. Det påvirkede ikke Emils fortællelyst.

– Den første hjemløse spørger, om den anden ikke også skal have mad. Den anden siger, at han vil vente, indtil den første hjemløse brækker sig, så kan han få varm mad.

Lucas og Alex grinede høfligt. Alle drak flere øl og mere ouzo.

Efterhånden så Emil mere og mere vanvittig ud. Hvor sprutten går ind, går forstanden som bekendt ud.

– De skal få, hvad de fortjener, folket vil sejre, mumlede Emil.

– Hvad siger du? spurgte Alex.

– Tiden er ikke moden.

– Tiden til hvad?

Emil svarede ikke, men så mørk og faretruende ud. Han virrede med hovedet og faldt i søvn. Lucas og Alex snakkede og drak til langt ud på morgenstunden. De hjalp Emil op på værelset. Der var en underlig sødlig lugt på værelset. Lucas tænkte på, om han røg hash.

– Jeg stoler på dig, sagde Alex. - Nu ved jeg, du er god nok.

– Jeg har ikke noget at bevise, sagde Lucas.

– Nej, men du er ikke mærkelig.

– Du synes vel, at Emil er mærkelig.

– Ja, jeg stoler ikke på ham. Han kunne blive en terrorist.

– Jeg tror, at han har lagt det bag sig.

– Jeg håber du har ret.

Alex og Lucas sad til sidst og stirrede tomt ud i luften. De var blevet trætte og gik op på deres værelse. De lagde sig begge på deres senge med tøjet på og faldt i en dyb søvn.

7

Torsdag morgen vågnede Lucas uden tømmermænd. Han var overrasket, da han havde jo drukket tæt det meste af natten sammen med Alex og Emil. Han stod op, fandt noget daggammelt brød og lavede en kop velduftende kaffe.

Foden havde det bedre. To af de resterende pigge blev fjernet med pincet og olivenolie, men der sad stadig et par stykker.

Klokken var snart ni, og Lucas gik ned i haven. Alle lederne var til stede, men ingen af de andre kursister. Han hilste dovent på lederne. Han havde jo lavet parodier på lederne, især Svirre, og været temmelig højrøstet. Så han frygtede at blive irettesat. Svirre var en moden og tolerant mand, så han smilede venligt med smilerynker i hele ansigtet.

– Den var nok høj i går, sagde Svirre.

– Jo, det gik vildt for sig, sagde Lucas.

Lucas var klar til at undskylde parodierne og sige, at det var for sjov, men det blev ikke nødvendigt at undskylde. Svirre var åbenbart en stor mand, som kunne tage en spøg.

– Jeg kunne høre jer langt ud på natten, men så faldt jeg i søvn, sagde Svirre.

De andre kursister begyndte at dukke op, matte i koderne. Der havde været små fester rundt omkring. Alex og Emil dukkede op. Alex så træt ud, som om han kunne have trængt til et par timers søvn. Emil havde røde øjne, men det skyldtes nok, at han havde røget en morgenjoint med pot, tænkte Lucas.

Da alle sad på deres pladser, svingede Svirre som sædvanligt med armene. Lucas var lige ved at grine højt, da han så den lille, halvfede psykolog, der svingede med armene og indtog scenen. Det var komisk. Han fyldte mere, end hans udseende berettigede.

– I dag skal I arbejde videre med jeres drømme fra i går, sagde Svirre. - I skal bruge de billeder, som I malede på brættet i går.

Svirre kiggede på kursisterne, som hang med hovederne.

– I skal forklare jeres drøm til de andre i jeres gruppe, sagde Svirre. - Derefter laver I en plan med højst tre punkter og præsenterer den til de andre på tre minutter. Long John Silver og Gjøl Trolden styrer tiden.

Der var en dæmpet stemning. Ingen gjorde mine til at rejse sig. Svirre skulle til at åbne munden, da Gjøl Trolden, alias Hans Peter, langsomt rejste sig fra sin stol. Han børstede indbildt støv væk fra sine bukser og gik hen imod stolen i midten. Det hele foregik i slowmotion. De fleste fornemmede, at noget var i gære. Hans Peter satte sig ganske langsomt ned i stolen og slog langsomt ud med den højre arm.

– Vi gør oprør, sagde Hans Peter. - Vi overtager kurset.

Lederne sad på deres forhøjning og iagttog magtovertagelsen. Hanne så ud til at ville rejse sig for at stoppe det. Svirre behøvede bare at sende et eneste advarende blik, og Hanne satte sig ned. Svirre havde åbenbart ikke tænkt sig at bruge sin autoritet til at stoppe oprøret. Hans Peter åbnede munden og talte langsomt.

– Vi talte om det i går i min gruppe, Rebellerne...

– Vi er enige. Kurset er spild af tid og noget tovligt noget...

– Hr. Peter Svirre, vi vil vide, hvilket pædagogisk princip du kører efter.

– Det behøver du ikke vide, svarede Svirre.

– Jo, vi skal vide det.

– Princippet er ikke vigtigt. Det primære er øvelserne, og hvad I selv lægger i det.

Hans Peter slog ud med armene. Der blev hvisket og tisket en del blandt kursisterne. Lederne forholdt sig afventende. Lucas syntes, at oprøret var skørt. Han fik ikke selv noget ud af øvelserne, men nød at være på kursus på en dejlig græsk ferieø.

– Det var vigtigt for os at vide, hvad jeres sigte var, fortsatte Peter henvendt til lederne. - Nu er det imidlertid ligegyldigt.

Hans Peter så stift på de fire ledere.

– I er afsat. Kursisterne tager over. Rebellerne er enige. Vi bestemmer selv.

Hans Peter lod sit blik glide rundt på kursisterne. Hans egen gruppe ville ikke møde hans blik og stirrede stift ned i jorden. Alex smilede og rystede på hovedet.

– Oprør, hviskede Lucas. - Der er et stille oprør.

– Der er slet ingen opbakning, hviskede Alex.

Lucas var lige ved at grine højt, men tog sig i det.

Det så ud til, at Hans Peter fornemmede den manglende opbakning. Han rejste sig og lod sin finger pege faretruende rundt i kredsen af kursister. Lucas kunne mærke angsten brede sig blandt de andre. Han tænkte på, om Hans Peter ville gøre noget, om han kunne finde på at tage fat og ruske i en eller anden.

Skrækken stod malet i kursisternes ansigter. Lucas og Alex så på hinanden, og i fælles, stum forståelse rejste de sig halvt fra deres stole for at være klar til at gribe ind.

Torben rejste sig op: - Vi er med dig, Hans Peter. Vi støtter dig. Du er vores leder.

– Jeg takker, sagde Hans Peter. - Vi bevarer de eksisterende to grupper, som selv bestemmer, hvad de vil lave resten af tiden her på øen. Vi behøver ingen ledere.

– Hørt, hørt. Hvad skal der nu ske? spurgte Torben.

– Lederne af kurset er fritaget fra tjeneste og kan forlade stedet, svarede Hans Peter og slog ud med hånden i en vejende bevægelse.

Lederne så på hinanden, men blev siddende. Det var tydeligt, at Hans Peter ikke havde gennemtænkt sit oprør og selv var i tvivl om, hvad der skulle ske.

Hans Peter rejste sig op, gik en runde og stirrede alle tretten kursister ind i øjnene, en efter en. Lucas syntes, at han så en antydning af vanvid i Hans Peters øjne. Han virkede også usikker. Vanvid og usikkerhed var en farlig cocktail, så Lucas besluttede sig for at afvente situationen.

Hans Peter pegede direkte på Svirre, drejede rundt og lod sin udstrakte hånd bevæge sig i en cirkelbevægelse i kredsen af kursister.

– Jeg er nødt til at vide, om I er med mig eller ej, sagde Hans Peter. - Jeg vil bede alle, der støtter oprøret, om at række hånden op.

Han må have regnet med, at alle fra hans egen gruppe ville række hånden op. Torben rakte hånden halvt op, mens Hans Peter sad og ventede. Situationen var pinlig for ham.

Knud, Gitte og Karen så ud til at være på nippet til at række hånden op, men gjorde det ikke. Hans Peter forsøgte at opmuntre dem ved at løfte begge hænder, men det hjalp ikke. Selv Torben tog sin hånd ned. Hans Peter pegede med sin skæggede hage i retning af Lucas og Alex, der fnisede.

– Kjeld og Dirch, sagde Hans Peter. - Tør de fjollede fnis af femøren.

– He he, det skal vi nok, hvis vi ellers kan, fnisede Alex.

Flere kursister begyndte at fnise. Ikke alle turde fnise, selvom de havde lyst. Hans Peter kiggede sig olmt omkring. Der blev helt stille, bortset fra en brusende susen fra træerne i vinden.

Der gik mere end et minut, før Hans Peter indså sit nederlag og gav op. Han indså, at hans oprør lige så stille fes ud og stillede sig ved siden af sin egen stol og kiggede direkte på Svirre.

– Oprøret er forbi, sagde Hans Peter. - Du har igen ledelsen af kurset.

– Slå røv i æ sæde hr. Thorsen, sagde Svirre med en ubestemmelig jysk accent.

Svirre havde bevaret værdigheden under hele forløbet. Han satte sig i stolen i midten, løftede langsomt hånden og sagde: - Nuvel, så kan vi måske gå videre.

Lucas undrede sig over, at Svirre ikke kommenterede dette intermezzo. Det var nok klogt. Alt var som før det mislykkede oprør.

– I skal ud i grupperne og forklare jeres drømme til de andre, sagde Svirre. - Så laver I planer, som I præsenterer for de andre på tre minutter. Long John Silver og Gjøl Trolden leder slagets gang.

Svirre kiggede rundt for at se, om alle var med.

– Tiden er skredet, men vi kan stadig nå det, sagde Svirre. - I får et ekstra kvarter og skal være tilbage kvart i tolv.

Kursisterne samledes i de to grupper. Alex, Long John Silver, ledte slagets gang for Piraterne. En efter en forklarede de deres drømme. Lucas greb en drøm ud af luften. Mens de andre talte, fik han tid til at tænke det igennem.

– Jeg kommer ikke videre i min karriere, sagde Lucas. - Jeg overvejer at starte et bureau, hvor jeg kan arbejde som en fri konsulent, måske endda som privatdetektiv.

Alex sluttede selv af og bad folk om at lave en plan. Efter en halv time havde alle en plan. Lucas' plan var ganske enkel. Han ville finde et egnet lokale, opsige jobbet og derefter lave en hjemmeside med tilbud.

Kvart i tolv gik Lucas og Piraterne hen i haven og så, at Rebellerne allerede var ankommet.

– Op med hånden. Har I alle en plan? spurgte Svirre.

Alle kursister løftede hånden.

– Jeg skal ikke se jeres planer, men høre om jeres kommunikation. Fik I forklaret jeres drømme og planer til de andre? Er der nogen, der vil dele deres oplevelse?

Svirre kiggede rundt, men ingen meldte sig.

– Long John Silver, vil du ikke fortælle om kommunikationen hos Piraterne? spurgte Svirre.

– Alle forklarede deres plan inden for tre minutter, svarede Alex. Det var en fordel, at vi var begrænset til tre punkter. Alle var klare i deres kommunikation. Så noget må vi have lært.

Det var ren løgn, og Lucas var sikker på, at Alex ikke selv troede på det. Ingen var blevet bedre. Lucas syntes, at alle snakkede længe uden klare formål. Desuden var alle ligeglade med, om de andre havde forstået dem.

– Gjøl Trolden, hvordan var kommunikationen hos Rebellerne? spurgte Svirre.

Hans Peter rejste sig og svajede. En overgang så det ud, som om han ville indlede et nyt oprør, men det gjorde han ikke. I stedet slog han et hul i luften.

– Det gik fint! råbte Hans Peter.

Hans Peter rejste sig op og rakte hånden mod himlen.

– Vi fik læst og påskrevet! råbte Hans Peter og lod hånden suse ned på låret med et klask.

Flere blev forskrækkede og fór sammen. Der var en enorm styrke i Hans Peters vendelbomål. Hans Peter kiggede olmt på hver enkelt kursist, som alle kiggede væk. Han holdt en lang pause og satte sig ned på sin egen plads. Han udtalte hver sætning yderst langsomt.

– De fleste holdt sig inden for tre minutter...

– Ingen havde mere end tre punkter...

– Om vi er blevet bedre...

– Det ve' jeg nu ikke...

– Måske.

Hans Peter svajede og satte sig ned. Svirre rystede på hovedet.

– Morgenens øvelser er slut, sagde Svirre. - Det er frokosttid.

Om eftermiddagen var der øvelser indtil klokken tre. Kursisterne fik fri og fik besked på at møde klokken fem. Lederne havde arrangeret en grillaften på stranden. Kursisterne kunne tage deres egne drikkevarer med, så mange handlede ind i det nærmeste supermarked.

Kursister og ledere gik i samlet trop gennem byen hen til molen. Bag molen, oppe på en klippe, lå Jomfru Maria Kirken, en smuk kridhvid kirke, som lå oppe på klippesiden med en forrygende udsigt over byen og havet. Desværre var der ikke tid til at nyde udsigten. Tiden skulle bruges på samvær nede på stranden.

De skulle gå ned ad hvide trin fra molen og ned til stranden. De kravlede over nogle store sten til et strandstykke omgivet af klipper. Fra dette sted beundrede de udsigten over den blå lagune, der var afgrænset af klipper på begge sider.

Stranden var en stenstrand, der blev kaldt Pebble Beach, rullestensstranden. Halvtreds meter ude i havet var der et klippestykke, der stak op af havet. Det kunne næsten ligne en lille klippeborg med to naturskabte stenfigurer, der lignede to farlige pirater.

Nede på stranden stillede de den medbragte grill mellem en naturlig klippeformation på venstre side og en stensætning med en graffititegning på højre side. Tegningen forestillede en udvisket hest sammen med et grønt og et blåt tag. På det grønne tag stod der *ATG DOKS*, og på det blå tag stod der *Ezy*. Disse tags lignede almindelige signaturer fra graffititegnere.

Alle, både ledere og kursister, hjalp med at forberede maden. Det gik af sig selv uden nogen form for styring. Lucas og Alex tændte grillen under opsyn af Svirre. Der blev lagt kød på grillen, mens nogle af kursisterne snittede grøntsager til simple salater, for eksempel en græsk salat med cremet fetaost og lækre kalamataoliven.

Snart duftede der af grillet kød og friske grøntsager, og de kunne gå i gang med at spise. Ledere og kursister fra de to grupper sad i små grupper spredt ud over stranden og spiste. De sad på lommer af sand mellem mange mindre klippestykker. De nød den fine udsigt ud over det blå Ægæiske Hav.

De hyggede sig og snakkede, mens de spiste og drak. Efterhånden som solen gik ned, samledes grupperne på en anden måde. Lederne fandt sammen, og Alex' gruppe satte sig sammen i en lukket rundkreds.

Hans Peters gruppe sad mere spredt. Lucas lagde mærke til, at Gitte og Knud sad for sig selv og hviskede. Alex kiggede i smug på Gitte, og Lucas fornemmede, at Alex var misundelig på Knud. Alex prikkede Lucas i siden.

– Hvad siger du til at svømme ud til klippen? spurgte Alex. - Jeg vil se, om det er muligt at kravle op.

- Det er for mørkt nu, svarede Lucas.
- Jo, måske, men der er ikke så langt.
- Jeg er med på at svømme derud i morgen.
- Hvad tror du, klippen hedder?
- Det ved jeg ikke.
- Så døber vi den selv.
- Hvad med Slottet på Havet? foreslog Lucas.
- Ikke dårligt, sagde Alex. - Jeg vil hellere kalde den Skatteøen.
- Åh ja. De to stenfigurer ligner pirater, der vogter øen.
- Enig.

Kursister og ledere hyggede sig nogle timer på stranden. Solen gik ned, og lederne begav sig tilbage til hotellet. Det var frit, om kursisterne ville blive eller følge med. Fem af kursisterne valgte at gå tilbage. De slæbte grillen, affaldet og de sidste madrester med tilbage.

Resten af kursisterne sad i små grupper. Lucas og Alex sad sammen med Britt og Michelle. De snakkede og morede sig fortræffeligt. Det lykkedes dem at finde en smule brænde og tænde et bål. Hans Peter satte sig sammen med Karen, Knud og Gitte. Denne gruppe var stille, selvom Knud og Gitte sad og hviskede.

Selvom der var en smule romantik i luften i Lucas' gruppe, blev det ikke til noget. Lucas var ikke interesseret i et engangsknald, selvom han begyndte at blive trængende efter flere dage i solen.

Alex viste interesse for Gitte, som kun havde øje for Knud. Michelle var sød, men virkede ikke som om, hun var til korte forhold.

Britt sad tæt på Lucas og pillede ved ham. Han protesterede ikke, men der skete ikke mere end det. Da Lucas' gruppe havde drukket deres sidste øl omkring midnat, var der stemning for at tage hjem.

Lucas løftede hånden og hilste farvel til Hans Peters' gruppe. Hans Peter rejste sig, bukkede og gjorde honnør. Lucas troede, at han ville sige, at de skulle pikkel av. Men det gjorde han ikke.

Lucas' gruppe var hjemme langt over midnat. De var alle trætte, sagde godnat og gik hver til sit.

Hverken Lucas eller Alex kunne sove. De kiggede ud af vinduet og så Hans Peter og Karen komme hjem og gå til hver deres værelse. Der var ikke tegn på, at Knud og Gitte var på vej.

Lucas lagde mærke til, at Alex så sørgmodig ud. Han havde sikkert hjertekvaler. Alex var glad for Gitte, og han spekulerede nok på, hvad Knud og Gitte lavede. De var sikkert blevet på stranden, og måske lå de og flettede tæer under et tæppe.

Det var ikke svært for Lucas at regne ud, at Alex havde følelser for Gitte og havde det skidt. Det måtte være hårdt for ham at tænke på, at Gitte nok var sammen med Knud. Lucas havde selv prøvet det, så han var sikker på, at Alex havde ondt i hjertet uden at han kunne gøre noget ved det. Han måtte affinde sig med situationen. Lucas kommenterede det ikke yderligere, og kort tid efter faldt de begge i søvn.

8

Da Lucas vågnede fredag morgen, var han våd af sved fra nattens hede. Desuden var han sulten. Han listede ned i køkkenet, lavede kaffe og spiste tørt brød fra i går. Der var ikke mere pølse tilbage.

Han havde stadig to pigge fra søpindsvinet i foden, som ikke længere var øm. Han gik næsten normalt. Han gik ud til de andre i haven, der var begyndt at samle sig. Til sidst manglede der bare Knud og Gitte.

Hans Peter stillede sig bag Alex: - Nå, fik du flettet noget i går aftes, din lille fløs?

Alex rystede på hovedet.

– Der var andre, der fik flettet mere end tæer i går nat, sagde Hans Peter.

– Åh nej, sagde Alex.

– Du er da vist blevet tullevorn, du begynder vel ikke at græde?

– Selvfølgelig ikke.

– Måske har Knud og Gitte haft en hyrdetime på stranden. Det er træls, ikke?

– Ja, ja.

Hans Peter grinede, mens skægget bevægede sig op og ned i triumf. Ud af øjenkrogen så Lucas, at Knud og Gitte ankom sammen. De så glade ud, som om de var forelskede.

Knud og Gitte satte sig ikke ved siden af hinanden, sikkert i et forsøg på at holde affæren skjult for de andre. De fleste havde lugtet lunten, men ingen sagde noget. Lucas tænkte, at Alex kom til at slås med hjertekvaler de sidste dage på kurset.

Svirre satte sig i sin stol og svingede med armene.

– Jeg håber, at I havde en god fest på stranden i går, sagde Svirre. - Her til morgen får vi besøg af Knol Bromme, som I sikkert kender fra tv. Bromme vil sætte fokus på kommunikation i erhvervslivet.

Lucas havde hørt Knol Bromme i taleradioen. Bromme var en ørn til at filosofere frit over forskellige emner. Det meste var hjemmelavet lommefilosofi, og hans meninger var svære at fastholde og umulige at argumentere imod. Alligevel var Lucas glad, da han regnede med, at det ville blive underholdende.

Bromme ankom, fik en kop kaffe og konverserede ivrigt med Hanne. Efter et par minutter rejste Svirre sig højtideligt. Det var tydeligt, at han var stolt over at kunne præsentere en prominent person som Knol Bromme.

– Det er mig en stor glæde at introducere Knol Bromme, som jeg har kendt siden vi var børn, sagde Svirre. - Vi har gået i folkeskole og gymnasium sammen på Lolland og har holdt kontakten siden. Bromme er i dag en anerkendt meningsdanner og foredragsholder, som har deltaget i adskillige debatprogrammer i tv. Han har læst litteraturvidenskab, skrevet to bøger og lavet en del reklametekster. Men tag ikke fejl, selvom Bromme altid er god for en provokation, er han også ekspert i kommunikation.

Svirre kiggede ud over forsamlingen. Derefter slog han ud med sin højre arm og inviterede således Bromme til at indtage den centrale stol.

– Velkommen, sagde Svirre. - Værsgo, vi er klar til at høre dine vise ord.

Bromme tog sig god tid, satte sig til rette og kiggede ud over forsamlingen, som klappede spontant. Han kneb øjnene sammen til to små, sprukne sprækker, da en indbildt stråle fra solen ramte ham i øjnene.

– Jamen, tak skal I have, sagde Bromme. - Jeg kan ikke rigtig se noget. Lad mig få et indtryk af, hvor I kommer fra.

– Hvor mange er fra Sjælland? Seks kursister rakte hånden op.

– Hvor mange er fra Jylland? Seks kursister rakte hånden op.

– Hvor mange er fra Fyn? En kursist rakte hånden op.

– Hvor mange er fra Lolland? Ingen kursister rakte hånden op.

Selvom alle kursisterne kunne finde skygge, formåede solen at forstyrre Bromme. Han løftede sin venstre hånd, så den fungerede som en skygge mod den indbildte sol. Han kneb stadig øjnene sammen. Han tog sin krøllede jakke af og afslørede en endnu mere krøllet skjorte.

– Jeg kommer lige fra Nakskov og har med raseri måttet konstatere, at verdens centrum er blevet forvandlet til en udkant, sagde Bromme. - Der skal gøres noget ved det. Nu er jeg jo ikke erhvervsudvikler på den måde, men jeg kan fortælle noget om kommunikation, som jeg er ret professionel i. Jeg bemærkede, at uret på banegården i Nakskov var gået i stå. Og så tænkte jeg, hold da kæft, mand. For sådan en som mig er det alligevel noget, der tæller. Når man kommer hen på banegården, tænker man, hvad skal det til for? Altså nu er Banedanmark svære at danse med. Nå, jeg parkerede et sted og var omhyggelig med at stille parkeringsskiven. Vi ved jo, at kommunen lever af parkeringsafgifter. Nu er der, som bekendt, fladt som en pandekage på Lolland.

Bromme rakte ned i sin taske og fiskede en bog frem. Der stod med store typer - Pandekageøen. Ovenover kunne forfatternavnet skimtes: Knol Bromme. Forsiden var prydet af en tegning af to riddere til hest med fuld rustning og lanse, klar til kamp.

– Det er min første roman, proklamerede Bromme højtideligt og selvsmagende. - Det har taget mig nitten år at få gjort bogen færdig.

Lucas kom i tanke om, at bogen havde fået glimrende anmeldelser i Berlingske og Politiken. Information havde endda været overstrømmende i deres lovprisning af bogens skønne blanding af fakta og fiktion. Informations anmelder kunne lide den flydende indstilling til livet, der placerede forfatteren uden for tid og sted.

Lucas morede sig. Han erindrede svagt, at den lokale avis, Folketidende, næsten havde ignoreret udgivelsen. De havde dog skrevet en kort notits: *Knol Bromme indhentes af gamle klicheer.*

En skam, at hverken han selv eller redaktøren havde trykket på delete-knappen.

– Jeg vil læse op fra bagsiden af bogen, sagde Bromme. - Bagsiden er med til at sælge bogen. Det er nok noget af det smukkeste, der nogensinde er skrevet om Lolland.

Bromme slog op på bogens bagside, kneb øjnene endnu mere sammen og læste op:

Projekt Pil og Poppel.
Stynede træer står i lige rækker foran en uendelig horisont.
Flade marker så langt som øjet rækker.
Kig dig omkring, hvor du står.
Sådan ser det ud, når jeg lukker øjnene,
ligegyldigt hvor jeg befinder mig.
Om jeg så stod på verdens tag i Himalaya,
er Lolland i mit hjerte.

Bromme blev færdig med oplæsningen og startede en lang debat med sig selv. Bromme brugte hele kroppen, og begge arme kørte i voldsomme ryk, mens han talte. Han kunne tale både på sin udånding og på sin indånding. Lucas troede, at han ville køre derud uden nogensinde at få leveret et budskab. Det var sjovt at høre på. Lucas sagde til sig selv, at han ikke behøvede at forstå hvert eneste ord eller sætning.

– Lad være med at køre på andres præmisser, sagde Bromme. - Husk, at du altid er i verdens centrum. De andre er dermed i udkanten. Så ændr præmisserne for, hvad I taler om, og hvordan I taler. Lad mig komme med et eksempel. Der var, hvad hedder det nu, et tysk distributionsfirma, som hed Hase, der ville ind på det danske marked. De var fortvivlede, da de ikke havde succes. Firmaet solgte alt inden for leverancer til restaurationsbranchen, såsom suppeskeer, proptrækkere, køkkenmaskiner, borde og stole. Og man kan ikke kommunikere alt.

Bromme snappede efter vejret og kiggede rundt på kursisterne med et smil.

– Det, vi skal nå frem til, er, at man skal glemme, hvor man er, og man skal glemme sine produkter, sagde Bromme. - For det, man kommunikerer, er aldrig indhold, det er et udtryk. Det er en betydning, det er en værdi, det er en identitet, det er en oplevelse eller en selvoplevelse. Så jeg tog deres suppeske og smed skeen væk. Det, det gælder om, og som er så svært for de fleste, er at finde en værdi. Jeg kan glæde jer med, at det er ligegyldigt, hvilken værdi I finder. Det vigtige er, om den værdi, I finder, er der efterspørgsel efter. Det behøver nærmest ikke at have noget med produktet eller indholdet at gøre. Man skal starte på markedet. Selv Carlsberg, de kommunikerer jo ikke om øl, men om musik. Bare tænk på Grøn Koncert. Jeg ledte efter en værdi og kom på ordet *stabile*. Brug det sammen med *leverancer*, så er du hjemme. Er der et marked for det?

Bromme kiggede ud over forsamlingen.

– Ja! sagde Bromme. - Kan vi bygge en kampagne på det? Ja, vi brugte suppeskeen som eksempel i vores første reklamekampagne. Senere brugte vi stole. Alle reklamer var baseret på konceptet *stabile leverancer*. Det gik godt for Hase, som opnåede en stærk position på det danske marked.

Bromme fægtede endnu mere med armene og kom med flere eksempler. Han talte næsten en time, stort set uden pauser. Endelig gjorde han med sine fagter tegn til at slutte af.

– Jeg vil afslutte med en opfordring. Når I kommer hjem, så tag ud i naturen og lyt til lærken. Her er et citat fra min digtsamling:

Lærken letter fra dit hjerte
og slår triller i det blå.
Når du lytter til en lærke,
kan du mærke dit hjerte slå.

Bromme bukkede dybt og satte sig ned. Kursisterne klappede begejstret. Da applausen ebbede ud, rejste Svirre sig op og stillede sig foran kursisterne.

– Det er op til jer selv at tage Brommes ord ind, sagde Svirre. - Jeg personligt synes, at det er forfriskende, at man kan gå en usædvanlig vej, som Bromme gør. At han med sin baggrund i litteratur skriver bøger, overrasker mig ikke. Men der stod ikke skrevet, at han også skulle blive ekspert i kommunikation og stå i spidsen for nogle af de bedste reklamekampagner på Lolland. Det synes jeg, vi alle kan lære noget af. Jep, vi kan alle mere, end vi tror.

Klokken var næsten tolv, og kursisterne fik som sædvanlig fri nogle timer til at spise frokost på egen hånd. Bromme gik sammen med lederne hen til en fin restaurant.

Alle var tilbage efter frokost. Klokken var tre. Svirre rejste sig fra sin stol, pegede på Bromme og vinkede ham hen til sig.

– Kender I elevatorøvelsen? spurgte Svirre.

Kursisterne rystede på hovedet.

– Det er en kommunikationsøvelse, sagde Svirre. - Det tager cirka halvfems sekunder for en elevator at køre op. I skal forestille jer, at I møder jeres direktør. I har så kun halvfems sekunder til at fortælle direktøren om jeres projekt. Det er en måde at gøre opmærksom på jeres sag.

Svirre kiggede ud over forsamlingen. Der var stadig ingen, der så ud til at kende øvelsen.

– Vi vil spille en situation, hvor Bromme er en reklamemand, der møder sin direktør på vej ind i elevatoren, sagde Svirre. - Jeg spiller direktør. Margrethe vil tage tid og give tegn, når tiden er gået.

Lucas kunne ikke forestille sig, at Bromme kunne begrænse sig. Han ville væve i flere minutter uden nogensinde at nå at fortælle om sin sag. Svirre trykkede en finger ud i den fri luft. De steg begge to ind i en imaginær elevator og begyndte at tale sammen.

– Goddag.

– Hvad arbejder du med?

– Jeg skal udarbejde et forslag til en kampagne for Kittikat Foder. Kunden har tabt terræn og skal forny sig. Det kan vi hjælpe med. Katte er populære blandt folk, der bor i lejligheder, og de er nemme at passe.

– Hvad er din tilgang?

Jeg har identificeret en værdi: *glæde*. Så nu arbejder jeg med dette slogan: *Gør din kat glad - giv den Kittikat kylling til frokost.*

– Hvorfor netop *glæde*?

– Katten er for de fleste en del af familien. Katten bringer *glæde* til familien.

– Det giver mening.

Margrethe pegede på sit ur, der var præcist gået halvfems sekunder. Svirre gav et hop for at markere, at elevatoren var stoppet. Svirre gik ud af den imaginære elevator, og Bromme fulgte efter.

– Som I kan se, er det muligt at formidle et budskab eller promovere sig selv på halvfems sekunder, sagde Svirre. - Vi havde ikke aftalt historien på forhånd. Bromme improviserede på stedet. Han var til stede i situationen. Han var klar over, at han havde chancen for at forklare sin idé til direktøren på kort tid.

Lucas undrede sig og kiggede på Bromme.

– Du brugte mange ord for at fortælle din egen historie med mange gråtoner og humor, sagde Lucas. - I øvelsen var du effektiv. Der var intet overflødigt fyld. Har du en anbefaling til os?

Bromme så ud til at være glad for spørgsmålet.

– Situationen afgør, om den korte eller den lange form er bedst, svarede Bromme. - Kommunikation vil altid være bedst, hvis du er i situationen og forstår din tilhører. Selvom du læser en masse kommunikationsteori, sikrer det ikke, at du har noget relevant at sige til din tilhører.

– Er det alt? - Skal jeg bare være til stede i situationen?

– Det er selvfølgelig mere. Det meste ligger i ens forberedelser. Du skal vide, hvad du vil fortælle, og koncentrere dig om det. Alle kan lære det. En enkel metode er at starte med en kort anekdote eller noget aktuelt. Det kan være alt fra vejret, noget lokalt eller noget personligt. Du kan også gå direkte til historien.

Lucas så skeptisk ud.

– Jeg vil ikke give jer en formel, sagde Bromme. - Der er masser af formler i litteraturen. En god historie skal have en kort indledning, en brødtekst og en enkel afslutning. Det vigtigste er, at modtageren skal kunne huske en ting efter jeres tale. Hvis der er for mange ting, vil tilhørerne ikke tage noget som helst med sig hjem.

– Ved at bruge ordet glæde, skaber du så ikke et kunstigt behov?

– Det har du lov til at mene, men vi skal videre. Som forberedelse kan man lave et storyboard. Eventuelt kan man tegne det op i nogle få billeder.

Det var åbenbart Svirres stikord. Han rejste sig fra sin stol og begyndte at dele et stykke papir rundt. Det var et A4-ark med seks afrundede, firkantede felter. Der var plads til at skrive under hvert felt.

– I kan bruge dette tomme storyboard som inspiration, hvis I vil, sagde Svirre. - Det er frivilligt.

Svirre svingede begge arme.

– I har ti minutter til at lave et storyboard med en historie. Tilhørerne skal kunne huske budskabet. Når I er færdige, kommer I tilbage og har halvfems sekunder til at præsentere jeres budskab, hvilket vi kalder en tage-hjem-besked.

Kursisterne spredtes for alle vinde for at arbejde med deres storyboards. Da de kom tilbage, blev de bedt om at præsentere deres budskab. Efter præcis halvfems sekunder blev de stoppet af et tegn fra Margrethe, som brugte sit stopur til at tage tid.

Kursisterne var overraskende gode til at overholde tiden. De var næsten alle i stand til at præsentere en historie med et budskab, undtagen Karen, som ikke blev helt færdig.

Hans Peter var helt ude i hampen og sluttede af med den sætning, han havde indledt sin første video tidligere på kurset: - My father was a taylor in Edinburgh, but he never made a jacket, sagde Hans Peter.

Bromme så forvirret ud. Han kendte ikke Hans Peter, men han lod sig ikke mærke med noget. Svirre rejste sig op.

– Sådan skal det gøres, sagde Svirre. - En simpel, velovervejet historie med et budskab, som de fleste kan huske. Vi er færdige for i dag.

Kursisterne så sløve ud, mens de sad og ventede.

– I er alle inviteret til en afskedsmiddag i aften på Nostos Taverna, hvor vi spiste den første aften, sagde Svirre. - Knol Bromme deltager, og I kan stille ham spørgsmål, hvis I har lyst.

– Vi mødes ved syvtiden og går sammen hen til Nostos Taverna, sagde Hanne. - Husk, at det er den sidste aften. I morgen klokken ni ses vi til de sidste øvelser og evaluering. Her får I nærmere besked om hjemturen.

Kursisterne fik fri og havde mulighed for at gå en tur, slappe af og skifte tøj til aftenens afskedsmiddag.

9

Om eftermiddagen tog Lucas og Alex ned til Pebble Beach for at svømme ud til Skatteøen, som Alex for sjov havde døbt den. I virkeligheden var øen et klippestykke uden eget navn i vandet ud for stranden. Torben tog med.

De gik ned til Pebble Beach og skiftede til badebukser. Med dykkermasker og snorkel svømmede de ud til klippen og begyndte at snorkle omkring den. Der var dybt ved klippen. Lucas og Alex kunne dykke ned til en dybde på fem meter, mens Torben kun kunne nå to meter ned i vandet. De kom op til overfladen og trådte vande i en rundkreds.

– Det er seks meter ned til bunden, sagde Lucas. - Vandet er ret klart her. Men jeg kan se, at der er noget mørkt nede ved bunden.

– Lad os dykke ned og se efter, sagde Alex.

– Kan du dykke så langt ned? spurgte Torben.

– Jeg kan jo prøve.

De dykkede ned. Torben kom ikke særlig langt ned, mens Alex og Lucas var helt nede i første dyk. Der vrimlede med flotte og farvestrålende fisk, og der voksede skræmmende mørkt tang. Bag tangen var der en indgang. De måtte op efter luft.

– Der er noget dernede, sagde Alex.

– Måske er det en grotte, sagde Lucas.

– Kan man svømme ind?

– Tja, vi kan prøve.

Torben så på dem med vantro øjne.

– Er det ikke alt for farligt? spurgte Torben.

– Jeg kan holde vejret i to et halvt minut på en god dag, sagde Lucas. - Så det går nok.

Lucas lagde hovedet tilbage og tog en række dybe vejrtrækninger. Det samme gjorde Alex. De dykkede et par gange for at se nærmere på indgangen til grotten.

De blev enige om, at Lucas skulle svømme ind i grotten, men ikke langt ind. Det ville blive svært at komme ud, da han ikke kunne vende sig om og næppe skubbe sig ud baglæns. Hvis han sad fast, ville det være umuligt for Alex at trække ham ud.

Efter det andet dyk dukkede Lucas op fra dybet med julelys i øjnene.

– Det er utroligt, sagde Lucas. - Der er en smal gang opad, og der er lys for enden.

– Hvor kommer lyset mon fra? spurgte Alex.

– Der må være en åbning på toppen af klippen. Lad os klatre op og se.

Det var yderst vanskeligt at klatre op på den del af klippen, hvor lyset synes at stamme fra. Det lykkedes Lucas at komme op. Klippen skjulte en lille åbning, som han ikke kunne komme igennem.

Der var noget nede i åbningen, og det skvulpede. Det kunne være et dyr, der var blevet fanget dernede. I så fald ville dyret være druknet eller være død af udmattelse. Han fortalte det til de to andre. Lucas var besat af at komme ind i grotten og se, hvad der var sket.

– Jeg vil ind i grotten og se, hvad det er, sagde Lucas.

Alex og Torben rystede på hovedet.

– Det var for farligt, sagde Alex.

Efter adskillige vejrtrækninger dykkede Lucas målbevidst ned mod indgangen til grotten. Han krøb ind i grotten og steg op indeni, omtrent seks meter op. Han stødte ind i klippesiden på vej op og ramte så overfladen.

Han fik luft og opdagede med forfærdelse et ansigt med åbne øjne, der stirrede på ham. Han genkendte straks den forsvundne Rune Sten. Hans ansigt var stivnet af rædsel, og øjnene var ved at poppe ud af kraniet. Lucas rystede helt ned i sin dybeste sjæl af gru.

En sardin svømmede ud af Runes åbne mund, og der faldt en fingerring og en pose ud af munden. Lucas greb ringen og posen, som han stoppede i sin lomme. Han steg op til overfladen inde i grotten.

– Jeg har fundet en død person, råbte Lucas.

– Du var væk i mere end to minutter. Vi blev nervøse, sagde Torben.

–Jeg lever stadig, sagde Lucas.

– Hvad råbte du? spurgte Alex.

– Jeg har fundet en død person. Det er Rune Sten.

– Det passer ikke.

– Jo.

– Vi må melde det til politiet.

– Ja, men først må jeg finde ud af, hvordan jeg kommer ud. Åbningen i toppen af grotten er for lille.

– Kan du ikke dykke tilbage?

– Nej, jeg kan ikke vende og kan ikke svømme baglæns nedad.

- Hvad kan vi gøre?

– Kan I klatre op og udvide hullet?

– Vi kan forsøge.

Det var svært at komme op til toppen af klippen, men det lykkedes for Alex. Det var ren klippe, så selvom han havde haft en hakke, ville det have været umuligt at udvide hullet.

– Det er umuligt at udvide hullet, sagde Alex.

Lucas mærkede et sug af angst i mellemgulvet. Han blev grebet af panik, men beherskede sig.

– I må hente hjælp, sagde Lucas. - Jeg kan ikke holde fast for evigt.

– Torben, tag hen på politistationen og hent hjælp, sagde Alex. - Jeg bliver her. Kom tilbage så hurtigt som muligt.

– Jeg svømmer ind til bredden og ringer til Hanne, sagde Torben.

– God idé, sagde Alex. - Jeg holder Lucas med selskab, indtil der kommer hjælp.

Torben svømmede mod bredden.

– Torben, der er en politistation tæt på Nostos Taverna, hvor vi spiste den første aften, råbte Alex. - Det er en stor hvid bygning med blå skodder. Der står ikke politi, men du burde kunne finde den. Politistationen ligger på højre side ud til havnekajen.

– Modtaget, råbte Torben.

Torben svømmede hurtigt ind til strandbredden. Han tog sin t-shirt og sine sandaler på. Han ringede til Hanne, men hun tog ikke sin mobil. Han spænede op på kajen for at lede efter politistationen.

Alex klatrede op på den anden side af klippen. Det var risikabelt og næsten umuligt. Der var intet at holde fast i, men det lykkedes. Der voksede noget græs på den anden side. Alex råbte ned i hullet til Lucas: - Er du okay?

– Ja, men mine kræfter begynder at slippe op, og det er svært at holde fast, svarede Lucas.

– Du er nødt til at holde fast. Torben kommer med hjælp. Jeg leder efter en vej ud på den anden side af klippen.

Der kom intet svar. Alex kunne høre Lucas stønne, så han måtte være i orden. På den anden side af klippen rev og sled Alex i en græstot. Efter fem minutters slid kom den løs, men det hjalp ikke. Græsset voksede i jord, der i realiteten mest bestod af granit.

Alex fandt en blød sprække. Han satte fingrene i så hårdt, han kunne. Jorden løsnede sig. Han fik fjernet jord nok til, at han kunne se kulsort vand nedenunder. Det nye hul var så stort, at han kunne komme derned.

– Jeg har fundet et hul på den anden side, sagde Alex. - Jeg springer ned i hullet og ser, om jeg kan finde dig. Vent et par minutter.

Alex tog fat i en græstot og sprang ned i hullet, som var fyldt med kulsort vand. Han dykkede og fandt en meter nede en mellemgang, som førte ind mod Lucas. Han dykkede ned og drejede ind mod Lucas. Her stødte han ind i Lucas, som blev forskrækket og sparkede ud efter Alex. Han ramte heldigvis ikke. Alex svømmede op og satte sig på klippen.

– Lucas, jeg ved, hvordan du kan komme op! råbte Alex.

Lucas havde hvilet sig og var kommet til kræfter. Han blev oplivet af at høre Alex' optimistiske stemme.

– Skønt, sagde Lucas. - Var det dig, der rørte ved mig?

– Ja, svarede Alex. - Du skal synke en meter ned. Du kan trække dig selv gennem en mellemgang. Du kan komme op i det nye hul.

– Jeg forsøger, sagde Lucas.

Lucas baskede med armene for at komme nedad. Det var ikke nemt. Det tog et helt minut, og luften var ved at slippe op. Lucas fik fat i gangen mellem de to huller og trak sig yderligere en meter nedad. Så trak han sig igennem og kom fri.

Næsten.

Desværre sad Lucas fast mellem de to huller. Han havde ikke mere luft i lungerne. Han slappede af og beredte sig på at dø. Det var ikke så slemt. Han var næsten helt væk. Lucas rykkede og sled forgæves. Han sad fast. Lige før det sortnede for hans øjne, gled han opad.

Lucas ramte overfladen i det første hul. Han tog fem dybe vejrtrækninger og dykkede. Han følte, at han kæmpede i en evighed mellem de to huller. I virkeligheden var der kun gået to et halvt minut. Han havde ikke mere luft tilbage i lungerne. Han ville dø, hvis han ikke nåede det andet hul. Det blev sort for Lucas' øjne.

Inden Lucas besvimede, kom han fri ad gangen mellem de to huller, og det lykkedes ham at flyde op til overfladen i det nye hul. Han trak næsten ikke vejret længere.

Situationen så håbløs ud, men så hostede han vand ud af munden. Der gik yderligere fem minutter, før han var klar til at komme op. Det lykkedes Lucas at hive sig op på klippen med hjælp fra Alex, som trak i ham fra oven. Lucas lagde sig på klippen for at komme sig.

Efter nogle minutter havde Lucas fået kræfter nok til at kunne kigge ind mod havnen. Han kunne se, at der var aktivitet. Der kom en båd fra Kystvagten, som Alex vinkede hen til klippen.

Det lykkedes næsten uden besvær at få Lucas løftet ned i båden. Lucas blev taget imod af stærke arme, mens Alex lirkede sig selv ned i båden.

Lucas fik et tæppe svøbt om sig, da han var blevet afkølet af det lange ophold i vandet. Han kom sig hurtigt. Både Alex og Lucas blev tilset af en læge. Ingen af dem havde lidt synderlig overlast.

Båden lagde til i havnen, og de bad om at tale med politiet. De blev fulgt op til politistationen, hvor de fortalte om det uhyggelige fund i grotten til den lokale krimichef, Alexandros Papadopoulos. Han var en tynd, civilklædt politimand med sort hår og høje tindinger. Han havde tætsiddende øjne, som stirrede mistænksomt på dem.

– Vi kendte ham, sagde Lucas.

– Det er Rune Sten fra København, sagde Alex.

– Han var død, da vi fandt ham i grotten.

De berettede, hvordan de havde fundet Rune flydende i hullet i grotten med fisk svømmende ud af munden.

– I kan gå nu, sagde krimichefen. - Hvis jeg har flere spørgsmål, kommer jeg forbi Hotel Greko.

Lucas og Alex gik tilbage til hotellet. Lederne havde samlet alle kursisterne i haven, da de ankom. Lucas smilede, da det næsten virkede, som om det var en ny fjollet øvelse.

– I skal høre, hvad der er sket, sagde Hanne. - Alex og Lucas fandt Rune Stens lig i en hule på den lille klippeø ud for stranden, der hvor vi festede i går.

Hanne lod øjnene løbe rundt og kiggede på kursisterne: - Jeg har talt med politiet, som har bjærget liget fra klippen.

– Hvordan døde han? spurgte Alex.

– Politiet kan ikke sige, hvorfor han døde.

– Det er underligt, at han dukker op på Skopelos.

– Ja, vi troede, at han var forsvundet i København, men vi får nok mere at vide. Lucas, vil du tilføje noget?

– Det var uhyggeligt at finde Runes lig i grotten, sagde Lucas. - Det var svært at svømme ind, men umuligt at svømme ud.

– Gad vide, hvem der fik Rune til at svømme derind, sagde Alex.

– Alex hjalp mig ud af grotten. Tak, Alex.

– Du er velkommen, Lucas.

Ved at bruge ordet *hvem* havde Alex antydet, at Rune muligvis var blevet lokket til at svømme ind i grotten og var blevet myrdet. Hvis han havde brugt ordet *hvad,* ville han have antydet, at Rune var svømmet ind af egen vilje. Lucas gad godt vide, om nogen i forsamlingen havde forstået denne antydning. Han kiggede på kursisterne, men ingen undveg hans blik. Enten havde ingen forstået Alex' antydning, eller også var der en meget kølig person i forsamlingen.

– Politiet kommer nok forbi og har måske mere at fortælle, sagde Lucas.

– Jeg har aftalt med politiet, at vi ikke ringer til Runes forældre og fortæller den sørgelige nyhed, sagde Hanne. - Liget skal først endeligt identificeres.

– Er aftenens afskedsmiddag aflyst? spurgte en af kursisterne.

– Nej, om lidt går vi sammen med Knol Bromme hen til tavernaen. Vi mødes om en halv time.

Alex og Lucas skiftede tøj og havde tid til at tale om fundet af Rune Stens lig. Lucas viste Alex posen, som han havde glemt at aflevere til politiet.

– Jeg fandt en pose med fniseurt, som faldt ud af Runes mund, sagde Lucas. - Politiet ved intet om det.

– Hvad! udbrød Alex.

– Du hørte rigtigt, sagde Lucas. - Jeg havde glemt det, da vi talte med politiet. Her er den. Lad os åbne posen.

– Skulle vi ikke hellere aflevere den til politiet? spurgte Alex.

– Ja, jo, næh, det er mystisk og interessant, svarede Lucas.

– Det er vel i orden.

Lucas åbnede forsigtigt posen. Fniseurten var ubeskadiget efter opholdet i vandet. Alex sniffede til fniseurten og rakte den til Lucas. Han kiggede spørgende på Alex.

– Det er hash, sagde Alex. - Jeg kan genkende den søde lugt. Flere af mine bekendte i København ryger det.

– Det lugter klamt, sagde Lucas.

– Det er almindelig cannabis.

– Tror du, at Rune har smuglet det ind i Grækenland eller købt det her?

– Begge dele er muligt.

– Jeg tror, at der er en på holdet, der er involveret.

– Hvem?

– Jeg er ikke sikker, måske Knud, Hans Peter eller Irene.

– Irene?

– Ja, hun kommer oprindeligt fra Montenegro, som grænser op til Albanien, sagde Lucas. - Jeg har læst, at Albanien producerer det meste af den cannabis, der kommer ind i Grækenland.

– Det lyder fantastisk, sagde Alex. - Er det ikke ren spekulation?

– Måske. Lad os tale om det senere.

– Enig, det er på tide at gå hen til de andre.

Det var en stille flok, der fulgtes hen til tavernen. De var tretten kursister, fire ledere og Knol Bromme.

Stemningen på Nostos Taverna var afdæmpet. Der blev ikke talt om Rune Sten og hans død. Han var ikke blevet identificeret, så det kunne være en anden. Lucas var imidlertid sikker på, at det var Rune. De fleste ville helst lukke det ude og ikke tale om det. Alex og Lucas udvekslede blikke. Der var måske en, der vidste mere. En pikant tanke.

Efter lidt mad og drikke løsnede stemningen op. Der var mange, der havde spørgsmål til Bromme. Han besvarede alle spørgsmål med lange udredninger. Lucas sagde intet, men morede sig kosteligt over de lange svar på klingende lollandsk. Indimellem blandede Svirre sig i samtalen, også på klingende lollandsk. Det var morsomt. Rune var glemt for en stund.

– Er du virkelig fra Edinburgh? spurgte Lucas.

Hans Peter svarede ikke. Han kiggede olmt på Lucas og vendte sig væk. Der var flere, der grinede.

– Du er bare en trold fra Gjøl, sagde Alex.

– Pjat, sagde Hans Peter. - Du er da ikke alt for knøw.

– Nej, bare fra Kjøbenhavn.

Middagen nærmede sig sin afslutning. Inden de forlod Nostos Taverna, mindede Svirre kursisterne om at tage deres bræt med til øvelserne næste morgen. Han henviste til brættet med deres drømme, som de havde malet tidligere. Alle gik direkte hjem til Hotel Greko og ind på deres værelser for at tilbringe den sidste nat inden hjemrejsen.

10

Det var lørdag morgen, og mange vågnede tidligt. Alle glædede sig til at komme hjem til Danmark næste dag. Lucas stod op og fik morgenkaffe. Efter morgenmaden travede han op på en nærliggende klippe og nød udsigten. Han steg ned fra klippen for at deltage i de sidste øvelser med Svirre.

Alle var mødt op. Svirre så ud over forsamlingen.

– Det er vores sidste dag, sagde Svirre. - Godmorgen.

Kursisterne hilste søvndrukne tilbage.

– Vi starter med en tillidsøvelse, hvor man skal lade sig falde i blind tillid til at blive grebet af sin makker. Jeg lader mig falde tilbage, og Hanne griber mig. Det vil være tydeligt, hvis jeg ikke har tillid til Hanne, for så vil jeg afbryde mit fald.

Hanne stillede sig beredvilligt op. Det så ikke ud til, at det var aftalt spil. Svirre ventede nogle sekunder for at øge spændingen, hvorefter han lod sig falde. Hanne greb ham som forventet. Det så akavet ud, da hun greb den store, tunge psykolog.

Svirre og Hanne stillede sig smilende op foran kursisterne.

– I skal arbejde sammen to og to, sagde Svirre.

– Piraterne deles op i to hold af to kursister og et hold med tre kursister, sagde Hanne.

– Rebellerne deles i to hold med to kursister.

– Gjøl Trolden og Long John Silver leder slaget.

Kursisterne forlod haven. Hos Piraterne blev alle grebet.

Hos Rebellerne havde Knud og Gitte en godkendt faldøvelse. Knud og Karen greb også hinanden. Selv Hans Peter greb Michelle. Derefter gik det galt for Hans Peter, som ikke havde tillid til nogen som helst og afbrød sit fald tre gange. Han kiggede på sin gruppe.

– Den slagne Gjøl Trold gi'r op, sagde Hans Peter. - Jeg ta'r hjem uden tillid til mine undersåtter. Vi afbryder øvelsen og går tilbage til de andre.

Da alle igen var forsamlet, tog Svirre ordet.

– Det er vigtigt at have tillid til andre mennesker, sagde Svirre. - Hvis man ikke har tillid, kan det være fordi man ikke kender hinanden. Jeg håber, at øvelsen har givet jer en forståelse for vigtigheden af tillid.

Der blev en kort, naturlig pause.

– I vores næste øvelse bliver I delt op i fire hold, sagde Svirre. - Et hold på fem og to hold på fire.

Svirre kiggede rundt, svingede med armene og dannede tre hold ved at pege på kursisterne en efter en. Han sørgede omhyggeligt for at blande kursister fra Rebellerne og Piraterne. Snart efter stod de tre hold klar til at modtage instruktioner.

– I skal vurdere, hvad I har fået ud af kurset, sagde Svirre. - Se på det, I kan bruge, når I kommer hjem. I skal frit fra leveren sige jeres ærlige mening.

– Vi optager vurderinger fra hver enkelt kursist på de tre hold på iPad-video, sagde Hanne. - Det sørger Margrethe, Henning og jeg selv for.

– Vi redigerer videoerne og viser dem på opfølgningsmødet senere i København, sagde Svirre.

De tre hold blev ført til hvert sit sted af Hanne, Margrethe og Henning. Lucas synes, at det var noget pjat, men det var den sidste øvelse, så det var med at få det overstået.

Der var en munter stemning på alle tre hold. De gik tilbage til haven, da de var færdige med opgaven. Svirre koblede de tre iPads op en efter en på et tv-apparat. De to første videoer var flotte. Lucas ville starte sit eget bureau. Anders var helt klar i mælet, da han erklærede, at han ville være direktør. De andre var mindre direkte i deres mål.

Det sidste hold på tre var det mest underholdende. Holdet bestod af Emil, Michelle, Karen og Hans Peter. Emil lagde ud.

– Jeg vil være åben i min kommunikation, sagde Emil. Jeg vil lytte til andre, så jeg bedre kan lede dem. Jeg er snart helt rask og kan lægge min badering på hylden.

Lucas nikkede smilende til Emil ved den bemærkning. Michelle fortalte, at hun ville arbejde med sit dårlige forhold til sin mor. Så var det Karens tur. Lucas frygtede, at hun ville tage udgangspunkt i sine egne problemer med maven. Det gjorde hun ikke.

– Jeg lærte noget af brevet til mit indre barn, sagde Karen. - Jeg skal forstå mig selv. Jeg vil være professionel over for kollegerne og kun drøfte mine private problemer med mine kære derhjemme. Jeg tror, at jeg kan blive en bedre leder.

Kursisterne klappede af Karen. Den sidste kursist til at evaluere var Hans Peter. Det tog meget mere end et minut. Han stirrede direkte ind i skærmen.

– Jeg har intet lært, råbte Hans Peter.

Folk grinede. Der kom mere af samme skuffe.

– Jeg tar' hjem som en slagen mand, men jeg vil rejse mig af asken som en tiger, der har overlevet en junglebrand, sagde Hans Peter.

Han stillede sig foran tv-skærmen, truede den med en knyttet hånd og sang: - Jeg vil være en vognmand fra Slagelse.

Kursisterne kiggede forundret på hinanden. Lucas tænkte, at Hans Peter intet havde lært og ville fortsætte i samme spor, når han kom hjem.

– Åh, jeg ve' godt, hvad I tænker, han bli'r aldrig til noget, sagde Hans Peter. - Men I ta'r fejl, jeg vil skifte arbejde, når jeg kommer hjem. Jeg vil ha' et mere manuelt, udendørs arbejde. Jeg ve' bare ikke helt hvad, måske gartner eller vicevært. Skål i skuret.

Hans Peter hævede sin tomme hånd til en skål og satte sig ned.

Der blev helt stille, og Svirre rejste sig langsomt.

– Vi holder fem minutters pause, sagde Svirre. - Find jeres bræt frem til kursets sidste øvelse!

De fleste kursister havde husket deres bræt. Et par enkelte

måtte op på deres værelse og finde brættet frem. Da alle kursister var tilbage, bad Svirre dem om at rejse sig op med deres eget bræt i hånden. Svirre viftede med et tomt bræt, som han satte på jorden.

– I skal knuse jeres egne drømme, sagde Svirre. - Det er en del af læringen. Jeg vil demonstrere med Hanne.

Hanne havde tegnet en tegning med en kvinde, der stod på en alpetop. Hun gav brættet med tegningen til Svirre, som holdt det op foran sig med begge hænder. Han lænede sig frem for at støtte med benene, så han kunne tage imod. Hanne løftede sin højre hånd og bøjede fingrene let. Hun skød hånden frem i et fornemt karateslag, som smadrede brættet med tegningen i et hug. Brættet flækkede midt over med en dump, træagtig lyd.

Kursisterne betragtede scenen med vantro, som om de ikke troede deres egne øjne.

– Det er nemt nok, hvis I slår til af alle kræfter, sagde Hanne. - Hånden tager ikke skade. Brættet er ikke hårdt, så I kan alle slå det over.

– I laver øvelsen med jeres sidekammerat, sagde Svirre. - Hanne og jeg kommer rundt og hjælper jer.

Alle kursister fik til Lucas' overraskelse deres bræt midt slået over. Nogle skulle forsøge flere gange, før det lykkedes.

– Hvorfor skulle jeg slå min egen drøm midt over? spurgte Lucas. - Betyder det ikke, at jeg smadrer drømmen?

Svirre satte sig med stor værdighed i sin stol.

– Brættet er et billede på jeres drøm, sagde Svirre. - Billedet skal væk, så I kan gå hjem og gøre drømmen til virkelighed. Hvis I beholder billedet af jeres drøm, vil I klamre jer til det, og så bliver drømmen aldrig til virkelighed.

De fleste kursister nikkede, som om de havde forstået det. Lucas købte ikke den forklaring. Det var det rene sludder.

– Det var den sidste øvelse, sagde Svirre. - Det er op til jer selv, hvordan I vil bruge det, I har lært i denne uge.

– I morgen får I instruktioner om hjemrejsen og opfølgningsmødet om nogle uger, sagde Hanne. - I har fri, og jeg ønsker jer en god sidste aften her på Skopelos.

Kursisterne klappede og kiggede på hinanden, før de forlod haven. Kursisterne havde fri, og Lucas trak Alex til side. De gik op på deres værelse, hvor Lucas luftede en mistanke.

– Der er måske en på holdet, der er involveret, sagde Lucas.

– Hvem skulle det være? spurgte Alex.

– Jeg har holdt noget tilbage.

Lucas trak en guldring op af lommen.

– Ringen faldt ud af Runes mund sammen med posen med hash, sagde Lucas. - Jeg stak ringen og posen i lommen på mine badebukser og glemte at sige det til politiet.

Alex tog ringen i hånden, som kunne være kostbar. Der var en slidt inskription på indersiden af ringen.

– Til min elskede, læste Alex op.

– Der er mere, sagde Lucas.

– Ja, der står 750, sagde Alex. - Det står for 18 karat guld, tror jeg.

– Der er en hilsen.

– Der står kærlig hilsen HPT.

– Eller HFT? Det er udvisket.

– Ja, måske.

– Det kunne være initialer for Hans Peter Thorsen, sagde Lucas.

– Nej, den er for langt ude, sagde Alex.

– Hans Peter opfører sig underligt.

– Tror du, han kunne være Runes banemand?

– Det er muligt.

– Skal vi ikke overgive det til politiet? spurgte Alex.

– Nej, svarede Lucas. - Så bliver vi holdt tilbage, og jeg vil gerne hjem i morgen.

– Enig, men vi må finde en måde at overgive ringen til politiet, inden vi tager hjem.

– Vi kan måske aflevere ringen anonymt?

– Vi ordner det senere. Lad os ryge hashen.

Lucas var overrasket over forslaget. Det var jo sidste dag, så hvad kunne der egentlig ske ved det.

– Jeg har aldrig røget hash før, sagde Lucas.

– Vi går ud og bygger en jordpibe, sagde Alex.

– Ved du, hvordan man gør det?

– Ja, kom med mig.

De gik udenfor og byggede en jordpibe. Det var svært at få ild på hashen, men det lykkedes. Det lugtede sødt og ulækkert. Alex og Lucas skiftedes til at tage dybe sug. I starten kunne Lucas ikke mærke noget.

Efter kort tid følte Lucas sig svimmel og lagde sig ned for at kigge på den blå himmel. Han befandt sig i en drømmende, men vågen tilstand. Han begav sig på en rejse ind i sig selv, hvor han kunne mærke sin egen krop indefra. I tankerne kom han ned i maven, hvor væskerne klukkede og bevægede sig ned i tarmene.

– Blob, blob, klukkede det fra Lucas' mave.

Maven klukkede og boblede, så det var en fornøjelse. Det lød næsten som om gruppen Hot Butter spillede deres hit *Popcorn* i kvart tempo nede i Lucas' mave.

Lucas fik den tanke, at han kunne stoppe sit eget hjerteslag et øjeblik eller i det mindste sætte pulsen ned. Han prøvede at kontrollere pulsen ved at trække vejret langsomt. Det ville være en imponerende præstation, hvis han kunne stoppe den helt. Det ville være et cirkusnummer i særklasse. Det lykkedes ikke, men han fik pulsen til at blive langsommere, men den stoppede ikke helt.

Lucas flyttede sin bevidsthed til hjertet.

– Dik, dik duk, slog hjertet. - Dik, dik duk.

Hjertet slog langsommere og langsommere. Det var, som om lyden kom fra en enorm bashøjttaler, der bankede løs i hans bryst. Lucas svømmede mere og mere hen. Han kunne ikke afgøre, om han var vågen eller drømte. Han spekulerede på, om det var Lucas, der var dykket ned i sin egen krop, eller om det var hans egen krop, der var trængt ind i hans bevidsthed.

Han var ikke engang klar over, om det var Lucas, der tænkte tanker, eller om det var tankerne, der tænkte Lucas.

Lucas lukkede øjnene og lod sig ikke påvirke af indtryk fra den ydre verden. Han spekulerede på, om det var hans hjerte, der var begyndt at slå langsommere, eller om jorden var begyndt at bevæge sig hurtigere i forhold til hans hjerte.

Efter en tid aftog virkningen, og Lucas kom langsomt til sig selv. Det føltes som at gå fra en karikeret tegneserieverden til den virkelige verden. Han blev helt klar i hovedet, åbnede øjnene og begyndte at orientere sig. Værelset var utydeligt, men efter nogle blink med øjnene blev alt helt tydeligt. Det føltes som det modsatte af en verden, der krakelerer.

Der var ingen andre i værelset. Alex var væk. Han måtte være gået ud af værelset og have taget ringen med sig. Lucas gik ud for at lede efter ham. Alex var hverken på hotellet eller i haven.

Lucas forlod hotellets område og gik længe rundt for at lede efter Alex. Han kravlede op på en nærliggende klippe for at få et overblik over området. Da han kiggede ned, så han en skikkelse liggende ved foden af klippen. Han følte trang til at undersøge det nærmere. Han steg forsigtigt ned af klippen, hvilket tog fem minutter.

Lucas undersøgte skikkelsen ved foden af klippen. Han så straks, at det var Alex. Han var helt livløs. Han lagde sin pegefinger på Alex' håndled, men der var ingen puls. Liget var blodigt og maltrakteret. Det var især gået ud over hovedet, som var knust til ukendelighed. Lucas gøs, tog sig voldsomt sammen og undersøgte Alex' lommer. Ringen var væk. Det var mistænkeligt.

Lucas gik ned til politistationen og fortalte krimichefen, Alexandros Papadopoulos, om fundet. Lucas beskrev stedet, hvor Alex' lig lå, og han fortalte om guldringen.

– Alex havde en guldring med sig, men den er væk, sagde Lucas.

– Hvilken slags ring? spurgte krimichefen.

– En fingerring med initialerne HPT eller HFT.

– Ved du, hvad det står for?

– Det kan være Hans Peter Thorsen, som har initialerne HPT.

– Hvor er ringen nu?

– Det ved jeg ikke.

– Jeg ser på det, men først skal liget af Alex undersøges.

Politiet sendte en ambulance og to politibetjente sammen med krimichefen til stedet, hvor Alex' lig lå. Krimichefen undersøgte liget og så, at Alex' baghoved var knust, måske inden han faldt ned af klippen. Hvis det var tilfældet, kunne det være mord. Han undersøgte liget grundigt, før det blev fjernet til obduktion.

Retsmedicineren tog et hurtigt kig på Alex' lig. Der var ikke tvivl om, at et stumpt instrument havde ramt hans hoved, inden hans krop drattede ned af klippen.

Krimichefen gik rundt i området, og efter en halv time fandt han en klippesten indsmurt i blod. Han lirkede stenen ind i en plastikpose og tog den med tilbage til politistationen. Han pressede politeknikerne til straks at undersøge stenen for fingeraftryk. De fandt et rimeligt aftryk af to fingre.

Krimichefen tog straks hen til Hotel Greko for at undersøge Alex' og Lucas' fælles værelse. Han fandt ikke noget, der kunne hjælpe efterforskningen af Alex' død. Han ville også tale med Hans Peter og Lucas.

Lucas og Hans Peter blev kaldt ind til afhøring enkeltvis. Derefter blev Hanne og Svirre udspurgt. Det bragte intet nyt for dagen. Krimichefen bladrede i de forhørtes pas og tog fingeraftryk. Det viste sig, at Hanne havde hele sit navn i passet, Hanne Faber Toft. Krimichefen fløjtede, da han så, at Hannes initialer passede med det, Lucas havde fortalt om initialerne HPT eller HFT, men han fortrak ikke en mine.

Tilbage på politistationen tjekkede han Hannes og Hans Peters fingeraftryk. Der var ikke noget match. Han var dermed ikke kommet meget videre med opklaringen af Rune Stens død. Da lederne og kursisterne skulle hjem næste dag, måtte han arbejde hurtigt. Han havde ikke nok til at tilbageholde nogen af dem.

II

Søndag morgen pakkede Lucas sin rygsæk med sit tøj og tre flasker retsina. Han gik ned for at drikke en kop morgenkaffe og vente på de andre. Flere taxier var bestilt, så de kunne komme ned til havnen og med færgen til Skopelos og derfra videre med fly til København.

Selskabet måtte rejse hjem uden Alex, som skulle hjem i en ligpose. Lucas tænkte på Rune Sten, som ikke var dukket op til afrejsen en uge i forvejen. Lucas havde fundet Rune Sten død under mystiske omstændigheder ud for kysten på Skopelos. Han skulle også hjem i en ligpose.

Hanne Toft tjekkede, om alle var mødt op ved at læse op og krydse af. De fire ledere og de resterende tolv kursister tog af sted i taxaerne. De kom ned til havnen i god tid og kunne nå en kop kaffe inden afrejsen.

Da de steg ud af taxaerne, kom krimichef Alexandros Papadopoulos hen til selskabet. Han skulle tale med Henning, som rent faktisk hed Henning Faber Toft, hvilket passede med initialerne HFT, ligesom Hanne Faber Toft. Henning blev bedt om at medbringe sin kuffert.

På politistationen fik Henning taget fingeraftryk og blev afhørt på engelsk. Krimichefen sad med passet i hånden: - Er du Henning Faber Toft? spurgte krimichefen.

– Ja, men jeg bruger sjældent mellemnavnet Faber, som jeg har fra min kone, svarede Henning.

Forhøret blev afbrudt af en betjent, der kom ind og nikkede til krimichefen, som fulgte med ud. Han kom straks tilbage, fremviste en guldring og spurgte: - Er det din ring?

Henning tog ringen i hånden.

– Ja, svarede Henning.

– Ringen blev fundet i din kuffert. HFT er indgraveret. Henning Faber Toft.

– Ja, det kan jeg ikke løbe fra.

– Dit fingeraftryk blev fundet på en blodig sten tæt på Alex' lig. Krimichefen vidste, at der ikke var hundrede procent match, men han ville alligevel bruge det i afhøringen. Krimichefen lagde mærke til, at farven forsvandt fra Hennings ansigt. Han så usikker ud, men samlede sig hurtigt.

– Det kender jeg ikke noget til, sagde Henning.

– Det tror jeg ikke på, sagde krimichefen. - Du er sigtet for drab på Alex Jensen.

Henning så rystet ud. Han slugte en klump og trak vejret i små stød.

– Jeg kan høre, at du har dårlig samvittighed, sagde krimichefen. - Indrøm det!

Henning tøvede et øjeblik og sagde så: - Jeg sloges med Alex og ramte ham med en sten. Da han faldt ud over klippen, smed jeg stenen væk i panik.

– Du klatrede ned og tog ringen.

– Ja, jeg tørrede stenen af. Hvordan kunne I finde fingeraftryk?

– Du var ikke grundig nok.

– Jeg var i panik og skyndte mig tilbage til hotellet.

– Du skulle have meldt det, sagde krimichefen.

– Ja, men han havde stjålet min ring, og jeg ville have den tilbage.

– I virkeligheden var det Rune Sten, der havde taget ringen. Lucas har fortalt mig om ringen.

– Jeg ville ikke skade Alex. Det var et uheld.

– Du slog Alex ihjel. Vi ved også, at du dræbte Rune Sten.

– Nej, det passer ikke. I har helt galt fat i det.

Henning så ned på bordet. Krimichefen var yderst tilfreds. Han havde spillet et højt spil. Politiet havde tidligere afhørt to græske mænd, som var blevet set sammen med Rune Sten på Skiathos. Politiet havde en mistanke om, at de græske mænd havde lokket Rune ind i grotten på Skopelos og ladet ham lide druknedøden. Det kunne være i forbindelse med snyd i en hashhandel, men det kunne ikke påvises.

– Jeg tror ikke, at du slog Rune ihjel, sagde krimichefen. Det ser ud til at være nogle andre. Du skal underskrive min rapport. Jeg vil tilbageholde dig.

– Jeg skal nok underskrive, så længe min kone holdes udenfor, sagde Henning.

– Det er i orden. Vi har ikke noget på din kone.

Krimichefen var klar over, at der måtte være en større organisation bag. Henning var en lille fisk. Han ville bede det danske politi om at ransage Hennings hjem. Han havde intet på Hanne Faber Toft, så han kunne ikke holde hende tilbage. Hanne besluttede sig for at blive nogle dage på Skopelos for at støtte sin mand.

Svirre meddelte kursisterne, at Hanne og Henning skulle blive på politistationen. Sejlturen til Skopelos og flyveturen tilbage til København var helt begivenhedsløse. Der var en mat stemning, da de sagde farvel til hinanden i Københavns Lufthavn. Svirre sagde, at han ville indkalde til et afsluttende møde senere.

En måned senere mødtes de i Morgendagens Leders lokaler, hvor et tv-apparat var stillet op. Alex Jensen og Rune Sten døde på Skopelos, men der var stadig tolv kursister tilbage. Af lederne var det kun Peter Svirre, der dukkede op.

– Min kone er ikke nødvendig, sagde Svirre. - Det bliver et kort møde i dag. Vi har to timer sammen, før vi skilles. Jeg vil starte med at fortælle jer, hvad jeg ved om begivenhederne på Skopelos.

Svirre fortalte om Henning Faber Tofts anholdelse for mord på Skopelos, primært baseret på avisartikler. Henning blev anklaget for drabet på Alex Jensen. Aviserne skrev, at det græske politi mente, at en større narkotikaring stod bag affæren. Aviserne spekulerede på, hvem bagmændene kunne være, men de kom ikke nærmere på det.

De fleste af kursisterne havde læst aviserne, men ingen sagde noget, bortset fra Lucas.

– Aviserne skrev, at det danske politi havde ransaget Hennings Tofts hjem, sagde Lucas. - De fandt ikke noget, der kunne hjælpe med opklaring af hashsmugling i Grækenland. Det er bare så typisk, at de store bagmænd går fri.

– Det har du ret i, men der er ingen spor, sagde Svirre. - Vi kan ikke vide, hvem der står bag smuglingen af hash. Vi er nødt til at lade det ligge.

Svirre rejste sig op, lagde en dvd i tv-apparatet og sagde: - Jeg vil gerne høre om jeres udbytte af kurset. Jeg starter med at vise videoerne fra jeres evaluering på Skopelos.

Cikadesang strømmede ud af tv-apparatets højttalere. Haven med den afsvedne plæne dukkede op i den stærke sol. De solbrændte kursister sagde hver nogle få sætninger om deres planer. Lucas nød at gense videoerne. Det var skønt at genopleve feriestemningen og se sig selv fortælle på en afslappet måde.

– Vi tager en runde, så alle kan kommentere videoerne, sagde Svirre.

På runden fortalte de fleste kursister, at de var tilfredse med kurset, på trods af de dramatiske begivenheder. Lucas var den eneste, der havde konkrete planer. Han havde sagt sin faste stilling op for at åbne et konsulentbureau. Han ville tage vanskelige sager og arbejde som privatdetektiv.

Dagen efter opfølgningsmødet gik Lucas i gang med at lede efter lokaler til sit bureau. På Vesterbro lejede Lucas et lille, snusket kælderrum i Eskildsgade, hvor der var to trin ned fra gaden.

Lucas delte rummet op med en kinesisk skærm. Rummet blev til et kontor med et mikroskopisk tekøkken og et værelse med en seng. Lokalet var dårligt vedligeholdt, men billigt. Han friskede det op med maling.

Lucas oprettede en hjemmeside, hvor klienter kunne se priser på forskellige undersøgelser. Han sendte e-mails til alle sine kontakter, hvilket skaffede de første klienter.

I løbet af de næste måneder fik Lucas en række småsager, som han løste efter alle kunstens regler. Især blev han skrap til at finde forsvundne personer og afsløre snyd.

Han havde kun opgaver til at udfylde to dage om ugen, så han sad det meste af tiden i kælderlokalet og drak whisky. Det regnede meget, så det blev et vådt efterår for Lucas.

Efteråret gik sin gang. December satte ind med kulde og slud. Lucas frøs i det lille fugtige lokale og drak endnu mere whisky, men han håbede på, at der dukkede flere sager op.

12

December var den sødeste måned på året. Butikkerne bugnede af varer til overpris, og kunderne stressede af sted som gale for at sikre sig pakker til deres kære. Bare det altså snart var jul, synes alle børnene at ønske. Om få uger ville det blive juleaften, som var hjerternes fest. De fleste borgere var stressede, men forventningsfulde. Det gjaldt ikke Lucas, især ikke på denne stive formiddag.

Klokken ti kravlede en edderkop hen over Lucas' ansigt. Han åbnede øjnene og fik øje på en halvtom flaske bourbon på sit skrivebord. Han forsøgte at erindre, hvorfor han sad i en kontorstol på dette indelukkede, snuskede kontor. Hvordan i alverden var han havnet her? Han fik øje på en dør med en matteret rude og afskallet maling på glasset.

– kceB sacuL vitketedtavirP.

Det tyggede Lucas på, og han spekulerede på, om han mon i nattens løb havde mistet forstanden, eller om han var blevet kidnappet til et fjerntliggende land. Han havde problemer med at stille skarpt. Enten måtte han få en aftale med en øjenlæge, eller også måtte han skære ned på de våde varer.

– Nej, nej, stop nu, sagde Lucas ud i luften. - Hjernegaloppen er ved at tage pusten fra dig, gamle jas. Ja, det er fandeme rigtigt. Du gode Gud.

Skriften var spejlvendt, og det var hans eget navn. Han kom i tanke om, at han faktisk var Lucas Beck og forsøgte at ernære sig som privatdetektiv. Han havde opnået et vist ry og løste opgaver, som ingen andre ville røre ved. Han gik ikke af vejen for at bruge metoder, der var på kanten af loven. Han opklarede bedragerier, svindel, opsporede forsvundne personer og undersøgte mistanke om utroskab.

Det gik op for Lucas, at dette insektbefængte kontor var hans eget. Sandhedens grå gru gik op for ham. Han gik ud på toilettet og så sig i spejlet. Han talte højt.

– Jo, den var sgu god nok, sagde Lucas. - Bag det svedige tredagesskæg gemmer undertegnede sig.

Han rodede i sine lommer.

– Jesus, der er kun en tyver tilbage.

Det var en af de dage. Ingen kunder i butikken, knap en krone på lommen, en mishandlet krop og en sulten sjæl, der skreg efter medfølelse. Endda ovenpå en nat i ensomt selskab med en flaske Jack Daniels bourbon. Det var længe siden, han havde haft råd til sin foretrukne skotske whisky, en flaske Glengoyne 30 år single malt whisky.

Han sundede sig og gik i gang med at smøre ansigtet ind i barberskum, da der blev banket hårdt og feminint på glasdøren.

– Kom ind, døren er åben, råbte Lucas.

Han vaskede det meste af barberskummet af ansigtet og gik tilbage til kontoret. Døren blev åbnet udefra. En spinkel kvinde på cirka 35 år trådte usikkert ind. Hun virkede som en, der skulle igennem et øde og mørkt sted, hvor hun ikke anede, hvilke overfaldsmænd der stod gemt bag det næste hjørne.

Hun var iført smart forretningstøj med en stor broche, som sikkert ville passe ind i det lokale forsamlingshus. Men her i storbyen virkede brochen gammeldags.

Hendes brune hår var sat op i en pæn frisure, øjnene var brune og matchede farverne i hendes tøj. Hendes læber var fyldigt røde, og hendes hud var glat og kunstigt brun. Hun duftede af Lancôme-parfume. Det var en ganske behagelig feminin duft. Det blik, hun sendte Lucas, tydede på, at hun var ved at fortryde og ville vende om, men hun besindede sig.

– Ja, kom indenfor og sæt dig i stolen, sagde Lucas.

Han pegede på stolen på den anden side af skrivebordet. Hun nølede. Han gabte og måtte beherske sig af al kraft for ikke at sende en daggammel vind ud den anden vej. De satans tømmermænd meldte sig igen. Hans hals snørede sig sammen som en stanget ål, der vrider sig af iltmangel.

Hjertet hamrede ude af takt i en vild balkantakt. Hovedpine, mavepine, kattepine. Lucas havde kort sagt Sahara i hele systemet og følte sig som et lsd-vrag, der havde forsøgt sig med flyvningens ædle kunst fra femte sal og havde overlevet. Han tog ikke stoffer og var ikke faldet ned fra femte. Halsen snørede sig sammen. Hans stemme var tynd og sprukken.

– Hvad kan jeg gøre for dig? spurgte Lucas.

– Eh, ja, svarede hun.

– Kan jeg byde på en kop kaffe?

– Ja tak.

Der var ikke kaffe på kanden. Han var nødt til at hælde vand på kaffemaskinen og tænde for den gamle, hvide filtermaskine. Lucas gik om bag den kinesiske væg. Han havde ikke råd til en sekretær til den slags småting. Han stænkede en smule vand i ansigtet. Det ville helt sikkert klare hans hoved i et par sekunder.

– Beck, sagde Lucas og fortsatte i bedste James Bond-stil. - Lucas Beck.

– Alma Svenning fra Stubbekøbing, sagde hun.

– Hvad drejer det sig om?

– Jeg håber, at du kan hjælpe mig.

– Du må først sige, hvad det drejer sig om.

Alma sagde ikke et ord. De stirrede på hinanden. Lucas blinkede, rejste sig og gik ud efter kaffen, som var løbet igennem. Han hældte den færdige kaffe på en termokande og tog to kopper med ind. Hun åbnede sin røde mund og afslørede et flot sæt hvide tænder.

– Villy, sagde Alma.

– Hvad? spurgte Lucas.

Hun gentog sig selv højt, som om han var døv.

– Villy.

– Villy?

– Ja, og Billy.

Han forstod ikke en lyd af, hvad brunetten forsøgte at sige.

– Vær så venlig at tage historien fra toppen, sagde Lucas.

– Fra toppen?

– Ja, fra begyndelsen.

Lucas var ved at eksplodere. Tømmermænd og brunetter, der talte i gåder. Nej, så hellere en *eisgekühltes* Coca-Cola, men uden Toyota, tak. Popbandet TV2 havde ikke spillet helt forgæves i hans unge dage.

– Jeg har ikke hørt fra min lillebror, Bertil, i flere måneder, sagde Alma.

– Er du sikker på, at han bare ikke gider tage sin telefon? spurgte Lucas.

– Han tager ikke telefonen og skriver ikke tilbage. Jeg ved ikke, hvor han bor, men han har haft en adresse på Christiania.

– Har du prøvet derude?

– Ja, det har jeg.

– Og du fandt ham åbenbart ikke?

– Nej.

Lucas var imponeret. Det kræver mod for en pæn dame fra Falster at troppe op ude i fristaden.

– Har du været hos politiet? spurgte Lucas.

– Ja, men de gør ikke noget, svarede Alma. - De siger, at han nok bare er ude at rejse.

– Kan der være sket noget alvorligt med ham?

– Det håber jeg da ikke.

– Kan han være kommet i dårligt selskab?

– Tja, måske.

– Kan han have skabt sig en gæld til en hash-sælger?

– Det ved jeg ikke.

– Røg han hash?

– Nej, han hverken røg hash eller tog andre stoffer.

Lucas undlod at sige, at han havde haft flere sager med unge mennesker, der var løbet ind i problemer med hash, uden at familien vidste det, og var gået under jorden. Enkelte havde taget penge fra kassen og var forsvundet. Andre havde fået nok af deres miserable liv eller omgivelser.

Lucas var sikker på, at det var en banal sag om en fyr fra en lille by, der var kommet til storbyen og havde fået nye kammerater. Så var han begyndt at ryge hash og var havnet i småkriminalitet. Måske var han kommet i kløerne på rockere eller andre organiserede bander.

– Kan du finde ham for mig? spurgte Alma.

– Ja, men oplysninger koster lidt, sagde Lucas.

– Jeg har penge.

– Jeg tager tre hundrede kroner i timen. Jeg forventer at bruge fem timer plus mindre udgifter til transport og indhentning af oplysninger.

– Er det så dyrt?

– Det er en rimelig pris, sagde Lucas. - Betalingen skal ske på forhånd. Jeg skal undersøge Christiania, folkeregisteret og en eventuel ny adresse.

– Kan du finde ham?

– Ja, men jeg har brug for din brors fulde navn, seneste adresse og cpr-nummer.

Alma var forberedt og tog en seddel op af tasken, som hun rakte til Lucas. Han kiggede på den. Hendes bror hed Bertil Folke. Hun bemærkede hans spørgende ansigtsudtryk.

– Jeg har været gift, men er skilt nu, sagde Alma. - Jeg har beholdt min afdøde mands efternavn.

– Åh, sådan, sagde Lucas. - Giv mig en beskrivelse af din bror. Jeg har naturligvis tavshedspligt.

– Han er en kraftig mand på 1 meter og 90, sagde Alma. - Han har kort, lyst hår og blå øjne. Han går ofte klædt i en lyseblå skjorte med grå lærredsbukser og bruger røde seler.

– Hvor gammel er han?

– 25 år.

– Har du et foto?

– Ja, men jeg vil gerne have det tilbage.

– Selvfølgelig, intet problem.

Alma lagde et slidt foto på bordet. Bertil var tynd på fotoet. Hans blå øjne var tydelige. Han havde kraftige øjenbryn, som var mørkere end det lyse hår. Der var et modermærke på venstre kind.

– Du afviste ikke, at Bertil kunne være kommet i dårligt selskab.

– Nej. Bertil var kommet i kontakt med to grove gutter et eller andet sted. Den ene hed Villy, og den anden hed Billy. Måske ved de noget?

– Ved du, hvor jeg kan finde dem?

– Jeg ved det ikke. Muligvis på et værtshus eller på Christiania. Bertil nævnte dem i telefonen for tre måneder siden. Han havde respekt for dem, var måske endda bange.

– Jeg tjekker op på det.

Alma lagde to tusind kroner på bordet. Så skiftede hun mening og tog dem tilbage. Han sagde ikke et ord. Han troede, hun ville prutte om prisen, men det forsøgte hun ikke. Hun besindede sig og lagde igen pengene på bordet.

Lucas lagde pengene i sin skuffe. Hans tarme skreg på fast føde, men helst ikke en burgermenu fra McDonald's.

– Jeg håber, du er pengene værd.

Lucas trak på skuldrene, da han ikke så nogen grund til at svare. Det var bedre at lade det hænge i luften. Sådan gør en professionel.

– Hvornår kan jeg få besked?

– Kom tilbage om to dage. Du har forudbetalt for fem timer og løbende udgifter. Du får en fuld opgørelse, når jeg er færdig.

Samtalen var slut, og Lucas gav Alma sit visitkort med navn, mobilnummer og adresse. Alma forlod kælderen. Lucas var glad for at have fået en lille sag og penge på lommen, så han kunne få fyldt sin slunkne mave.

13

Lucas søgte efter Bertil Folke på Google, men der kom intet frem. Der var ingen profil på Facebook eller LinkedIn, og Krak havde ikke hans adresse. Han søgte andre steder på internettet, men der kom ikke noget frem. Han indså, at han måtte ty til den gode gamle metode og gå ud i marken for at undersøge sagen.

Lucas havde ikke fastnettelefon. Han brugte mobil og kunne tjekke mobilsvareren alle steder, hvilket var nødvendigt, når man ikke havde en sekretær.

Lucas' mave knurrede som en kat i en sæk. Han gik ind på Café Vivaldo ved Axeltorv, tæt på Vesterport Station, for at spise. Han fik en solid clubsandwich og en lille fadøl. Katten i sækken var blevet tæmmet, og mavens knurren stoppede.

Mæt og veltilpas gik han hen til Folkeregistret i Københavns Borgerservice i Nyropgade. Her oplyste embedsmanden i skranken, at Bertil Folke boede på Christiania og angav en omtrentlig adresse.

Lucas tog en taxa til Christianias hovedindgang. Der vrimlede med hipstere, flippere, hippier, grønlændere, indvandrere og turister fra København, resten af landet og udlandet.

Pusher Street var lukket. Gaderne var befolket af et spraglet folkefærd, hvor christianitter blandede sig i en skøn hob af farver og sprog sammen med flippere, rockere, tyrkere, svenskere, tyskere og andre nationaliteter.

Lucas gik forbi et værtshus med røde, gule og blå pærer i kæder, som glimtede i stærke neonfarver. Det gav stedet en stemning af et afdanket tivoliseret fristed for lommefilosoffer og spåkoner med farverige gevandter og tørklæder.

Lucas gik forbi Christianias faste klientel, som for en stor del bestod af hipstere med vildt fuldskæg og langt flettet hår eller kvinder iført spraglet genbrugstøj. De stod og hang, drak øl og holdt øje med alle personer med kameraer. Selvom han var sjusket klædt, var han næsten bange for at blive forvekslet med en politimand.

Der lugtede sødt af hash blandet med en tiltrækkende duft af falafelsandwich og krydderier. Duften af krydderier ramte Lucas' lugtesans, men han havde spist og blev ikke fristet.

Lucas var ikke kommet for at fordybe sig i miljøet på Christiania. Det kendte han fra sit erhverv som privatdetektiv, især de mere skumle sider. Flere unge mænd og teenagepiger var stukket af fra deres forældre eller institutioner for at slå sig ned her. Han havde tidligere opsporet et par af dem.

Han gik længere ind i Christiania for at finde Bertils adresse og endte i en beskidt gyde. Gyden havde et hus med tre opgange, og han gik ind i den første. Opgangen var beskidt og havde ikke været malet i mange år, men der var pyntet med vissent løv og tørrede blomster.

Beboerne i opgangen var en blandet flok. På anden sal var der en, der åbnede døren. Det var en kvinde på cirka femogfyrre år. Hendes hår var sat op i en løs knude i nakken, og hun var iført en let blomstret kjole med sorte gamacher. For at holde varmen havde hun et sødt hjemmekniplet sjal om skuldrene.

– Hej, kender du Bertil? spurgte Lucas. - Jeg er hans ven.

– Nej, jeg ved ikke, hvem det er, svarede kvinden.

– Han er en høj, kraftig mand med blå øjne. Han går som regel med røde seler.

Kvinden rystede på hovedet.

– Der kommer mange unge mennesker nedenunder. De fester hver dag, så måske kender de ham.

Lucas takkede for oplysningen. Han gik ned ad trappen og ringede på døren nedenunder. En ung rødhåret fyr åbnede døren og stillede sig i døråbningen.

– Har du set Bertil? spurgte Lucas.

Den unge fyr kiggede op i loftet uden at svare. Lucas tog en hund op af lommen og viftede med den.

– Den er din, hvis du kan fortælle mig, hvor Bertil er, sagde Lucas.

Den unge rødhårede fyr så grådigt på hunden. Han tøvede, men til sidst snuppede han hunden.

– Han har boet på tredje sal, men jeg har ikke set ham i lang tid nu, sagde den rødhårede fyr.

– Hvor lang tid er det siden?

– Det er flere måneder siden.

– Ved du, hvor han er nu?

Den unge rødhårede fyr virkede mut. Lucas viftede med endnu en hund. Den unge fyr forblev tavs, selvom han skulede sultent efter hunden. Lucas gik op på tredje sal og bankede på. Ingen svarede. Han forsøgte at åbne døren, men den var låst.

– Pokkers! bandede Lucas.

En lyd trængte ud fra lejligheden. Det lød som en, der listede sig hen til døren for at lytte. Lucas fornemmede, at der var en på den anden side.

– Er der nogen hjemme? råbte Lucas.

Der var helt stille. Lucas bankede hårdt på døren og råbte en gang til. Der gik et minut, mens der blev puslet bag døren.

– Hvem er det? spurgte en mandsstemme.

– Jeg hedder Lucas og skal tale med Bertil.

– Der er ingen Bertil her.

– Jo, han bor her.

Lucas skrabede med neglene på døren.

– Han bor ikke her længere, sagde stemmen bag døren.

– Ved du, hvor han bor?

Døren blev langsomt åbnet. En langhåret, beskidt fyr iført blå cowboybukser og en sort t-shirt stod og kiggede på Lucas.

– Nej, sagde den langhårede fyr.

– Må jeg komme ind? spurgte Lucas. - Jeg vil tale med dig.

– Hvor kender du Bertil fra?

– Jeg har en besked fra hans søster. Han skal arve.

Det var løgn, men det var det eneste, han kunne finde på. Den langhårede tøvede, men Lucas kunne se, at han var ved at give efter.

– Kom indenfor, sagde den langhårede fyr.

Lucas trådte ind i en rodet og beskidt lejlighed med tøj spredt ud over det. En sød lugt af hash hang i hele lejligheden. Køkkenbordet var fyldt med gammel opvask, og der stod overfyldte gule affaldsposer fra Netto overalt. Der stank af fordærvet kød og frugt.

– Kender du Jernbane Caféen? spurgte den langhårede fyr.

Lucas rystede først på hovedet, men knipsede så med fingrene og sagde: - Ja, det er et brunt værtshus overfor Hovedbanegården.

– Bertil kom der ofte.

– Har han været der for nylig?

– Jeg ved det ikke. Bertil havde mødt en irsk kvinde på caféen.

– Kan du huske, hvad hun hed?

– Hun hed Sheenagh.

– Var de kærester?

– Det tror jeg ikke. Han snakkede om at forsvinde fra København.

– Hvorfor?

– Det aner jeg ikke.

De snakkede sammen yderligere et par minutter. Den langhårede mand var helt sikkert et hashvrag og tilbød Lucas to par helt nye cowboybukser for to hundrede kroner. De var garanteret varme, så Lucas takkede nej. Han sagde farvel, rejste sig og skred ud af døren. Han ville hen på Jernbane Caféen.

Da Lucas kom ud af lejligheden, begyndte det at sne. Det så flot ud, som sneen stille dalede ned på gaden, men Lucas havde ikke tid til at nyde det. Han tog en taxa tilbage til Vesterbro for at tjekke Jernbane Caféen. Måske kunne han finde ud af, hvor Bertil havde boet før Christiania, og hvor han var nu. Han blev kørt til Reventlowsgade ved caféen overfor bagindgangen til Hovedbanegården og steg ud af taxaen.

Juletiden havde indfundet sig på Jernbane Caféen og lyste op i en blændende stråleglans. Der var lys i juletræerne udenfor, og de levende lys i vinduerne skinnede ud på gaden. Det var en ren fryd.

Ude foran vinduet sad en ældre gråhåret herre og nød en øl ved et cafébord sammen med en dame med en rød tophue, som talte lystigt med en anden ældre dame.

Da Lucas trådte ind gennem døråbningen til Jernbane Caféen, var der en, der råbte: - Rotte-Charley, vi skal have en omgang svimmelvand til bordet.

En fed, uplejet personage lagde stemme til dette skrigeri efter mere øl og spiritus. Bartenderen, Rotte-Charley, langede det bestilte over disken. Det var ikke ligefrem en fancy café, men et typisk værtshus, der stank af en beskidt blanding af juleøl, billig parfume og uddunstninger.

– Vi skal også have lakridsshots, sagde den fede personage.

Den fede personage kiggede ondt på Lucas, da han trådte ind af døren. Lucas lod som ingenting og hentede en guldøl oppe i baren. Han satte sig ved et anonymt bord nede bagved og forsøgte at se kold og upåvirket ud.

En pæn del af stamklientellet var til stede. En stamkunde, der blev kaldt Præsidenten, stod og hang i baren. Han lagde helt åbenlyst sin cykelkæde bag baren. Lucas undrede sig over det. Enten var hans cykel gået i stykker, eller også var cykelkæden et våben.

En anden stamkunde sad tavs ved det eneste runde bord i caféen. Man kunne næsten se, at hans hobby var at forvandle uforvarende turister til bankekød. Han så ud til at være god til at kradse penge ind. Med sit kulsorte hår og kæmpestore øjenbryn så han skræmmende ud, og med en rød klud om halsen lignede han en satyr.

– Billy, endnu en? spurgte Rotte-Charley.

– En X-mas og en lakridsshot, svarede Billy.

To andre personer sad ved det runde bord og snakkede højlydt.

– Villy, du er sgu plattenslageren. Giver du en øl? spurgte en rå kvindestemme.

– Du kan betale selv, Lise, svarede Villy.

– Jeg skal ud og puste grise op, sagde Billy.

Det kunne være de to personer, som Alma havde nævnt, da hun hyrede Lucas. Billy rejste sig og gik ud på toilettet.

– Hvor er Sheenagh? spurgte Præsidenten.

– Hun er på Casino Copenhagen med en kunde, sagde Lise.

Lyset gik ud, og al tale forstummede. Bartenderen fandt en lommelygte og fik skiftet sikringen. Da lyset kom tilbage, var der vild forvirring. Billy kom farende ind i lokalet, mens Lise så chokeret ud.

Præsidenten ramte Villy med et knytnæveslag.

– Her, tag den, sagde Præsidenten.

Der lød et skud fra en pistol.

– Av, klagede Lise.

Lucas kiggede i retning af lyden og så Lise stå med blodet sprøjtende ud fra et rundt hul i låret. Hun faldt langsomt om, som i slowmotion. Hun så forbavset ud og lagde sig i fosterstillingen med en pegefinger i retning af Præsidenten, mens hun med en uhyggelig knasende stemme sagde: - Din lede rotte, du er en død mand.

Lucas vendte sig og så Billy banke løs på Præsidenten, som havde en rygende pistol i hånden. Da Præsidenten gik i gulvet, gik pistolen af igen, og en vildfarende kugle snittede Rotte-Charley i skulderen. Det var et overfladisk kødsår. Rotte-Charley forstod det ikke og stod med et forbavset udtryk i ansigtet. Det så sjovt ud. Billy kom til at grine, mens han slugte sin lakridsshot.

Lucas listede ud af caféen, da det var bedst at gøre sig usynlig, inden politiet kom. Han var ikke interesseret i at blive afhørt af politiet, som ikke altid var begejstrede for belærende privatdetektiver. Han kunne komme tilbage senere, hvis det blev nødvendigt at tale med Villy og Billy. Ude foran caféen stod Lucas i kulden og rystede efter den dramatiske skudepisode.

Lucas fik styr på nerverne og tog hen til Casino Copenhagen. Han gik direkte til baren og bestilte en bourbon. Han fik øje på en kvinde med opsat blondt hår, som stod med ryggen til og luftede sin kjole, der var nedringet helt ned til enden. Kjolen blev holdt på plads af lange stropper.

Kvinden havde askeblondt hår, bar lange, tynde guldøreringe og en elegant guldhalskæde med en trebladet kløver af hvidguld. Hun havde en guldfingerring på venstre ringfinger.

Hun vendte sig mod Lucas med et sødt og indbydende smil. Han måtte kontrollere sig for ikke at fare hen og lægge sin hånd på hendes bryst.

Blondinen åbnede sin røde silkebløde mund og sagde med en forførende tonefald og en charmerende irsk accent: - Giver du en drink?

– Hvad vil du drikke? spurgte Lucas.

– Champagne.

– Det er i orden.

– Hvad hedder du?

– Lucas, og du?

– Sheenagh.

– Er du fra Irland?

– Dublin. Er det første gang, du er her?

– Ja.

– Skal vi ikke sætte os ved et bord?

– Jo.

Sheenagh førte Lucas hen til et afsides bord med sparsomt lys fra en rød bordlampe. Han var ikke i tvivl om, at hun ville tilbyde sex for penge. Han overvejede situationen. Måske ville hun tie stille, hvis han spurgte direkte om Bertil Folke. I det dunkle lys ved bordet tog hun sig knaldgodt ud. Hun nippede til champagnen.

– Har du fri? spurgte Sheenagh.

– Jeg er gået fra kontoret for i dag, svarede Lucas.
– Har du lyst til en pige?
– Måske.
– Jeg tager tusind kroner for en halv time.
– Det er okay.
– Lad os drikke ud og gå.
– Lad os starte med at snakke.

Lucas skulle have sine oplysninger, inden det blev alvor. Han vovede et vildt skud.

– Bertil Folke, sagde Lucas.
– Hvad med ham? spurgte Sheenagh.
– Det er en af mine gamle venner.
– Hvor kender du ham fra?
– Fra Jernbane Caféen.
– Nå, kommer du også der?
– Ja, men jeg har ikke set ham i lang tid. Ved du, hvor han er?
– Nej, jeg har heller ikke set ham længe.

Lucas fiskede to hundredlapper frem fra pungen.

– De er dine, hvis du kan fortælle, hvor han er, sagde Lucas. - Jeg skal give ham nogle penge, skal jeg sige dig.

Sheenagh tog de to hundredlapper.

– Han bor vistnok i Holte, sagde Sheenagh.
– Hvor i Holte?
– Det ved jeg ikke.

Lucas fiskede yderligere to hundredlapper frem. Sheenagh lagde sin hånd ovenpå pengene. Han lagde sin hånd ovenpå hendes hånd, så hun ikke kunne snuppe pengene. Hun kiggede på sedlerne.

– Jeg kender ikke adressen, sagde Sheenagh. - Det er et stort hvidt hus, der ligger ved Vejlesø i Holte. Du har det ikke fra mig.

Sheenagh skubbede Lucas' hånd væk og snuppede pengene. Lucas var tilfreds. Det var nok til, at han kunne komme videre. Han rejste sig.

– Jeg skal gå, sagde Lucas.

– Farvel, måske ses vi igen, sagde Sheenagh.

– Ja, adjø.

Lucas rejste sig og forlod kasinoet. Han var tiltrukket af Sheenagh, men havde ikke lyst til at købe en kvinde. Han ville ikke have noget imod en hyrdetime med hende, men der skulle ikke være penge imellem dem.

På vej hjem købte Lucas en flaske whisky. Han havde ikke råd til den sædvanlige, men han fandt en rimeligt prissat 12-års single malt whisky fra Highland Park.

14

Da Lucas kom hjem, åbnede han sin computer og søgte på Google. Han fandt ud af, at villaerne omkring Vejlesø i Holte udgjorde et velhaverkvarter. Søgningen viste, at det ville tage tyve minutter at køre derhen i bil fra København.

Lucas kørte til Holte og holdt ved S-togsstationen, hvor han betragtede de flotte, hvide huse rundt om Vejlesø. Det ville tage timer at undersøge alle husene.

Lucas kørte rundt om søen. Han kom hele vejen rundt og tjekkede nogle af husene, men fandt ikke Bertils navn. Han fik øje på en stor villa, som havde en åben indkørsel fra Dronninggårds Allé. Han kørte ind og parkerede bilen på gårdspladsen.

Lucas genkendte villaen, der havde dannet rammen om Mads Skjerns familieliv i tv-serien Matador. Lucas tænkte på, hvordan Matadoren havde arbejdet sig op fra at være en omrejsende sælger til at blive den største mand i Korsbæk, en opdigtet by. Matadorens villa lå altså her i Holte.

Lucas steg ud af bilen og stillede sig på gårdspladsen og kiggede. Der så ikke ud til at være nogen hjemme. Han gik til venstre om huset, men kunne ikke komme hele vejen rundt. Så gik han til højre om huset og fandt nogle trappetrin ned til Furesø. Han gik ikke ned, men beundrede den pragtfulde udsigt i den skarpe vintersol. Huset var en blindgyde.

Lucas fik den tanke, at Bertil ikke længere boede i Holte. Han var lige ved at køre hjem, men besindede sig. Det kunne være, at Bertil boede i huset uden et navneskilt. Der lå nogle fine huse på en sidegade, Dronningholmsvej. Han kørte ned ad gaden og parkerede for at tjekke de fine huse.

Lucas steg ud af bilen, kiggede på de mange fine huse og håbede at finde et navn, han kunne genkende. Et hus trukket langt tilbage på grunden lå med en storslået udsigt over Vejlesø. Han sprang over en låge og så, at hoveddørens navneskilt, hvor der stod H. F. Toft. Lucas kom i tanke om sommerens begivenheder på Skopelos.

– Du gode gud! udbrød Lucas.

Det kunne sagtens være Hanne Faber Toft og Henning Faber Toft, de boede jo i Holte. Henning var anklaget for drabet på Alex Jensen og sad i fængsel i Grækenland og ventede på sin dom. Aviserne antydede, at politiet havde en kraftig mistanke, men ikke kunne bevise, at ægteparret havde forbindelse til narkohandel.

Lucas listede rundt om huset, som var en etplansvilla med kælder. Der så ikke ud til at være nogen hjemme. Der var alarm på huset, men det ville være en smal sag for Lucas at komme ind uden at aktivere alarmen. Han udvalgte et kældervindue, som han nemt kunne komme ind af. Han ville gå ind og se nærmere på huset indefra, da han havde en fornemmelse af, at noget var galt.

Lucas gik tilbage til bilen og hentede elektronisk udstyr af mærket Denver, som kunne afkode låse. Da han kom tilbage til huset, tændte han sin Denver, som fandt en internetforbindelse.

I løbet af sekunder havde hans Denver lokaliseret alarmen. Det tog et øjeblik at finde den rette firecifrede kode, der kunne afbryde alarmen. Efter at alarmen var blevet afbrudt, tog det yderligere et minut at åbne kældervinduet og krybe ind i huset. Alarmen forblev tavs.

Lucas gik op ad kældertrappen til entreen for at undersøge alle rum i stueetagen. Ingen af rummene viste umiddelbart spor efter Bertil.

Han gik tilbage til kælderen for at kravle ud af kældervinduet og tage hjem. På vej ud fik han øje på en lem, han havde overset i sin første gennemgang af kælderen.

Han gik hen til lemmen og tog fat i den, men den sad fast. Han hev og sled et par minutter, så gav lemmen efter. Bag lemmen var der et rum. Han tændte lyset, som blot var en nøgen pære i loftet.

Rummet indeholdt en uredt seng, så nogen må have sovet i den, måske Bertil. Der var ikke mange genstande i rummet. Under sengen fandt han en ældgammel kuglepen af mærket Parker, hvor clipsen til at sætte i lommen var brækket af. Lucas stak pennen i lommen og skulle lige til at kravle ud af kældervinduet.

Der lød skridt uden for huset.

Lucas skyndte sig at lukke kældervinduet og sætte alarmen til. Han forholdt sig i ro. Det var i sidste øjeblik. Han hørte, at der blev låst op for døren. Der var biplyde fra alarmen, da den blev slået fra. Lucas smuttede ind i et af kælderrummene. Der var lyde ovenfra, men ingen kom ned ad kældertrappen. Lucas listede op for at se, hvem der var kommet hjem.

Lucas hørte, at der blev rumsteret i køkkenet. Det lykkedes ham at få et glimt af personen i køkkenet. Det var Hanne Faber Toft. Han genkendte hende med det samme. Det gav et gib i Lucas, og han var lige ved at komme med et udråb. Han tog sig voldsomt sammen, og det lykkedes ham at holde sig i ro.

Da Hanne gik ind i stuen, listede Lucas sig op i køkkenet. Han var klar til at trække sig tilbage til kældertrappen, hvis Hanne kom tilbage til køkkenet. Der skete intet i et kvarter. Lucas var ved at give op og var på nippet til at åbne hoveddøren og smutte ud.

En mobil ringede. Lucas stod helt stille og lyttede. Snart talte Hanne, og snart var der tavshed. Det skiftede hele tiden. Tavsheden betød, at personen i den anden ende af telefonen talte.

– Der var ingen pakke i dag, sagde Hanne.

Tavshed.

– Så forstår jeg bedre.

Tavshed.

– I morgen. Hvad tid?

Tavshed.

– Klokken fire er fint.

Tavshed.

– Farvel.

Lucas ventede, indtil Hanne var ude af stuen. Efter et kvarter gik Hanne ind i et andet rum. Lucas benyttede chancen og smuttede ud af hoveddøren og smækkede den så stille, han kunne. Han var overbevist om, at Hanne ikke havde hørt eller set noget.

Lucas tog hjem og ringede til Alma Svenning og bad hende komme hen på hans kontor. Hun ankom kort efter og tog plads.

– Jeg tror, at Bertil har boet i Holte, sagde Lucas.

Han viste kuglepennen til Alma.

– Det ligner Bertils kuglepen, sagde Alma. - Han legede altid med kuglepennens clips, som brækkede af for lang tid siden.

– Jeg regner med at have mere nyt i morgen. Jeg ringer og giver en orientering.

– Jeg kan hurtigt komme her.

– Jeg troede, at du ville tage tilbage til Stubbekøbing?

– Nej, jeg bor hos en veninde her i København.

Næste eftermiddag tog Lucas tilbage til Holte. Han parkerede ved S-togstationen og gik hen til Hannes hus. Klokken var halv tre, og han kunne se, at Hanne var hjemme. Han brød ind gennem det samme kældervindue som i går for at vente på, at pakken, som Hanne havde omtalt i telefonen, dukkede op. Han tænkte, at pakken nok indeholdt narkotika.

Da klokken var præcis fire, ringede det på døren. Lucas listede op i køkkenet ad kældertrappen og havde udsyn til hoveddøren. Hanne lukkede op. Der stod en kurér med en stor pakke. Lucas genkendte Villy, som gik ind og stillede pakken på køkkenbordet. Lucas gættede, at pakken måtte veje mere end tredive kilo.

Hanne lukkede hoveddøren, og Lucas hørte et klik. Det var lyden af en jagtriffel, der blev afsikret. Lucas stivnede og mærkede et riffelløb blive stukket ind i ryggen.

– Ræk hænderne mod loftet og hold dig i ro, lød en arrig stemme bag ham.

– Rolig nu, sagde Lucas.

– En forkert bevægelse, brormand, og jeg trykker af.

Lucas var ikke i tvivl om, at han befandt sig i en alvorlig situation. Han var i overhængende fare for at blive skudt.

– Bring ham herop, sagde Hanne.

Riffelløbet blev trykket dybere ind i Lucas' ryg. Han vidste, at spillet var ude, så han gik frivilligt med op i entreen. Hanne hilste på Lucas med et ondskabsfuldt smil.

– Hej Lucas, hvordan går det? spurgte Hanne. - Du var her i går.

– Hvordan ved du det? spurgte Lucas.

– Du blev fanget på vores overvågningsvideo.

– Det vidste jeg ikke.

– Hvad laver du her?

Lucas svarede ikke. Han drejede hovedet og fik et glimt af personen med jagtriflen. Han genkendte Rotte-Charley fra Jernbane Caféen. Lucas skulle spille sit spil helt korrekt for at have en chance for at overleve. Han pegede opad og bagud med tommelen.

– Jeg leder efter Bertil Folke, sagde Lucas. - Hans familie har bedt mig om at finde ham, svarede Lucas.

– Hvorfor troede du, at han var her? spurgte Hanne.

– Jeg fik et tip på Christiania.

– Undersøg ham!

Villy undersøgte Lucas og tog hans mobil, pung og nøgler fra ham, hvorefter han lagde dem på køkkenbordet.

– Bind ham! sagde Hanne.

Rotte-Charley holdt Lucas i skak, mens Villy fandt et reb frem og bandt Lucas fast til en køkkenstol. Han kneblede ham også med en beskidt klud.

– Villy, du holder øje med ham, sagde Hanne. - Hvis han forsøger at undslippe, kalder du på mig.

Rotte-Charley stillede jagtriflen fra sig og sikrede sig, at rebet var bundet stramt.

– I skal køre en tur i nat, sagde Hanne. - Bær ham ned i kælderen.

Javel, sagde Rotte-Charley. - I aften henter vi ham og bærer ham ud i varevognen i garagen.

– Skal vi køre ham ud til Kapelvej i Store Dyrehave ligesom sidste gang? spurgte Villy.

– Ti stille, din klovn, svarede Hanne.

–Vi kører ved et-tiden, sagde Rotte-Charley.

Lucas havde forstået det hele. De ville slå ham ihjel og begrave hans lig i Store Dyrehave. De havde åbenbart gjort det før og havde måske slået Bertil Folke ihjel. Det så sort ud for Lucas. Han blev ført ned i kælderen og låst inde i et rum med en solid lås.

Selvom Lucas var blevet bundet, var rebet ikke stramt nok. Han havde brugt et gammelt trick og spændt sine muskler, da han blev bundet. Han slappede af, og rebet blev løsere. Det tog Lucas en halv time at løsne rebet nok til at få en hånd fri og yderligere et par minutter at slippe helt fri af det.

Både kælderdøren og låsen var solide. Lucas indså, at han ikke kunne dirke døren op uden at lave et stort spektakel. Han tændte lyset. Selvom lyset var yderst sparsomt, kunne han se hele rummet. Der så ikke ud til at være andre udgange end døren. Han gennemgik alle rummets kroge og hjørner, men fandt ingen åbninger.

Det så håbløst ud, og Lucas var næsten parat til at give op. Han gennemgik rummet endnu en gang og opdagede et beskidt vindue. Han kiggede ud af vinduet, som førte ud til en fordybning af beton i haven. Han kunne ikke åbne vinduet. Han tænkte, at han kunne skrue hængslerne af, skubbe vinduet væk og klemme sig ud.

Han ledte efter noget brugbart og fandt en gammel, rusten spiseske. Han forsøgte at skrue på vinduet. Det var et møjsommeligt arbejde, men det lykkedes at få vinduet skruet af. Han kunne lige akkurat klemme sig ud af vinduet. Inden han krøb ud i friheden, slukkede han lyset og satte vinduet nødtørftigt på plads.

Han løftede langsomt risten op. Han arbejdede så stille, han kunne. Han kravlede op, satte risten på plads og sneg sig ud til vejen. Desværre lå hans pung, bilnøgler og mobil stadig i huset. Han gik ned til Holte Station og tog S-toget mod Hovedbanegården. Der var heldigvis ingen kontrollører, ellers ville han have fået en bøde for at køre uden billet.

Lucas gik ind på Københavns Politigård og bad om at tale med kriminalpolitiet. Han fortalte, at han var sikker på, at Rotte-Charley og Villy havde myrdet Bertil Folke på ordre fra Hanne Faber Toft. Liget var muligvis gravet ned i Store Dyrehave. Lucas fortalte også om pakkerne med narkotika, som blev fordelt fra Hannes hus i Holte.

Politiet var skeptiske, men sendte alligevel tre patruljevogne af sted til Holte for at undersøge Hannes hus klokken halv et.

På samme tid gjorde Villy og Rotte-Charley sig klar til at ekspedere Lucas til de evige jagtmarker. De gik ned i kælderen og åbnede kælderrummet for at hente Lucas. Der var helt mørkt, og der var ikke en lyd. De tændte lyset og så, at rummet var tomt. De stod et øjeblik og må have undret sig over, hvordan det var lykkedes Lucas at komme fri og bryde ud af kælderen. De undersøgte forgæves resten af kælderen.

Villy og Rotte-Charley stod målløse, da der lød et ring fra hoveddøren. De fór begge sammen og kiggede på hinanden. Så løb de hen mod kældertrappen og kunne høre fodtramp ude fra haven.

Da de kom op i entreen, var Hanne nået hen til hoveddøren kun iført en tynd natkjole. Hun var søvndrukken, da hun åbnede døren. Hun var forbavset over at se en kriminalbetjent og to uniformerede politibetjente stå i døren.

Villy og Rotte-Charley stod og grinede, mens politiet ledte efter pakken med narkotika, som de ikke fandt, da den var blevet sendt videre tidligere på aftenen. Politiet fandt heller ikke et større kontantbeløb, vægte eller andet, der kunne pege på narkotikahandel. Det viste sig, at Hanne havde våbentilladelse til jagtgeværet, som var forsvarligt låst inde i et våbenskab. Politiet måtte forlade Hannes hjem uden resultat.

Næste morgen sendte politiet en større gruppe betjente til området omkring Kapelvej i Store Dyrehave. Ud på eftermiddagen fandt betjentene et lig, der var dækket af et tyndt lag jord og blade. Villy og Rotte-Charley må have forestillet sig, at liget ville være helt opløst, når det blev fundet, og dermed ikke kunne spores. Derfor havde de ikke gravet det særlig dybt ned.

Liget var opløst og næsten ukendeligt, men obduktionen viste, at det var Bertil Folkes lig. Hans tandsæt blev afgørende. Retsodontologen identificerede Bertil ud fra hans lægejournal og røntgenbilleder fra hans tandlæge. Da tandsæt er lige så unikke som fingeraftryk, var identifikationen helt sikker.

Obduktionen viste, at dødsårsagen var et slag med et stumpt instrument. Bertils ansigt var blevet overhældt med saltsyre før slaget. Retslægen mente, at saltsyren var et forsøg på at skjule offerets identitet.

Drabschef Tom Harder hos Københavns Politi arbejdede ud fra en teori om, at Bertil Folke var blevet brutalt afstraffet og myrdet, formentlig som straf for snyd i forbindelse med narko eller en stor gæld.

Lucas havde udpeget Rotte-Charley og Villy som mulige mordere. Ransagning af deres lejligheder gav intet resultat, og de nægtede at have kendskab til mordet på Bertil Folke. Der var ingen tekniske beviser, der kunne knytte dem til mordet. Efter endt afhøring måtte politiet lade dem gå.

15

Om eftermiddagen ringede Lucas til Alma Svenning og inviterede hende ned på sit kontor i kælderen. Hun var iført sort tøj og virkede nedtrykt, da hun ankom hos Lucas.

– Jeg beklager, at du har mistet din bror, sagde Lucas.

– Tak. Politiet ringede og informerede mig om hans død, sagde Alma.

– Jeg sporede Bertil til et hus i Holte.

– Politiet forklarede, at de fandt min bror efter et tip fra dig.

– Jeg har ikke brugt alle pengene, så jeg tilbagebetaler fem hundrede kroner.

Lucas lagde pengene på bordet, og Alma lagde dem ned i sin taske.

– Bertil havde en nær ven, men jeg har ikke set ham længe, sagde Alma.

– Ved du, hvor hans ven er? spurgte Lucas.

– Nej, det ved jeg ikke, men han boede i København.

– Har du vennens navn og adresse?

– Nej, han hedder muligvis Rune Fisker og har familie i Ribe.

De sagde farvel til hinanden, og Alma forlod kælderen. Lucas overvejede at tage til Ribe for at udspørge Rune Fiskers familie. Det ville være en kærkommen lejlighed til at se Vadehavet, selvom der ikke ville være sort sol på denne årstid.

Der gik nogle dage, og det var midt i december. Det var iskoldt, og regnen slog hårdt mod ruden. Lucas' gamle ven Knut Falck bankede på døren og blev budt indenfor.

– Hvordan går det med forretningen? spurgte Knut.

– Der er kunder i butikken, svarede Lucas.

– Kan du få det til at løbe rundt?

– Ja, det går. Hvad med dig, kan du holde dampen oppe?

– Ja, det går forrygende.

Knut åbnede en medbragt flaske Bivrost Asgaard whisky. Mens de sad og nød whiskyen, berettede Lucas om hans oplevelser, siden han var på Skopelos.

– Jeg kendte ham, sagde Knut.

– Hvad mener du? spurgte Lucas.

– Rune Sten.

– Hvad?

– Ja, jeg kendte ham fra studiet.

– Mener du Rune Sten, som blev myrdet på Skopelos?

– Ja, han hed Rune Fisker, men kaldte sig Rune Sten for sjov. Han var en fattig studerende, der drømte om sol, sommer og smarte damer.

Knut slog på sin venstre arm med sin højre hånd, som om han holdt en hammer.

– Rune sad på sit kammer og bankede på sin arm med en hammer.

Knut var en sindig nordmand. Han talte dansk med en antydning af norsk accent.

– Rune begyndte at handle aktier på børsen, sagde Knut. - Han havde held og blev multimillionær på Skiathos.

– Han så forhutlet ud, da jeg fik et glimt af ham på øen, sagde Lucas.

– Det skal nok passe. Rune tabte alt og endte med at sove på stranden.

– Tror du, at Rune skyldte penge?

– Jeg mener, at han skyldte en stor sum.

De sad i tavshed og nippede til deres whisky.

– Jeg overvejer at rejse til Jylland, sagde Knut. - Rune kom fra Ribe. Jeg vil gerne tale med hans familie og venner.

– Skulle du ikke overlade det til politiet? spurgte Lucas.

– Jo, men jeg tror ikke, politiet vil tage derover.

– Vil du virkelig tage derover?

– Ja, Rune Sten og Bertil Folke var studiekammerater.

– Tror du, der er en sammenhæng?

– Åh, det ved jeg ikke. Du har en pointe, men det er lidt løst. Ikke?

– Jo, ved politiet, at de kender hinanden?

– Det tvivler jeg på.

– Jeg kunne tage med.

Lucas var blevet interesseret i historien om Rune. Der var ingen penge i denne sag, men det var en spændende historie.

– Vi kan tage derover et par dage, sagde Knut. - Vi kan køre i min bil.

– Det lyder fristende, svarede Lucas.

Knut kendte Runes familie og ringede til dem. Han forklarede, at han ville besøge dem for at høre Runes historie. Familien accepterede.

Lucas og Knut kørte af sted den efterfølgende søndag. De ankom til Ribe ved kaffetid. Runes mor mødte dem i døren og førte dem ind i en gammeldags og hyggelig stue. Der var en sofa, lænestole og et kaffebord. Sofaen og stolene var polstret med lyst stof med et bladlignende mønster. Der lugtede gammelt i stuen, ligesom på et støvet museum.

Runes far sad i en lænestol, og hans to søstre sad sammen i en sofa. Knut og Lucas fik hver anvist en lænestol. Moren satte sig mellem de to søstre, skænkede kaffe og sendte et fad med boller rundt. Det duftede af hjemmebag.

Moren sørgede for, at alle blev forsynet med dampende varm kaffe og boller med smør. Kaffestellet med kopper, underkopper, kagetallerkner og kaffekande var kongeligt porcelæn, riflet og musselmalet. Flødekanden og sukkerskålen var ægte tretårnet sølv.

Søstrene var som nat og dag. Den ene havde kastanjebrunt hår, og den anden var platinblond. Den platinblonde var lys, venlig og afbleget, mens den kastanjebrune så mut og tvær ud. Mødet passede hende åbenlyst ikke. Samtalen var svær at starte, men Knut fik mandet sig op.

– Det er nogle dejlige boller, sagde Knut.

– Ja, sagde Lucas.

Der var tavshed i lang tid. Det ville blive en lang eftermiddag ved kaffebordet. Faren brød tavsheden.

– Vi ved, hvorfor I er her, sagde faren. I må gerne stille jeres spørgsmål.

– Jeg har kendt Rune i mange år, sagde Knut. - Jeg forstår ikke, hvad der skete med ham, og hvorfor.

– Vi fik at vide, at Rune blev myrdet, sagde den platinblonde.

– Ja, men hvorfor?

– Det ved vi ikke.

– Måske er der en forklaring.

– Hvilken?

– Det er det, jeg gerne vil vide, svarede Knut.

– Løb Rune ind i problemer? spurgte Lucas.

Ingen svarede på spørgsmålet, men alle undtagen den kastanjebrune rystede på hovedet. Lucas bemærkede det og så på hende, men hun lod som ingenting.

– Var der en kvinde, eller var han ked af det?

Denne gang rystede alle på hovedet. Lucas bemærkede et indrammet foto på kommoden. Han syntes, at han kunne genkende den unge pige på fotoet. Pigen sad på en hest og smilede.

– Hvem er pigen på fotoet? spurgte Lucas.

– Det er vores tante, sagde den platinblonde.

– Hvad hedder hun?

– Hanne Faber, men drengene kaldte hende Hanne Laber, grinede den platinblonde.

– Hun arbejdede på et apotek her i Ribe, men blev træt af det, sagde den kastanjebrune. - Det var for kedeligt, så hun tog en lederuddannelse.

Lucas måtte synke en ekstra gang. Han kiggede igen på fotoet af den unge pige og undrede sig. Når han så rigtig efter, kunne han godt se, at det sagtens kunne være Hanne Faber Toft som ung. Ansigtet havde mange af de samme træk. Hendes øjne havde en lille snert af det samme forbudte og farlige udtryk, som hun havde haft før afrejsen til Skopelos.

Den kastanjebrune rejste sig og gik ud af stuen. De sad i tavshed og drak kaffe. Efter en stund hævede faren uden en mine sin højre hånd og drejede den en kvart omgang. Det var et klart tegn på, at samtalen var slut. Knut kiggede over på Lucas. De rejste sig langsomt og sagde tak for kaffe.

Moren rejste sig og fulgte dem ud til hoveddøren. Den kastanjebrune kom ud af en anden dør i entreen og rakte hånden til afsked. Lucas greb hendes hånd og fik en foldet seddel presset ind i hånden. Hun kiggede på ham, og han forstod. Det var en hemmelighed. De sagde farvel til moren, og da de var uden for synsvidde, viste han sedlen til Knut.

De læste begge sedlen: *Mød mig ved domkirken halvseks.* Klokken var kvart i fem. De gik hen mod domkirken, selvom der kun var fem minutters gang. De benyttede ventetiden til at gå rundt om domkirken og beundre statuen af Hans Adolf Brorson.

– Brorson giftede sig med sin sekstenårige kusine Katrine, som fødte ham tretten børn, sagde Knut. - Katrine og det trettende barn døde, og kort efter blev Brorson viet til biskop for Ribe Domkirke i 1741, udnævnt af Kong Christian den Sjette. Han døde af lungebetændelse tre år senere.

Lucas fløjtede starten på Brorsons salme *Den yndigste rose er funden.* På slaget halvseks vinkede den kastanjebrune dem om bag domkirken.

– Jeg har ikke meget tid, så jeg siger det lige ud, sagde den kastanjebrune. - Rune hjalp Bertil med at sælge hash og andre stoffer.

– Det undrer mig ikke, sagde Knut.

– Rune røg selv hash, sagde den kastanjebrune. - Det må min mor og far aldrig få at vide. Rune var deres eneste søn. De var meget stolte af ham.

– Ja, selvfølgelig, vi siger ikke noget, svarede Lucas.

– Jeg ved ikke, hvorfor Rune blev dræbt, men han havde rodet sig ud i noget. Rune frygtede en mand, som han kaldte Den Sorte Satan, der vist nok hed Billy. De mødtes på Jernbane Caféen over for Hovedbanegården.

– Ved du mere om Den Sorte Satan? Havde han sort hår?

– Det ved jeg ikke. Jeg ved kun, at Rune kaldte ham Den Sorte Satan. Rune var bange for ham.

– Det kan have været narkogæld.

– Måske. Han flygtede til Skiathos i Grækenland for at slippe væk fra Den Sorte Satan. Han stødte på nogle græske hashhandlere, som han må have snydt. Han spurgte, om jeg kunne overføre fyrre tusinde kroner. Jeg havde ikke så mange penge, og jeg turde ikke spørge far.

– Hørte du aldrig mere fra Rune?

Den kastanjebrune rystede på hovedet: - Jeg må gå nu.

Hun forsvandt, før Lucas og Knut kunne nå at sige farvel.

– Jeg gætter på, at Rune har snydt nogle græske hashhandlere og derfor blev likvideret, sagde Knut.

– Jeg har set en sorthåret fyr ved navn Billy på Jernbane Caféen. Han er nok den sorte satan, sagde Lucas. - Jeg undersøger det, når vi er tilbage i København.

Lucas og Knut gik tilbage til deres hotel og fik en bøf med et glas bordeaux til.

– Er du klar over, hvad fotoet af Hanne Faber Toft betyder? spurgte Lucas.

– Nej, men det fortæller du mig vel nu, svarede Knut.

– Hanne er i familie med Rune Fisker. Rune var tilmeldt kurset på Skopelos og deltog i formødet. Hanne genkendte ham ikke, fordi han nu kaldte sig Rune Sten.

– De har sikkert ikke set hinanden, siden de var børn. Derfor kunne hun ikke genkende ham.

– Rune kunne heller ikke genkende Hanne Faber, fordi hun var blevet gift og hed nu Hanne Toft.

– Rune har aldrig nævnt Hanne.

Om eftermiddagen kørte Lucas og Knut til Vidåslusen, en

køretur på halvtreds kilometer. Landskabet blev mere og mere fladt, da de nærmede sig slusen. Det var tydeligt, at det var inddæmmet marskland.

Lucas var betaget af det viltre landskab med de mange græssende får og køer. Marsken havde mange små vandløb, og der var masser af lyse uldtotter, også kendt som får.

De kørte ud af Slusevej og oplevede den smukke Højer Kanal og passerede Højer Sluse. Da de kom ud til Vidåslusen, rejste diget sig mod himlen. De parkerede bilen og gik op på Vidåslusen.

Fra slusen var der en pragtfuld udsigt mod Vadehavet, som havde trukket sig tilbage. Det var blevet lavvande. Det første store stykke ud mod havet var græsgrønt. Derfra kunne de se havbunden stikke frem, så langt øjet rakte. Det lille stykke land langt ude måtte være den frisiske ø Sild. Mod nord kunne de ane Rømø.

De studerede mursejlerne, som udnyttede opdriften fra diget til deres yndefulde flugt hen over himlen. De var lynhurtige, og det så ud til at være ren leg for dem.

– Se, der er en hedehøg, sagde Lucas.

– Jeg kan ikke se den, sagde Knut.

– Den er væk nu. Den fløj sydpå.

– Så siger vi det.

Da de havde set nok af det spektakulære syn af Vadehavet, vendte de tilbage til hotellet for at spise aftensmad. De nød en stegt rødspætte med persillesmørsovs og kartofler og drak en flaske chardonnay til.

Næste dag mødtes de med to af Runes venner. Rune havde været en sand eventyrer. Han var vellidt, men fjernede sig gradvist fra vennerne i Ribe, hvilket var naturligt, da han flyttede til København, begyndte at læse jura, fik nye venner og interesser.

– Rune levede det søde studenterliv på Bellevue Strand med masser af øl, is og pizza i rå mængder. Det krævede mange penge, sagde den første ven.

– Han brugte også mange penge på at invitere kvinder på restaurant, sagde den anden ven.

– For at skaffe penge begyndte Rune at handle på børsen.

– Han havde talent, og på fire måneder var han oppe på tolv millioner kroner. Han flyttede til Skiathos og havde råd til en penthouselejlighed, en hurtig Porsche og dyre kvinder.

– Rune blev overmodig. En enkelt handel blev skæbnesvanger. Han tabte det hele, gik helt ned med flaget og drak en flaske whisky hver eneste dag.

– Da kontanterne slap op, solgte han alle sine ejendele. Han endte med at sove på stranden med sine få ejendele i plastikposer.

– Derefter hørte vi intet fra ham.

Endelig stoppede de to snakkebasser. Hele beretningen om Runes aktiehandel var ikke særlig oplysende, men den gav en mulig forklaring på, hvorfor Rune blev rekrutteret til smugling af hash i det græske øhav. Han manglede penge og var derfor nem at rekruttere.

Lucas og Knut kørte tilbage til København og skiltes.

Det blev jul. I juledagene indstillede Lucas sin jagt efter sandheden om Bertil Folkes mord. Han sad mutters alene i kælderen og fejrede jul helt uden selvmedlidenhed med resterne af to flasker whisky. Han ville tage sagen op efter jul.

16

Efter jul skiftede vejret flere gange. Snart sneede det, og snart tøede det. Der skete ikke så meget. Lucas blev utålmodig og vovede sig en eftermiddag ind på Jernbane Caféen over for Hovedbanegården.

Julepynten hang der stadig. Der var stuvende fyldt i caféen, som faktisk var et brunt værtshus. Røgen fra tobak var tæt som tågen på en kold morgen. Lucas drak en øl, men der var ikke nogen, han turde udspørge om Bertil Folke. Det faste klientel skulede truende. Billy stod oppe ved baren. Lucas håbede, at han ikke kunne genkende ham, selvom han havde været på caféen, da Lise blev ramt af skud fra Præsidentens pistol før jul. Lise var tilbage uden større mén fra kuglen i låret.

Billy drak ud og forlod caféen. Lucas fulgte efter ham ned mod Saxogade. Lucas så, at han trak en nøgle op af lommen og gik ind i en opgang. Det var åbenbart her, han boede.

Lucas stod på den anden side af gaden og ventede. Han regnede med, at han skulle vente længe, men kort efter kom Billy ud og drejede op ad Istedgade. Lucas gættede på, at han skulle tilbage til Jernbane Caféen.

Lucas tog fat i opgangsdøren, som var låst. Heldigvis kom der en anden person ud af opgangen. Lucas skubbede døren op et sekund før den smækkede i. På en tavle i opgangen kunne han se, at en person ved navn Billy Hansen boede på anden sal. Han listede op ad trappen. Døren var låst.

Lucas gik ned ad trappen til gadeplan og gik igennem bygningen via en gang. Han fandt køkkentrappen og gik op på anden sal. Billys køkkendør var låst, men låsen var ikke af så god kvalitet som hoveddøren. Lucas fiskede sin lommekniv med forskellige stykker værktøj op af lommen. Han bearbejdede låsen med neglefilen, sylen og saven uden resultat. Men tandstikkeren virkede, og døren blev låst op.

Lucas gik ind i lejligheden uden at vide, hvad han ledte efter. Han fandt intet af interesse. Lejligheden var næsten tom, bortset fra en sparsom møblering. Der var ingen papirer, udover en bunke uåbnede rudekonvolutter. Lucas åbnede alle køkkenlåger og fandt en skruenøgle og en rest saltsyre i en dunk. Lucas rørte ikke ved noget inde i lejligheden. Han tørrede få steder, han havde rørt ved, for fingeraftryk.

Lucas gik hjem og ringede til politiet. Han bad om at tale med drabschefen på Københavns Politigård.

– Tom Harder, sagde drabschefen.

– Lucas Beck, sagde Lucas.

– Hvad vil du fortælle?

– Billy fra Jernbanecaféen kender Villy og Rotte-Charley. Han kan have hjulpet med at dække over mordet på Bertil Folke.

– Hvor finder jeg Billy?

– Billy er stamgæst på Jernbane Caféen.

– Bare jeg ikke spilder tiden.

– Han bor i Saxogade på anden sal og hedder Billy Hansen. Jeg foreslår, at du ransager lejligheden.

– Det kræver en konkret mistanke.

– Billy har en rest saltsyre i køkkenet.

– Hvor ved du det fra?

– Det skal du ikke spørge om.

– Nå, nå, jeg ser på det.

– Mange tak, farvel.

Næste formiddag tog Lucas tilbage til Jernbane Caféen. Der var en livlig stemning. Billy stod oppe ved baren og pustede skummet af en stor fadøl. Heldigvis var Rotte-Charley ikke bartender den dag. Sheenagh sad ved et bord med et halvtomt glas.

– Hej, må jeg sætte mig ned? spurgte Lucas.

– Ja, sagde Sheenagh.

– Må jeg tilbyde dig en drink?

– Ja tak, en gin og tonic.

Lucas gik op til baren og bestilte en gin og tonic samt en dobbelt whisky. Billy stod og skulede ondt. Lucas satte sig overfor Sheenagh.

– Kender du Billy? spurgte Sheenagh.

– Nej, svarede Lucas.

– Han er en hård type. Det er bedst at holde sig fra ham.

– Uha da da.

– Han er en slagsbror.

– Jeg har set ham sammen med Villy.

– Ham skal du også holde dig fra. Han er anklaget for hashhandel og venter på sin retssag, sagde Sheenagh.

– Javel, ja.

– I den verden sladrer man ikke.

– Hvad mener du?

– Billy er god at have ved hånden, hvis der er nogen, der ikke betaler, hvis du forstår?

– Jeg forstår.

– Vidste du, at Præsidenten ejer og bestyrer Ezy Ryder?

– Ja.

Døren til caféen blev åbnet udefra. Drabschef Tom Harder kom ind sammen med en granvoksen civilbetjent. Drabschefen var velkendt i miljøet og blev genkendt med det samme. De to betjente gik direkte hen til baren.

– Billy? spurgte drabschefen.

– Ja, svarede Billy.

– Vi vil tale med dig om en sag fra Store Dyrehave.

– Det kender jeg ikke noget til.

– Du er ikke mistænkt for noget, men vi vil tale med dig.

– Jeg vil ikke tale med jer.

– Du kan enten tale med os her eller komme med på politistationen.

Billy stod og stirrede på drabschefen. Uden varsel smed han resten af sin øl i drabschefens ansigt. Drabschefen fattede sig hurtigt, fandt et lommetørklæde frem og tørrede sit ansigt. Det benyttede Billy sig af, og så smuttede han ud af bagudgangen. Drabschefen havde fået tørret øllet af sit ansigt og på den anden betjent. Begge betjente satte efter ham.

Sheenagh pegede på udgangen og trak Lucas med sig ud på gaden. Der blev ikke sagt et ord. Hun inviterede ham med ind i sin lejlighed, som lå i nærheden. Det var en lækkert indrettet luksuslejlighed, hvor alt var gjort i stand.

Sheenagh bød Lucas en dyr gin med en anelse tonic. Han nippede til den dyre drik. Sheenagh tog glasset ud af Lucas' hånd og rørte ham på låret. Det gav et sæt i Lucas. Hun havde ramt plet.

Det var længe siden, Lucas havde været sammen med en ung dame, og Sheenagh var mere det. Hun havde en veldrejet krop. Hendes blonde hår var iblandet en anelse rødt, trukket tilbage og smøg sig ned om ryggen. Hendes hals og arme var kridhvide med udviskede fregner. Hendes øjne strålede som en irsk gudinde. Hun var en kvinde, der vidste, hvad hun ville. Hendes grænser var tydelige.

Han rørte hende let på hoften. Han var bange for, at hun ville skubbe hans hånd væk, men det gjorde hun ikke. Han spekulerede på, om hun ville have penge.

– Det er en gratis omgang, sagde Sheenagh.

– Også fra min side, sagde Lucas med et stort smil.

De kælede uden at bruge ord. Hun havde åbenbart et blødt punkt for ham. Måske havde hun brug for at have et normalt forhold til en mand, bare en gang imellem. Det var sjovt, at hendes liv som luksusluder ikke havde ødelagt hendes følelsesliv.

Lucas var parat til at spørge, om hun tog kunder med op i lejligheden, men lod være. Han besluttede, at det gjorde hun ikke. Hun tilbød nok mest sine ydelser på dyre hotelværelser til fine erhvervsfolk. Han var ved at miste lysten, men skubbede tanken væk. Hendes krop var alt for indbydende.

Langsomt løsnede han båndene på hendes tøj. Hun tog hans bukser og skjorte af. Til sidst sad Lucas i underbukser og strømper. Sheenagh duftede af eksklusiv parfume, frisk sommer og nyslået hø. De brugte lang tid på forspil og elskov, før de faldt om af udmattelse og døsede en stund.

Da Lucas vågnede, kiggede han på Sheenagh, som lå og smilede sødt til ham. Hun gik ud i køkkenet for at lave en kop kaffe. Lucas tog sine underbukser på og satte sig på en stol. Da hun kom tilbage, skænkede hun kaffe, og aldrig før havde kaffe smagt så godt.

– Nå, Lucas. Hvad skal du lave nu, Lucas? spurgte Sheenagh.

– Jeg regner med at tage hen på mit kontor, svarede Lucas. - Klokken er kun to.

– Det var skønt, men det var kun for denne ene gang.

– Det er i orden.

– Jeg er ikke klar til at indlede et forhold.

– Det er jeg heller ikke, men det var en dejlig eftermiddag.

– Forresten, ved du, hvordan det gik Bertil Folke?

– Ja, han blev myrdet.

– Jeg tror, at Bertil var ude i noget skidt.

– På hvilken måde?

– Jeg ved ikke andet end, at Bertil flere gange var i kontakt med Villy.

Lucas åbnede munden for at spørge til det, da Sheenagh lagde sin pegefinger på sin mund og tyssede.

– Ikke mere snak om det. Lad os drikke kaffe.

Der blev ikke vekslet flere ord. Lucas drak sin kaffe og begyndte at klæde sig på, mens Sheenagh så på ham. Hun var iført et let negligé og så dejlig ud, mens hun sad og smilede.

Lucas gik hen til døren, og hun fulgte med og gav ham et dejligt knus. Da Lucas gik ned ad trappen, følte han sig tom indeni. Det var tøvejr, og han gik ud i den mørke, regnvåde gade og bevægede sig langsomt hen mod sit kontor.

Drabschefen havde for længst indhentet Billy og bragt ham til Københavns Politigård for at afhøre ham. Efter en kort afhøring blev drabschefen overbevist om, at Billy ikke havde deltaget i mordet på Bertil Folke. Før han kunne løslades, skulle hans lejlighed ransages på et tip fra Lucas.

Under ransagningen fandt politiet skruenøglen og dunken med saltsyre. Det viste sig, at skruenøglen kunne passe med det slag, som Bertil Folke var blevet påført, før han blev begravet. Politiet fandt et udtværet fingeraftryk på dunken med saltsyre, og der var ingen tvivl om, at fingeraftrykket matchede Rotte-Charley.

Drabschefen fik Billy bragt tilbage til forhørslokalet.

– Vi har fundet beviser i din lejlighed, sagde drabschefen.

– Hvad snakker du om? spurgte Billy.

– Vi har fundet en skruenøgle og en dunk saltsyre i dit køkken.

– Og hvad så?

– Skruenøglen blev brugt til at slå Bertil ihjel med.

– Det var ikke mig.

– Saltsyren blev brugt til at ætse Bertils ansigt.

– Det kender jeg ikke noget til.

– Vi fandt Rotte-Charleys fingeraftryk på skruenøglen.

– Han og Villy besøgte mig for en måned siden. De bad mig om at rengøre både skruenøglen og dunken med saltsyre.

– Og det gjorde du uden videre.

– Ja, jeg er en god kammerat.

– Du var ikke grundig nok. Der var fingeraftryk på dunken med saltsyre, og der var en usynlig rest af blod på skruenøglen.

Billy kiggede ned i gulvet. Drabschefen troede, at han talte sandt, og at han ikke havde haft noget med selve mordet at gøre.

Dna-testen viste, at de usynlige rester af blod stammede fra Bertil Folke. Drabschefen havde nu nok til at anholde Rotte-Charley og Villy. Drabschefen afhørte dem enkeltvis. Rotte-Charley kunne fældes på grund af spor på skruenøglen og dunken med saltsyre. Han afhørte først Villy.

– Vi har fundet beviser for, at du slog Bertil Folke ihjel, sagde drabschefen.

– Det passer ikke, sagde Villy.

– Vi har ransaget Billys lejlighed.

Drabschefen bemærkede, at Villy blev bleg i ansigtet.

– Vi har fundet en skruenøgle med fingeraftryk, sagde drabschefen.

– Nå, og hvad så? spurgte Villy.

– Vi fandt blod med dna-spor på skruenøglen fra Bertil Folke, og vi fandt en dunk med saltsyre.

– Det kender jeg ikke noget til.

– Du er i problemer. Du ender i fængsel for dette bestialske mord. Du får nok seksten år.

Drabschefen holdt en kort pause.

– Vi har beviser for, at Rotte-Charley var med, sagde drabschefen. - Han har hjulpet dig, ikke sandt? Han slipper nok med to til tre år. I kommer ikke til at sidde sammen.

Villy var ved at knække. Drabschefen gjorde tegn til at ville afslutte forhøret. Han rejste sig, åbnede døren og var halvvejs ude.

– Kom tilbage, sagde Villy.

– Fint, så fortæl mig, hvad der virkelig skete, sagde drabschefen.

– Det var Rotte-Charley, der slog Bertil Folke ihjel.

– Med et slag med skruenøglen?

– Ja.

– Hvem smed saltsyre i hovedet på Bertil Folke?

– Rotte-Charley.

Drabschefen var tilfreds og slukkede for optageren. Det næste skridt var at konfrontere Rotte-Charley med beviserne. Rotte-Charley blev hentet ind til afhøring, men han var en hård nød at knække. Til sidst indså han, at han ikke kunne slippe udenom.

– De kan vente sig, hvæsede Rotte-Charley.

– Mener du Billy og Villy? spurgte drabschefen.

– De er nogle satans stikkere, fredløse pariaer, ilde set alle vegne.

– Du myrdede Bertil Folke.

– Ja.

– Hvordan?

– Et slag med skruenøglen.

– Hvorfor smed du saltsyre i hans ansigt?

– For at forsinke opklaringen.

– Hvorfor skulle han dø?

– Han skyldte penge.

– Til hvem?

– Det ville du nok gerne vide, men jeg spreder ikke sladder.

– Sig det nu.

– Nixen bixen.

– Hvis du fortæller det, kan det være, at du slipper billigere.

– Jeg er ligeglad.

Drabschefen fik ikke mere ud af Rotte-Charley, som havde erkendt sin skyld. Drabschefen sikrede sig, at rapporten var korrekt, samt at alle beviser og spor blev sikret, inklusive obduktionsrapporten. Beviserne pegede entydigt på, at Rotte-Charley havde slået Bertil Folke ihjel på en bestialsk måde.

Der var beviser for, at Villi havde medvirket til mord. Billy kunne måske få en mindre straf for at skjule beviserne. En dygtig advokat kunne påvise, at han ikke vidste, at han havde hjulpet en morder med at skjule beviserne. At rengøre en skruenøgle var ikke i sig selv en forbrydelse. Billy ville muligvis slippe helt fri for straf.

Lucas læste med stor interesse avisernes beretning om anholdelsen og sigtelsen af Rotte-Charley og Villy. Det var en god historie for aviserne, især Ekstra Bladet gik i detaljer. Lucas var glad for, at hans tip til politiet havde ført til sigtelse. Han var tilfreds med, at hans navn ikke var nævnt i aviserne, så han ikke fik hele underverdenen på nakken.

Ekstra Bladet bragte en baggrundsartikel om Københavns narkotikahandel med overskriften *Dødens købmænd*. Artiklen handlede om bagmændene, som finansierede narkotika og tjente store penge på handelen. Journalisten havde opsnuset, at det var velhavende forretningsmænd fra Københavns forstæder,

der stod bag. Der blev ikke nævnt navne. Drabschef Tom Harder fik stor anerkendelse for opklaringen af mordet på Bertil Folke.

Det er det sædvanlige, tænkte Lucas. De store bagmænd går fri, men de små fisk som Billy og Villy må tage skraldet. Han ville ønske, at han kunne gøre noget ved det. Politiet burde forstærke indsatsen over for salget af hash og hårde stoffer på gadeplan i København.

Politiet havde ikke store chancer for at løse problemet, fordi de små fisk aldrig turde synge om bagmændene. De små fisk risikerede at blive straffet med vold eller en hurtig død. Lucas var bekendt med omfanget af det enorme arsenal af våben, der var i omløb i København, såsom pistoler, salonrifler, knive, totenschlagere, boltsakse og strømpistoler.

Lucas var tilfreds med sin egen indsats med at opklare mordet på Bertil Folke. Nu ville han grundigt overveje, om han skulle fortsætte som detektiv eller om han kunne finde en mere lukrativ forretning.

17

Efter at have overvejet det grundigt, lukkede Lucas sit detektivbureau på Vesterbro og flyttede midlertidigt til Kong Georgs Vej på Frederiksberg. Her ville han bo til leje, indtil han kunne finde en mere passende bolig. Han ville koncentrere sig om erhvervskunder, da han kunne tjene væsentligt mere som freelancer end som privatdetektiv.

I begyndelsen af januar blev Lucas hyret af Salgsafdelingen hos Motorkompagniet på Vestegnen. De havde hørt om Lucas' evner til at afsløre svindel med salgstallene. Ledelsen mente, at der blev fusket, men kunne ikke selv finde ud af, hvem der fiflede. De havde endda uden held haft en revisor og en konsulent til at tjekke det.

Som en sidste udvej havde ledelsen i Motorkompagniet besluttet at henvende sig til en uafhængig undersøger. Det blev Lucas, som var glad for at få denne opgave, der skæppede i hans slunkne kasse. Han kom ind på kontoret tre til fire gange om ugen, sendte en timeopgørelse og fik betaling en gang om ugen.

Lucas stod op en råkold morgen og tog ind på kontoret hos Motorkompagniet. Mændene sad på kontoret og kedede sig. Becky Graff fra marketing svansede for tredje gang forbi for at gå på toilettet. Hun skulle altid gå forbi dem, selvom hun kunne have brugt toilettet hos marketing.

Becky så ud til at nyde at høre suset og de knap så stuerene kommentarer fra mændene i salgsafdelingen. Hun var ikke bleg for selv at komme med direkte hentydninger.

Efter et toiletbesøg gik hun hen til bolsjeglasset ved receptionen, hvor receptionisten Anne tronede. Receptionen lå over for salgsafdelingen. Bolsjeglasset var opstillet af Blå Kors.

Becky stillede sig an, bøjede sig tilbage, så brystpartiet skød frem. I denne stilling med halv front mod mændene dukkede hendes hånd ned og greb et rødprikket bolsje, mens hun stoppede en tikrone i pengeglasset ved siden af. Hun puttede langsomt det røde, sexede bolsje i munden, suttede på det med et skævt smil.

– Jeg er træt af at sutte på bolsjer, sagde Becky. - Jeg vil hellere have noget andet i munden.

Den pæne Anne fra receptionen fik travlt med at finde en grimasse, der kunne passe. Hun prøvede at spille forarget, men kunne ikke skjule et underfundigt smil.

Salgsassistent Ben Hurup fnisede ud af højre mundvig, mens Becky svansede tilbage til marketing.

– Måske skulle man dyrke hende, Becky, sagde Ben. - Hun lyder fræk.

Lucas brummede bare. Becky var egentlig ikke hans type. Han spekulerede på, om hun var interesseret i ham. Han var nysgerrig, men slap tanken, da telefonen ringede.

Lucas var projektansat. Den egentlige opgave var hemmelig, og de andre ansatte måtte ikke vide noget om den. Derfor havde han en officiel opgave ved siden af opgaven med at afsløre svindel. Lucas skulle programmere en månedsrapport til salgsafdelingen, som bestod af salgsdirektør Miss Fisher og fem salgschefer.

Danmark var delt op i fem områder, og salgscheferne havde ansvaret for bilforhandlernes salg i hvert deres område. Miss Fisher havde ansvaret for at følge op på alle Lucas' opgaver.

Miss Fisher havde boet mange år i Amerika, men var flyttet tilbage til Danmark. Hun var dygtig efter nogle effektive læreår i USA, hvor hun var nået langt i karrieren. Hun havde fravalgt mand og børn og klarede sig med en række løse forhold. Der gik rygter om, at hun altid var på jagt efter nye mænd.

Miss Fisher var kendt for sin egen lille sexchikane. Hun rørte sine mandlige kolleger på en særlig blid måde med sine dejlige, varme hænder. Som regel rørte hun mændene let på skuldrene, for derefter at strejfe dem på siden eller på maven. Hun gik aldrig for vidt, som for eksempel ved at berøre mændene på bagdelen eller indersiden af deres lår.

Hun var en indtagende blondine med blå øjne, som havde samme farve som vandet i Agnondas' lagune. Disse øjne, sammen med hendes amerikanske tandpastasmil og røde læber, gav hende et både tiltrækkende og frastødende udseende.

Miss Fisher havde fra første dag flirtet med Lucas. Han var beæret og havde forsigtigt flirtet tilbage. Hun havde mærket hans forsigtighed, så hun berørte ham indimellem blidt på skulderen. Det var yderst behageligt, og han trak sig ikke. De stod ved kaffemaskinen, da han mærkede, at hun strøg ham bagfra på skuldrene.

– Jeg har noget til dig, sagde Miss Fisher.

– Hvad er det? spurgte Lucas.

– En lille bøn.

– Hvad beder du om?

– Du skal hjælpe mig.

– Ja, hvis det står i min magt.

– Kom hen til mit kontor om en halv time.

Lucas gik tilbage til sin egen plads for at arbejde. Ben kom hen til ham og satte sig på hjørnet af skrivebordet.

– Jeg er sikker på, at Miss Fisher har fri sex med en masse muskuløse fyre fra hendes fitnesscenter, sagde Ben.

– Det tror jeg ikke på. Har du beviser? spurgte Lucas.

– Nej, hun holder sine forhold skjult af hensyn til karrieren.

– Det er rygter.

– Gad vide om hun har haft sin klo i nogen her på kontoret, sagde Ben.

Lucas gik hen til Miss Fishers kontor og bankede på. Efter et øjeblik blev han vinket ind. Han lukkede døren efter sig. Miss Fisher satte sig på skrivebordet og lænede sig tilbage, hvilket virkede provokerende. Hun lå halvt på skrivebordet. Det kunne næsten opfattes som en invitation til sex. Hun var iført en sort dragt med matchende sorte pumps. Den røde mund og de røde negle bidrog til udtrykket. Han kunne dufte hendes dyre parfume, som havde en eksotisk duft af Dior, Paris og eventyr.

Hun rejste sig fra skrivebordet og strøg igen hans skuldre bagfra. Han blev helt varm. Hun kradsede ham blidt på højre arm med sine lange, røde negle. Hårene på armene rejste sig i velvære. Det gav et sug i Lucas. Han forsøgte at skjule det, men hun havde set det.

– Kan du hjælpe mig med et regneark? spurgte Miss Fisher.

– Ja, selvfølgelig, svarede Lucas.

Hun gik hen til sin computer og viste, hvad problemet var. Det tog Lucas under to minutter at løse det. Lucas ønskede at komme tilbage til stemningen fra før, men øjeblikket var forpasset. Han så ind i hendes øjne, men de var afvisende.

Spørgsmålet var, om hun ville gå videre, eller om det var en magtdemonstration. Han havde en mistanke om, at hun ville lokke ham. Muligheden for sex var et effektivt våben for en kynisk chef. Hvis hun vidste, at han var sårbar over for det, kunne hun udnytte det. Hun kunne få kontrol over ham og holde ham i en konstant usikker situation. Måske var hun både interesseret i sex og i at dominere ham.

Lucas opgav at tænke på det og kastede sig over sit arbejde, som langsomt skred frem. Han dagdrømte om sommerferie på en eksotisk strand på Maldiverne. Han nåede ikke så langt i drømmen, før Ben vækkede ham med et dumt grin.

– Lucas, de giver kage i bogholderiet, sagde Ben. - En af eleverne har sidste dag og har bagt kage. Vi skal hen og have et stykke.

Stemningen var som sædvanlig dæmpet ved den slags afskeder. Alle virkede en smule kunstige på grund af den trykkede atmosfære. Alle de kedelige ansatte fra marketing var til stede. Lucas og Ben var de eneste fra salgsafdelingen. Salgscheferne var ude på kundebesøg. Becky stod og hviskede med Anne. Lucas tog et stykke brun chokoladekage med kokos og kiggede på Becky med et frækt glimt i øjet.

– Hvordan går det med bolsjeglasset? spurgte Lucas.

– Jeg foretrækker at sutte på de store sorte, svarede Becky.

Lucas mærkede varmen stige til hans ansigt, som sikkert blev kokrød. Anne kiggede udfordrende på ham med et sødt smil i sine kønne, mørke øjne.

– Jeg foretrækker de små brune med kokos, sagde Lucas.

Becky og Anne fnisede. Ingen af de øvrige havde lagt mærke til den nøjagtige ordlyd af dette intermezzo, eller også lod de som ingenting. I hvert fald var der ingen, der opfangede den seksuelle undertone i ordene. Lucas blev træt af hyggefisen og begyndte at gå tilbage til salgsafdelingen. Ben fulgte med tilbage.

Da de kom tilbage til deres plads, var to af salgscheferne, Flemming og Ivan, vendt tilbage. De var fyldt med energi, og kommentarerne fløj frit omkring.

– Nå, Ben, hur går det så? spurgte Ivan.

Ivan havde været i det lune Nordjylland, mens Flemming havde været på Lolland, og han var straks med på spøgen.

– Har du fået striglen pisket for nylig? spurgte Flemming.

De to salgschefer grinede højlydt af deres egne morsomheder. Ben kunne ikke lade være med at fortælle om episoderne med Becky ved bolsjeglasset, og straks flød platte jokes gennem luften.

– Der er kun en måde at lukke munden på Becky på, sagde Ivan.

– Så er det nok, sagde Flemming.

– Det er over grænsen, sagde Ben.

– Vær ikke så snerpet, sagde Ivan. - Det er for sjov.

Ben fortalte en historie om en af sine blonde veninder. Hun var straks efter sprogskolen begyndt at undervise unge fyre og piger i fransk. I den første time havde hun fået årets latterbrøl fra fyrene ved en lille fortalelse i sin indledning.

– Jeg er god til sprog, sagde Ben med en lys kvindestemme. - Jeg fik tolv i mundtlig fransk.

Franskholdet havde grinet sig flade. Salgscheferne grinede

højlydt. Den lille fortalelse fandt salgscheferne morsom. Latteren rungede i salgsafdelingen.

Lucas benyttede lejligheden til at tage hjem.

18

Næste dag sad Lucas og Ben på deres plads i salgsafdelingen og arbejdede, da Becky frækt svansede forbi Ben og Lucas på vej til toilettet.

– Det har vi jo, Lucas, sagde Becky.

– Ja, det er godt gættet, du, sagde Lucas.

– Hvad laver du egentlig altid derude? spurgte Ben.

– Ja, Becky, kom nu, fortæl os alt om det, fortsatte Lucas.

– Du vil måske gerne med, sagde Becky.

Ivan kom tilfældigt forbi.

– Nej, nej, Lucas vil ikke med, sagde Ben. - Til gengæld vil Ivan gerne med. Hans mål er at komme på toilettet med en kvinde tre gange om året. Han har allerede været derinde med Bente fra bogholderiet.

– He he. Det er godt med dig, Ben, fnisede Becky.

Becky gik ind på toilettet. Ivan satte sig ved skrivebordet og begyndte at skrive på computeren. Ben skulle ud til kopimaskinen og kopiere et eller andet brev. Lucas fandt en besked frem, som han ikke forstod meningen med. Den var sendt af Becky. Han ville spørge hende, når hun kom ud fra toilettet.

Lidt efter kom Becky ud fra toilettet. Lucas viftede med et fortrykt skema, hvor der kunne påføres tal.

– Hej Becky, er det ikke dig, der har lavet dette skema? spurgte Lucas.

– Jo, du har sandelig et skarpt syn, svarede Becky.

Beckys ironi kom ud af en spids og tør mund, og ironien var ikke til at tage fejl af.

– Hvad skal skemaet bruges til? spurgte Lucas.

– Det er til vores bilsalg, svarede Becky.

– Ja, men hvad skal jeg gøre?

– Du skal registrere det aktuelle salg.

Dette kryptiske svar forvirrede Lucas, og hans mund var åben som en torsk, der var blevet hevet op på land.

– Jamen din elev registrerer også salget. Risikerer vi ikke, at det står der to gange?

– Nej, det gør vi ikke, svarede Becky.

Hendes mund var spids og afvisende. Lucas kunne ikke helt forstå skemaet, som mest bestod af forkortelser.

Ivan nærmede sig. Becky lod ham lægge sine hænder på sine skuldre. Hun smilede og blinkede med det ene øje til Lucas, som om hun kun lod Ivan røre sig for at provokere Lucas.

– Gider du komme og tyde dine forkortelser? spurgte Lucas.

– Jeg har ikke mere tid til det her nonsens, svarede Becky. - Du kan afklare resten med min elev. Han kommer hen til dig senere på dagen.

Så stod det 1-0 til Becky. Hendes øjne lynede udfordrende med et glimt af usikkerhed. En usikkerhed, der nok betød, at hun var en smule i tvivl om, at hun denne gang var gået over stregen.

– Du skal ikke være bange for at komme nærmere, sagde Lucas. - Du kan jo altid støtte dig til Ivan.

Lucas kunne tydeligt se, at Becky var blevet en smule nervøs. Hun havde ikke længere fuld kontrol over situationen. Hun var elendig til at finde på hurtige replikker. Hun var åbenbart bedst, når hun selv førte an. Hun så ud til at blive usikker, når Lucas tog hende på ordet og kom med en rap replik. Becky forlod Lucas' kontor med et opgivende suk.

Dagen efter stod Lucas og talte med Anne ved siden af bolsjeglasset. Becky kom forbi og tog et bolsje. Han kunne ikke modstå fristelsen.

– Nå, skal du igen have noget at sutte på? spurgte Lucas.

– Ja, svarede Becky og fortsatte: - Du får vist ikke nok derhjemme.

Lucas blev mundlam og anede ikke, hvad han skulle svare på dette lynangreb. Hun havde jo ret. Han mærkede blodet stige helt ud i sine daggamle skægstubbe, og at han var konfirmandrød i hovedet. Han lod sig ikke mærke med det. Becky gik med et knejsende hoved mod marketing. Det var tydeligt, at hun nød sejren.

– Åh, herregud, sagde Lucas. - Lad dog barnet.

– Hun er vist en værre en, sagde Anne.

– Ja, jeg giver op. Hende kan jeg ikke klare. Hun formår at gøre mig mundlam hver gang.

Lucas gik i gang med arbejdet, men hjertet var ikke med. Becky og Lucas var kommet skævt ind på hinanden. Forholdet vekslede mellem indladende sødme og giftig afstand.

Lucas glemte det og begyndte at tjekke sine databaser. Han havde adgang til firmaets egne salgstal og motorkontorets registreringsdata. De to tal skulle stemme overens. Sidste måned var indberetningen af salg og registrering ikke ens. Der var en simpel forklaring: Motorregistret manglede en registrering. Den blev så indberettet i denne måned, og dermed stemte tallene overens.

Lucas gik ud i køkkenet for at få en kop kaffe. Becky smilede sødt til ham uden antydning af ironi eller drilleri. Lucas kiggede hende i øjnene. Der var et glimt i øjnene. Hun så på ham uden forbehold. Lucas kiggede tilbage.

– Jeg starter i et nyt job den første februar, sagde Becky.

– Det er i næste uge, sagde Lucas. - Hvad skal du lave?

– Jeg har fået tilbudt en lederstilling i en anden virksomhed.

– Tillykke med det. Jeg er også ved at være færdig med mit projekt.

– Vi kommer nok ikke til at ses efter det.

– Nej, det gør vi nok ikke.

– Er du okay med det?

– Ja.

Lucas undrede sig over spørgsmålet. De var stødt på hinanden flere gange, siden han startede for nogle få uger siden. De havde haft kvikke samtaler, når de var alene. Becky havde altid været ironisk, når der var andre til stede, som om hun ville holde ham på afstand.

Lucas tænkte på, om hun var interesseret i ham. Hun følte åbenbart mere for ham. Måske dækkede hendes ironi over, at hun var begyndt at falde for ham.

– Nå, men jeg går tilbage til min pind, sagde Becky.

– Vi ses senere, sagde Lucas.

Lucas gik tilbage til sin egen plads. Han havde fået adgang til en lang række systemer, så han kunne tjekke regnskabet. Han gennemgik det, men fandt ingen uregelmæssigheder, der kunne hjælpe ham videre. Han tjekkede også salget for hele året og fandt ingen uoverensstemmelser. Det betød, at der ikke blev fusket med salgstallene.

Han måtte lede andre steder, men det måtte vente til næste dag. Han ville bruge resten af dagen på at færdiggøre den officielle opgave, som var en månedsrapport over salgstal til salgscheferne. Han håbede at blive færdig med rapporten inden weekenden, som nærmede sig med hastige skridt.

19

Det blev endelig fredag. Fyraften på ugens sidste arbejdsdag nærmede sig. Ben foreslog at gå ud og bowle om fyraftensbajere. Anne fra receptionen, fyrene fra marketing og Mette fra marketing var med på spøgen. Becky skulle først hjem, men lovede at støde til senere. Lucas måtte indse, at han ikke nåede at gøre sit arbejde færdigt inden weekenden. Det måtte vente til næste uge.

De gik pjattende hen til et nærliggende center, hvor der var en bowlinghal med en grillbar. De kom ind i centret, gik hen til grillbaren, fik billetter og fadøl. Lucas kom på hold med Ivan og Mette, mens Ben kom på hold med Anne og Flemming.

Den første runde bowling gik i gang. Flemming havde et stort smil på læben. Han gjorde, som om han var klodset og snublede med vilje, men han fik alligevel en strike i første runde. Alle keglerne væltede. Det lignede et mirakel.

Så blev det Lucas' tur. Han valgte en gul kugle, fik placeret to slatne fingre plus en løs tommeltot i kuglens huller, tog et langt afsæt og løb helt hen til banen i en elegant stil. Han stoppede professionelt op på et ben og lod kuglen langsomt trille mod keglerne. Det var det rene fup, Lucas var elendig til at bowle.

Lucas' gule kugle havde kurs mod keglerne de første tre meter, men skruede så helt ud til siden. Nøjagtig en meter fra keglerne tog kuglen rillen i banens venstre kant. Uden at ramme en eneste kegle trillede kuglen i sikkerhed bagved og forsvandt. Ingen kunne forklare, om det var heksemagi eller den almindelige tyngdelov, der påvirkede kuglen.

Kuglen blev sikkert opfanget af et eller andet snedigt indrettet skinnesystem. I hvert fald kom kuglen kort efter tilbage til de andre kugler oppe ved spillerne.

Det gik ikke bedre i næste runde, da det blev Lucas' tur til at trille kuglen. Den eneste forskel var, at han denne gang sigtede mod højre, hvilket resulterede i, at kuglen tog rillen i højre kant. Uanset hvor professionel hans stil så ud, var resultatet helt hen i vejret til stor morskab for de andre.

Efter nogle runder blev Lucas bedre til at bowle. Han fandt ud af at sigte mod venstre side, smutte hånden mod højre og lade kuglen skrue mod midten. Han væltede som regel nogle få kegler, men fik aldrig en fuld strike. Bens hold vandt selvfølgelig overlegent og sikrede sig fortjent en stak fadøl.

De startede en ny runde, efter at alle havde forsynet sig med store glas fadøl. De første spillere havde sendt deres kugler af sted, da Becky dukkede op med et dumt smil.

– Hej piger, hvordan går det? spurgte hun.

– Hej Becky, det var godt, du kom, svarede Lucas. - Vi mangler dig på holdet.

Lucas vinkede hende hen til sit hold. Beckys røde kjole matchede hendes røde læber i bowlinghallens dæmpede lys. Hun tog en bowlingkugle i hånden, sendte den af sted og fik en strike. Han stillede sig ved siden af hende.

– Det var satans, sagde Lucas.

– Tabte du første omgang? spurgte Becky.

– Ja, jeg er ikke god til det her.

– Nå, heller ikke til det.

– Hvad sigter du til?

– Nå, ja, det kunne du lide at vide.

De andre råbte og skreg hver gang der blev scoret point. De hujede hver gang en af spillerne ramte rillen i siden. Det skete hyppigere og hyppigere.

– Du sigter godt, men rammer skidt, sagde Ivan.

– Hvor spritten går ind, går forstanden ud, sagde Mette.

Lucas kunne mærke de mange kolde øl, han havde drukket. Det var godt, at de havde fysisk aktivitet, ellers ville han garanteret være så fuld nu, at han ville fornærme en af de andre personligt eller danse nøgen rundt på bowlingbanen.

De blev trætte af spillet. Det var sjovt i begyndelsen, men i længden blev det lige så kedeligt som en lørdagsquiz i tv.

– Hvem er inde i Bamse fra DR? spurgte Ivan.

– En mand, men hvem fanden er inde i Hans Pilgård? svarede Flemming.

– Du lyder som en vittig hund i et spil kegler, svarede Ivan.

Mette grinede hysterisk. Becky diskede op med en gammel vittighed fra radioen.

– Hvordan er Bamses diller? spurgte Becky.

Ingen svarede, men de andre kiggede forvirret på hinanden.

– Den er gul og smager af kylling, sagde Becky.

Ivan skreg af grin. De andre mænd grinede med dybe, sjofle ølbasser, mens kvinderne fnisede. Ben syntes, at han skulle fyre en klassiker af, måske hentet fra Jesper Kleins skattekiste.

– Ved I, hvad forskellen er mellem det pikante og det perverse? spurgte Ben.

– Jeg er pikant, og du er pervers, svarede Ivan.

– Nej. Det er pikant at kilde sin kæreste med en gåsefjer. Hvis du bruger hele gåsen, er det perverst.

Kun mændene grinede højlydt. De andre bowlingspillere i hallen begyndte at kigge skævt til dem. Ivan foreslog, at de fandt et pizzeria for at spise. Forslaget blev bakket op af de andre.

De tog S-toget ind til Strøget og løb ned ad den flisebelagte gade. De løb over Højbro Plads. Becky og Anne løb efter Lucas. Resultatet var, at de alle tre stødte sammen. Anne rørte let ved Lucas' arm med neglene. Det føltes sensuelt.

– Nå, Lucas. Er det ikke rart, at ens krop bliver begæret?

Lucas var overrasket. Han havde ikke regnet med, at Anne måske så ham på den måde.

– Jeg vil hellere begæres for min sjæl.

Han kunne selv høre, at det lød sygt.

– Du er ikke rigtig klog at sige nej til to dejlige varme pigekroppe, sagde Becky.

– Jeg har endnu ikke sagt nej, sagde Lucas.

De ankom til pizzeriaet og bestilte øl og forskellige pizzaer til deling. Lucas fik arrangeret det sådan, at han kom til at sidde mellem Anne og Becky. Han regnede med, at Anne for sjov ville begynde at pille ved ham. Anne var gift med en australsk it-ekspert, og hun ville nok ikke smide det forhold væk for en enkelt nat. Han kunne mærke, at hun var i stemning til at være frækkere end sædvanligt.

Becky var ikke så direkte som Anne, men til gengæld var hun mere fri i sin tale. Becky talte aldrig om sin kæreste, og Lucas vidste ikke med sikkerhed, om hun overhovedet havde en. Han spekulerede ikke over det og havde ikke lyst til at finde ud af det i aften. Han ville nyde aftenen til sidste blodsdråbe.

Efter et par timer på pizzeriaet var de færdige med at spise pizza og drikke øl. De sluttede af med kaffe.

– Hvad skal der nu ske? spurgte Anne.

– Jeg vil ikke hjem, sagde Becky. - Jeg vil ud og danse.

Mette og Flemming sagde tak for i aften og smuttede hjem. Ivan, Ben, Anne, Becky og Lucas gik mod Disco the Qua, tidens mest populære diskotek ved Vandkunsten, tæt på Københavns Rådhus.

Lucas dansede med Becky. Diskotekets discjockey spillede heftige rocknumre. Becky viste sig at være en fremragende danser. Lucas var en energisk rockdanser, men han måtte anstrenge sig for at følge med hende.

Han introducerede hende for alle de stilarter, han kendte. De dansede blandt andet mexicansk dans, indianerdans, tango, flipperrock og spjætterock.

Becky startede en spejldans. Det vil sige, at hun fandt på sjove bevægelser, som Lucas efterlignede. Hun gjorde honnør, klappede kage, knipsede, dansede som de gamle egyptere, gjorde næse og imiterede Abba. Alt var tilladt, selv små søde berøringer.

Der kom en stille sang, og Lucas dansede tæt med Becky og mærkede varmen fra hendes bløde krop. Indimellem dansene sad de og snakkede med de andre. Det var blevet sent, og Ivan smuttede hjem, da det åbenbart var blevet for kedeligt for denne gamle gøgler.

Lucas dansede med Becky det meste af aftenen. Aldrig før havde han mødt en så livlig kvinde. Da de begyndte at danse hiphop, gav han næsten op af udmattelse.

Beckys halvlange brune hår svingede vildt omkring hendes slanke ansigt. Hendes brune øjne lyste op, som om hun var blevet besat af dansens hede rytmer. Hendes fingerring af sølv matchede hendes elegante sølvhalskæde.

Duften af lavendel fra hendes parfume virkede beroligende på Lucas. Duften af frisk sved på hendes hud iblandet lavendel vækkede Lucas' sanser. Hendes naturlige sved blandede sig i en symbiose med hendes parfume, nøjagtig som jordbær blander sig med cognac i en fornem fransk dessert.

Becky og Lucas var optagede af hinanden. De snakkede med de andre, men brugte det meste af tiden på at kigge hinanden dybt i øjnene, smile og tilfældigt berøre hinanden på en naturlig måde. Det var bare for ofte og for intimt til at være uskyldigt.

– Er der nogen af jer, der skal have øl med? spurgte Ben.

– Ja tak, to Tuborg, svarede Lucas.

– Og en dansk vand, tilføjede Anne.

– Nå, hvordan går det? spurgte Lucas og lagde en hånd på Annes arm.

Hun trak sig halvvejs tilbage.

– Jeg keder mig, svarede Anne.

– Jeg synes, det er sjovt.

– Vil du med ud at danse? spurgte Anne.

– Ja, svarede Lucas og kiggede på Becky.

– Anne, du må låne ham, men ikke stjæle ham, sagde Becky.

Lucas dansede med Anne og forsøgte de samme danse, men de virkede ikke. Magien manglede. Becky manglede. Anne gjorde som ingenting. De dansede de tre traditionelle numre. Ifølge den lokale overlevering blev et par betragtet som kærester, hvis de dansede mere end tre numre. Becky og Lucas måtte være superkærester, for de havde flere gange danset i mere end et kvarter.

Ben kom tilbage til selskabet med kolde øl, da dansen sluttede. Egentlig var Anne ikke en kedelig kvinde, men ved siden af Becky ville selv en Heidi Klum blegne. Lucas drak det meste af sin øl i tre slurke, da han var tørstig.

Ben fulgte ikke med i samtalen. Han så søvnig ud. Ben mærkede de andres mangel på interesse og mumlede, at han ville gå hjem. De andre reagerede ikke på det. Ben blev siddende et stykke tid, rejste sig op, sagde godnat til de andre og forsvandt ud af døren.

Anne hentede flere øl. Mens hun var væk, begyndte Lucas at pille ved Beckys skuldre. Hun skubbede ham væk, eller rettere, hun gjorde et svagt forsøg. Han berørte hendes nakke ganske forsigtigt med læberne. Becky nød det åbenlyst, hvilket han ikke kunne undgå at mærke. Hun skælvede let. Skuldre og nakke var et godt sted at starte for en fyr, der ville bryde grænserne ned over for en kvinde.

Anne kom tilbage med øl fra baren. Becky nåede at skubbe Lucas væk, så deres berøringer ikke blev for åbenlyse. Hans ben strejfede hendes, og han lagde en hånd på hendes lår, skjult under bordet.

– Du har vist misforstået noget, hviskede Becky.

– Det tror jeg ikke, hviskede Lucas.

– Nej, det tror jeg heller ikke, men jeg skal ud og pudre næsen.

Troskab varer ikke længe for en beruset mand. Hvad der er ude af syne, er ude af sind. Lucas benyttede chancen og vendte sig mod Anne.

– Hvad med at gå hjem til dig? foreslog Lucas.

– Du er et ynkeligt skvat, sagde Anne.

– Hvad mener du?

– Du har lagt an på Becky, og nu forsøger du med mig, din lille amatør Don Juan.

– Jeg forsøger ikke at forføre dig.
– Nej, det går ikke.
– Øv.
– Vi har fået indrettet vores nye lejlighed. Jeg vil holde en indflytterfest for kontoret en dag.
Lucas var både skuffet og lettet. Afvisningen fra Anne var tydelig. Hvis Anne havde taget imod flirten, havde han haft et kæmpestort problem: Han skulle beslutte, hvem af de to lamseben, han skulle give en kurv.
Becky kom tilbage og snakkede med Anne i cirka ti minutter, mens Lucas kiggede på de få, der stadig dansede. Lokalet var næsten tomt nu, og Anne sagde farvel med et stort knus til dem begge.
– Så gik hun, sagde Becky.
– Vores veje skilles også snart, sagde Lucas.
– Ja.
– Jeg er næsten færdig med mit projekt.
– Og jeg skifter job.
De sad i stilhed og drak øl. Lucas tog Beckys hånd. Hun sitrede. Lucas kunne mærke, at hun var påvirket af, at de skulle tage afsked. Hun tog fat i hans hånd og drak øl med den anden hånd. De holdt hinanden i hånden i tavshed.
Det var blevet sent. Alle de pæne kvinder, på nær Becky, havde forladt diskoteket. Tilbage sad nogle ældre afdankede hejrer, der skræppede som et hold havneludere på den lokale havneknejpe. En enkelt fyr med hovedet på skrå sad og sov. Der var kun fulderikkerne tilbage. Fulderikkerne, som aldrig kunne score en kvinde, fordi de blev for fulde.
En ung fyr, sikkert en fattig studerende, sad og overgramsede en gammel, overmalet hejre. Hun sad og så afvisende ud, mens han havde sin tunge inde i hendes øre. Han så ud til at hviske de søde kærlighedsord, der ellers var forbeholdt de håbløst romantisk forelskede. Men sådan var det ud på natten. Håbløsheden

og desperationen havde gode kår, da ingen havde lyst til at gå alene hjem.

Ensomhed var ikke Lucas' problem denne nat. Han så sit snit til at kysse Becky, lægge sin hånd på hendes hår og stryge hende uendeligt blidt og kærligt. Det virkede. Becky klemte ham og smeltede i hans hænder. Der var ingen grund til at sige mere, og uden flere ord gik de ud og prajede en taxa.

Det var sent fredag nat. Becky og Lucas kørte rundt på må og få i taxaen, indtil hun foreslog, at de tog hen på kontoret. De steg ud af taxaen og gik ind gennem porten. De tastede koden ind, så alarmen ikke ville gå i gang. De satte sig i køkkenet og tog colaer fra kassen.

Der skulle smedes, mens jernet var varmt. Lucas kyssede Becky på kinden og rørte blidt ved hendes hår. Langsomt løsnede han båndene i hendes røde kjole. Hun lod den ene skulderstrop glide ned, så skulderen var blottet. Det så sexet ud. Hun lukkede sine øjne halvt og åbnede sin røde mund, hvilket Lucas opfattede som en åben invitation.

Lucas søgte mod Beckys mund og lod sine læber næsten røre hendes. Hans kropsvarme fik hende til at sitre af forventning. Hans læber rørte ved hendes læber. Hans tunge kom frem, og hun bed let i den. Han listede en hånd ind under kjolen og rørte ved hendes bryst.

Hun duftede af kvinde. Duften var sød og mindede om hør iblandet dyr fransk parfume, ligesom en dag ude i en hvedemark med elegante franske blomsterdufte af lavendel. Lucas forstod for første gang i sit liv, hvorfor fin parfume kunne virke så erotisk.

Lucas kunne lide et langt forspil, men situationen var ikke til det. Reelt kunne der komme nogen forbi hvert øjeblik. Hvad hvis en af salgscheferne skulle have printet et dokument ud eller skulle tjekke et salg? Han skød tanken fra sig. Det var ikke nu, han skulle spille skuffejern.

Han trak hendes kjole ned, og hun begyndte at knappe hans

skjorte op. De begyndte at elske med stor risiko i denne frække situation i Motorkompagniets køkken.

De blev færdige med elskovsakten. Becky slappede helt af og var helt rolig. De blev liggende uden at sige noget, men de hørte en lyd fra et kontor få meter derfra.

Becky sprang op.

– Hvad var det? spurgte Becky.

– Jeg ved det ikke, svarede Lucas.

– Der er nogen her.

– Nej, det tror jeg ikke.

Lucas var usikker. Han syntes, at han havde hørt lyden af en stol, der skramlede let hen over gulvet. En kollega kunne have set eller hørt dem. De skyndte sig at bringe deres tøj i orden og forlod Motorkompagniets kontorer og skiltes i tavshed udenfor.

Lucas tænkte på Becky med et smil på læben, mens han sad i taxaen hjem. Da han kom hjem, faldt han hurtigt i søvn.

Lucas vågnede sent lørdag formiddag. Becky var i hans tanker. Han stod op og overvejede at ringe til hende, men turde ikke. Hvis hun havde en kæreste, der tog telefonen, kunne hun få et forklaringsproblem. Lucas ville ikke risikere at bringe Becky i forlegenhed.

Om søndagen havde han stadig ikke besluttet sig for, hvordan han bedst kunne kontakte hende. Han måtte finde en god måde at kontakte hende på i den kommende uge.

20

Det blev en lang weekend, inden mandag morgen viste sit triste ansigt. Lucas tog den lange vej ind på kontoret. Becky sad desværre ikke på sin plads.

Lucas gav sig til at studere det skema, som Becky havde givet ham. Han fik tydet forkortelserne og indså, at skemaet bestod af månedens salgstal. Der var både salgstal fra forhandlerne og salgstal fra Motorregistret. De to salgstal skulle stemme måned for måned.

Han fandt en forhandler i Sønderborg, som lå tæt på den tyske grænse, hvor tallene ikke stemte. Forhandlerens salgstal var konsekvent højere end salgstallene fra Motorregistret. Det var mystisk, og det grublede han over resten af formiddagen.

Efter frokost fandt Lucas en interessant notits i mailsystemet. Notitsen var fra salgsdirektør Miss Fisher til marketingschef Jes Søndergaard:

Salgsprisen i Danmark består af vores pris plus afgifter til den danske stat. Kunderne betaler derfor tre gange bilens pris. Motorkompagniet sætter priserne på biler lavere i Danmark end i resten af Europa for at kompensere.

Lucas fandt en anden mail, afsendt nogle dage senere, hvor det fremgik, at Miss Fisher var bekymret:

Tyskere kan købe biler billigt i Danmark, hvilket underminerer metoden med lave priser. Hvis det tager overhånd, vil bestyrelsen nok lukke denne mulighed, hvilket vil føre til højere priser for danske kunder og mindre salg.

Lucas besluttede at undersøge det senere. Han ville hellere tale med Becky om deres forhold, men hun var ikke kommet ind på kontoret. Hun havde fortalt, at hun ville starte på et nyt job. Måske ville hun ikke komme ind på Motorkompagniet inden den

1. februar. Lucas håbede på at se hende igen og i det mindste få sagt farvel. Han følte sig tom og var tæt på at lade en tåre løbe.

Da Lucas ikke kunne tale med Becky, kastede han sig over arbejdet. Der dukkede mere op. Det var tydeligt, at det var en større sag. Der var flere forhandlere, der så ud til at være med på spøgen. Lucas undrede sig over, hvorfor så mange tyskere ville besvære sig med at køre til Danmark, købe en lidt billigere bil og vente på indregistrering i Tyskland.

Det var endnu mere underligt, at bilforhandlerne ville risikere at sælge til underpriser til tyskere. De måtte da vide, at hvis de blev afsløret, ville de blive fyret som forhandlere.

Alt dette ville Lucas undersøge nærmere. Han regnede med at kunne lægge sidste hånd på alle sine opgaver den næste dag. Det var blevet fyraften, og han tog hjem.

Da Lucas kom hjem fra sit job, lå der et brev i hans postkasse. Det var usædvanligt, at der kom breve nu om dage. Konvolutten var lækker og feminin med en detaljeret tegning af en rød sommerfugl på kuverten.

Lucas åbnede brevet forsigtigt. Det duftede svagt af feminin luksus. Brevet bestod af to tætskrevne stykker brevpapir med to lige så detaljerede sommerfugle på hvert papir. Sommerfuglene var røde og blå og anbragt i hvert sit hjørne. Brevet var skrevet med sirlig og regelmæssig håndskrift. Han læste hele brevet op for sig selv:

Kære Lucas 29/1

Jeg har funderet over, om jeg skulle skrive eller ej. Lige nu synes jeg, det er lidt trist at skulle skrive til en, der bor på Kong Georgs Vej - men også lidt poetisk. Jeg har allerede en gang før skrevet til dig; det brev rev jeg itu. I stedet fik du det "friske" brev med et praktisk formål tillige. Jeg ved ikke, måske var jeg på en eller anden måde bange for, at brevet kunne misbruges. Det risikerer jeg også med dette brev. På den anden side tror jeg, at du gemmer det for dig selv, at du ikke omtaler det eller mig i sammenhæng, hvor det kommer uvedkommende for øre, fx folk fra salg eller marketing. Jeg tror heller ikke, at du på en eller anden måde misforstår det, dvs. at du tager det som en opfordring.

Måske har du ret i, at jeg har svært ved at sætte grænser. Med hensyn til dig, udviklede det sig lige så stille. Du er underholdende, har nogle anderledes indfaldsvinkler. Det var sjovt at komme i salgsafdelingen. Så skete der et skred. Set i bakspejlet burde jeg måske have opdaget det, men du kan være temmelig svær at tyde. Fx tror jeg, at Anne måske har forstået dit pjatteri - flirt? (Undskyld udtrykket, men du er en grinebider til tider) som optakt til noget, hvor jeg altid har valgt at opfatte det som sjov - indtil du fortæller mig noget andet. Det var nemmere før den fredag aften. Lige nu har jeg det sådan, at jeg ikke rigtig gider marketing. Det bliver ikke det samme uden dig, og det bliver måske besværligt med Ben og Ivan. Måske lyder det blæret, men det er bl.a. dig, der har påpeget det, og i fredags kunne jeg godt mærke det. Men det har vi jo snakket om.

Jo mere jeg har lært dig at kende, jo mere er jeg kommet til at kunne lide dig - det er en selvforstærkende proces. Når jeg har spurgt til dig, var det ikke fordi du skulle stå til regnskab, som du har sagt, men fordi jeg er interesseret i dig. Derfor er det utilfredsstillende, at vores samvær altid har foregået med andre mennesker omkring os og mest med "druk" tillige. For øvrigt, vi skulle ikke lave skandale i fredags, men tror du ikke, vi var så meget sammen, at det tangerede? Til sidst ude i køkkenet var det tæt på. Var det ikke også dig, der sagde, at man skal cirkulere, det blev vist ikke helt overholdt. På en måde er jeg ked af, at jeg lagde så meget beslag på dig. Anne ville gerne have været til fadet - igen undskyld udtrykket. Og jeg kan alligevel ikke tilbyde dig noget som helst.

Jeg ville ønske, at vi kunne have holdt det på et venskabeligt plan - samtidig er jeg ambivalent. Jeg ville ønske, at jeg ikke var så modtagelig. Som sagt en del gange før: jeg fortryder ikke vores fredag aften. Det var dejligt. Du var dejlig. Er dejlig.

Som du allerede sagde i fredags, så var det et farvel. Det havde jeg ikke overvejet. På en måde brænder jeg efter at aftale et møde i dette brev; jeg lader være. Du forlader den første februar, ikke? Mon du når at få brevet forinden? Husk at lægge evt. ny adresse og tlf-nr, hvis det bliver aktuelt. Jeg vil gerne vide, hvordan det går dig, og hvad der sker. Måske kan vi snakke sammen, når det er kølet af.

Jeg bliver utrolig splittet af dette her, det tager for meget af min tid. Jeg skal til at tænke på mit nye arbejde osv. Jeg skal til at få mit eget forhold til at køre, at lægge min koncentration der. Foreløbig skal der ikke lukkes nogen ind; jeg skal lære at sætte grænsen. Men hvordan gør man det? Ved at blive kantet som Mette og Bente? Det tiltaler jo heller ikke dig.

Jeg vil slutte nu, Lucas. Det her kan jeg alligevel ikke skrive mig ud af. Jeg er lidt træt af mig selv, måske er jeg egoistisk og en man-eater, som godt kan lide at holde hof. Måske higer jeg for meget efter bekræftelse.

Jeg håber, at alt er godt for dig, og at jeg ikke har (smigrer jeg mig selv nu? så undskyld) givet dig et knæk.

De kærligste hilsner, Becky.

Lucas læste brevet flere gange, men vidste ikke, hvad han skulle mene om det. Der var flere underlige ting i brevet, som han ikke kunne genkende, men det var små og ligegyldige ting. Han var interesseret i Becky, men havde afskrevet hende som mulig fast elskerinde. Der stak en snip af almindeligt, ternet papir ud fra konvolutten. Lucas tog den op i hånden og så, at snippen var tæt beskrevet på begge sider:

Jeg vil gerne have en reaktion på brevet, at det er kommet dig sikkert i hænde, og kun dig. Kan du skrive til mig - det behøver ikke at være langt - bare en kort besked, i dag, når du får brevet, sådan at jeg har brevet i morgen? Så er jeg alene, når jeg modtager det. Hvis du ikke kan nå det på grund af jobbet el. andet, så find en anden måde, men diskret. Måske gennem Motorkompagniet på en eller anden måde.

Jeg bryder mig ikke om dette hemmelighedskræmmeri.

Mulighed 2: Ring til mig onsdag kl 9.30 hjemme.

Eller senere samme dag fra kl 17.

Lucas vidste ikke, hvad han skulle gøre. Han var nødt til at læse brevet og snippen en gang til og få skrevet tilbage til Becky. Et brev eller måske et digt. Han undrede sig over, at hun fandt det nødvendigt at skrive til ham. Hun havde åbenbart større følelser for ham, end han havde regnet med. Lucas var både beæret og forbløffet over dette brev.

Brevet viste en side af hende, som han ikke havde forstået. Han ville selvfølgelig aldrig vise brevet til andre. Han ville beholde brevet, som var helt unikt. Lucas forstod, at Becky havde brugt lang tid på at formulere sig. Desuden havde hun skrevet brevet med den mest sirlige håndskrift, han nogensinde havde set.

Brevet var skrevet, som om indholdet var vigtigt for hende. Brevet må have været skrevet om flere gange, da der kun var få sproglige fejl i brevet. Lucas kom til den konklusion, at Becky havde udviklet følelser for ham, men sad fast i et forhold med en anden fyr.

Om aftenen lagde Lucas sig i sin seng og begyndte at tænke over de små, ubetydelige ting, han ikke rigtig kunne genkende i brevet fra Becky.

Han mente ikke at have sagt til hende, at hun havde svært ved at sætte grænser. Han kunne heller ikke se, at han var svær at tyde. Han havde ikke flirtet alvorligt, men hans små bemærkninger kunne være blevet misforstået. Måske havde han gjort et større indtryk på hende uden at vide det.

Hun skrev, at hun havde opfattet det hele som sjov, indtil han fortalte noget andet. Han vidste ikke, hvad hun mente med det. De havde blot hygget sig og elsket i køkkenet på arbejdspladsen. Det var ikke helt efter bogen og næsten utilgiveligt, men han fortrød det ikke.

Becky skrev i brevet, at hun skulle have styr på sit forhold og der foreløbig ikke skulle lukkes nogen ind. Det var, som om hun ikke vidste, om hun ville blive i sit forhold eller indlede et nyt med Lucas.

Han vidste med sikkerhed, at han ville kontakte hende hurtigst muligt i den nye uge.

21

Næste morgen tog Lucas ind på kontoret og konstaterede, at Becky ikke var ankommet. Han håbede, at hun ville komme ind senere. Op ad formiddagen gik Lucas sammen med Ben og Ivan ud i køkkenet. Ivan kom med en af sine dumme vittigheder, en gammel vandrehistorie.

Alle stod og grinede af Ivans dumme vittigheder. Becky spankulerede forbi dem. Hun kiggede ind i køkkenet og så tre mænd sidde og grine. Lucas lagde mærke til, at hun blev rød i hovedet og skyndte sig ned på sin plads. Hun skulle rydde sit skrivebord og aflevere computer, mobil og andre ting til hendes chef.

Lucas stoppede med at grine og gik ned til sin plads. Han kunne se, at Becky havde det skidt. De kiggede diskret på hinanden. Lucas tænkte, at de burde mødes og snakke. Han havde endnu ikke skrevet til hende, så han skrev en seddel, hvor der stod: *Lad os mødes på caféen overfor Motorkompagniet klokken to. Ingen ved noget.*

Lucas ventede, da det ville være for påfaldende at gå hen til Beckys skrivebord. Det turde han ikke. Lucas ville vente på, at hun rejste sig for at gå ud i køkkenet.

Endelig rejste hun sig op og gik. Lucas gik hen til receptionen og pjattede med Anne. Becky kom forbi receptionen igen.

– Hej Becky, hvordan går det? spurgte Lucas.

– Det går, svarede Becky.

Lucas rørte hende ganske let på skulderen og lagde sedlen med noten i hendes hånd. Ben bemærkede det. Becky så sig omkring og gik tilbage til sin plads for at læse sedlen. Hun nikkede til Lucas med et smil og virkede rolig.

Lucas arbejdede videre. Han fik sin rapport om salg af biler til tyskerne helt klar. Han bankede på døren til Miss Fishers kontor og aftalte at mødes med hende klokken fire.

Da klokken var kvart i to, nikkede Lucas til Becky og forlod Motorkompagniet. Han gik før tiden, så ingen skulle se dem forlade bygningen sammen. Han gik direkte over til caféen og bestilte en kop kaffe. Et par minutter i to dukkede Becky op, og hun bestilte en cafe latte. Hun så ud til at være urolig.

– Har du sagt noget til de andre? spurgte Becky.

– Nej, selvfølgelig ikke, svarede Lucas.

– Jeg troede, I stod og grinede af mig, da jeg gik forbi køkkenet.

– Nej, vi grinede af Ivans dumme vittigheder.

– Jeg blev forlegen, da jeg troede, at du fortalte om vores nat i fredags.

– Det ville jeg aldrig gøre.

– Du er en fræk lille vovehals, sådan at have sex med en kollega på arbejdspladsen.

– Vi var da lige gode om det. Var vi ikke?

Becky lagde sin finger på Lucas' mund.

– Jo, lad os glemme det.

– Piner det dig?

– Ja.

– Forsøg at glemme det.

– Har du læst mit brev?

– Ja, det var et flot brev.

– Du forstår, at jeg vil beholde min kæreste, sagde Becky.

– Ja, det fremgik klart af brevet, sagde Lucas. - Jeg vidste ikke, at du havde overvejet det.

– Jamen, det har jeg. Jeg har følelser for dig.

– Jeg kan lide dig.

– Ikke elske?

– Jeg vil gerne lære dig bedre at kende.

– Ønsker du et fast forhold til mig? spurgte Becky.

– Måske nok, ja, svarede Lucas. - Men du har jo besluttet dig.

Becky rystede på hovedet. Hun så ud, som om hun var ved at gå op i limningen. Det var ikke nemt at sige farvel til hende.

Lucas troede, at hun måske var faldet for ham, men ikke kunne forlade sin kæreste. Becky kiggede på Lucas.

– Var der en anden på kontoret den nat? spurgte Becky. - Jeg håber ikke, at vi er blevet set.

– Jeg ved det ikke, svarede Lucas. - Vi hørte begge lyde. Hvis der var en person, holder han det for sig selv.

– Hvordan ved du, at det er en han?

– Det ved jeg heller ikke. Det er skræmmende at gå ind på et mørkt kontor om natten, så jeg tror, at det var en mand.

– Hvad hvis min kæreste får det at vide?

– Det ville være kedeligt for dig.

– Jeg håber ikke, at du viser brevet til nogen, sagde Becky.

– Selvfølgelig ikke, sagde Lucas. - Det er et smukt brev.

– Du kan beholde det, hvis du lover ikke at vise det til kollegerne.

– Det lover jeg. Du kan stole på mig.

– Tak. Jeg vil gå tilbage til kontoret og aflevere mine ting.

– Så er det nok sidste gang, vi ses.

Becky rejste sig for at gå, og Lucas rejste sig og gav hende et knus. Han klemte til, og hun slap et hvin. De kiggede en sidste gang på hinanden, da det nok var sidste gang, de sås. Det var en trist afsked på en tilfældig café. Lucas bestilte en ny kop kaffe. Han var i vildrede. Hun havde været klar i brevet. Hun ville ikke starte et nyt forhold, men blive hos sin nuværende kæreste.

Lucas spekulerede på, om det lange brev betød mere. Måske havde hun ventet på, at Lucas erklærede sin kærlighed til hende. Beckys kæreste var nok en af de kedelige bogorme. Det måtte da være sjovere at være sammen med ham. Han var nødt til at respektere hendes afvisning. Hun havde måske skrevet det lange brev for at få en god afslutning. Hun ville nok bare sikre sig, at deres kortvarige affære endte hurtigt.

Det blev den mest triste kop kaffe, Lucas nogensinde havde drukket i sit liv. Han følte, at han havde mistet Becky for evigt. Han kiggede ned i koppen og så sit stramme ansigt spejle sig i den sorte væske. Det var et ansigt med øjne blottet for liv og sjæl. Han drak ud og gik tilbage til kontoret.

Lucas satte sig på sin stol og så over mod Beckys plads. Den var helt tom og ryddet. Becky havde forladt kontoret for sidste gang. Den 1. februar skulle hun starte i et nyt job og ville så være ude af hans liv.

Lucas var glad for, at det snart var slut for ham her på kontoret. Det ville være ulideligt at sidde ved sit skrivebord uden Becky. Han ville savne hende. Han følte, at forelskelsen voksede. Det måtte han glemme, han havde en opgave, der skulle gøres færdig.

Lucas gjorde sit oplæg klar til mødet med salgsdirektøren klokken fire. Oplægget bestod af en rapport på to sider med ti siders dokumentation. Det drejede sig om hans opdagelser af svindel ved bilsalg til tyske kunder. Derudover havde han forberedt en demonstration af en ny salgsrapport.

Præcis klokken fire sad Lucas og ventede på salgsdirektøren. Hun kom et par minutter for sent. Lucas rejste sig op og skubbede sin rapport over til Miss Fisher.

– Her er min rapport om svindel med salgstal, sagde Lucas.

– Lad mig høre, sagde Miss Fisher.

– Jeg vil vise det på tavlen med et eksempel.

Lucas tog en tusch og tegnede situationen op på møderummets whiteboard. Han tegnede både Sønderborg og Flensborg som en bil.

– En dansk kunde køber bilen i Sønderborg for hundrede tusind kroner før afgifter, forklarede Lucas. - En tysk kunde kan købe den samme bil i Flensborg for 105.000 kroner før afgifter.

– Hvor bærer det her hen? spurgte Miss Fisher.

– Den tyske kunde kan købe bilen i Sønderborg for hundrede tusind kroner og dele besparelsen med forhandleren.

– Kan det betale sig?

– Kunden sparer tre tusind kroner, og forhandleren scorer to tusind kroner.

– Kan du uddybe det? spurgte Miss Fisher.

– Prøv at se på side to i min rapport. Svindelen er systematisk og omfattende i det sydlige Jylland. Det er primært tyskere, der benytter sig af det.

Miss Fisher kiggede i rapporten, som beskrev de forhandlere i Danmark, der deltog i svindlen. Lucas klaskede nogle printede mails på bordet.

– Disse mails viser, at marketingschef Jes Søndergaard havde kendskab til svindlen, sagde Lucas.

– Jeg håber ikke, at Jes er involveret i svindel, sagde Miss Fisher.

– Han har i hvert fald ikke gjort noget for at stoppe det.

Miss Fisher læste hastigt resten af rapporten.

– Din rapport er overbevisende, sagde Miss Fisher. - Jeg vil informere direktøren. Jeg er sikker på, at han vil stoppe denne svindel. Tak for dit arbejde.

– Jeg har en demonstration af den nye salgsrapport, sagde Lucas.

– Lad mig se den i morgen sammen med salgscheferne. De er de egentlige brugere af din salgsrapport. Vi mødes klokken otte og bruger den første del af mødet på din rapport.

Lucas tog hjem. Han var færdig med arbejdet for Motorkompagniet og var tilfreds med sig selv. Han tænkte på, om det kunne betale sig for danske bilforhandlere at snyde. Biler solgt til tyskere ville blive serviceret i Tyskland, da det var billigere. Dermed ville danske forhandlere miste indtægter fra service.

Lucas gik i seng og sov uroligt. Affæren med Becky rumsterede i hans drømme i form af en engel, der velsignede ham. Senere på natten hjemsøgte Miss Fisher ham med en overdreven rød mund, der kom farende mod ham. Mens han lå i sin seng, havde hun smækket sine røde stiletter ned i ansigtet på ham.

22

Lucas vågnede sent næste morgen, da han havde sovet uroligt. Han skyndte sig for at nå det møde, han var indkaldt til klokken otte. Den øverste salgsdirektør, Miss Fisher, og de fem salgschefer sad bænket i mødelokalet. Motorkompagniet havde opdelt Danmark i salgsdistrikter, og hver salgschef var ansvarlig for et distrikt.

– Nå, din lille humørspreder, sagde Ivan muntert.

Lucas kunne mærke, at han blev rød i hovedet. Måske var det Ivan, der havde været inde på kontoret, mens han og Becky havde haft sex i køkkenet. Hans tanker blev afbrudt.

– Ja, ja, lad os starte, sagde Miss Fisher.

Lucas tændte sin computer og demonstrerede sit program. Der var en 1-siders rapport, som kunne printes med et enkelt klik. Rapporten indeholdt et overblik over salgstal fordelt på årets måneder. Kilderne var forhandlernes egne salgstal og salgstal fra Motorregistret. Lucas viste områdecheferne, hvordan de selv kunne trække en rapport ud for deres eget område.

– Fin rapport, som vi nok skal få glæde af, når vi mødes med forhandlerne, sagde Ivan.

– Hvis rapporten skal rettes, kan I kontakte mig. Jeg er færdig med mine opgaver og stopper i dag.

– Lucas, send en regning for dit arbejde. Jeg siger mange tak for din indsats, sagde Miss Fisher.

Lucas gav hånd til Miss Fisher og vinkede farvel til de andre, da han forlod kontoret.

Han gik hen for at sige farvel til Ben, som sad og fløjtede: *Det var en lørdag aften, jeg sad og ventede dig.*

Ben blinkede, gav hånden til afsked, men sagde ingenting. Ben havde altså været i bygningen den fredag nat. Han vidste, at Lucas havde været sammen med Becky. Lucas var ikke helt sikker på, om Ben ville holde det for sig selv. Måske havde han allerede antydet det over for Ivan. Rygterne ville florere. Heldigvis var Becky ikke længere ansat i firmaet, og Lucas håbede, at hun aldrig fik det at vide.

Lucas troede ikke, at Miss Fisher havde informeret Jes Søndergaard om snyderiet. Det var for tidligt på morgenen. Lucas gik hen til receptionen, tog et syrligt bolsje og sagde farvel til Anne. Lucas sendte sin regning til Motorkompagniet, som betalte dagen efter.

Et par dage senere kunne Lucas ikke styre sin nysgerrighed. Han satte sig ved computeren og googlede Jes Søndergaard. Det viste sig, at han boede på Marievej i et velhavende villakvarter i Hellerup, ikke langt fra Tuborg.

Lucas besluttede at undersøge Jes og kørte derfor til adressen, som lå nordøst for Frederiksberg. Han parkerede et stykke derfra og gik hen til huset. Det var en stor, hvidmalet villa beliggende tæt på både by og hav. Villaen virkede for prangende til en almindelig marketingchef. Måske havde Jes giftet sig med en velhavende kvinde. Huset var stille, men så hørtes skridt, og Jes kom til syne.

Jes satte sig ind i en næsten ny AMG Mercedes, mens Lucas skyndte sig tilbage til sin egen bil. Jes drønede forbi Lucas, som fulgte diskret efter. Jes kørte til Holte, hvor han drejede ned ad Dronningholmsvej og parkerede omtrent midt på vejen.

Lucas parkerede i starten af vejen og fulgte efter Jes, og så ham ringe på Hannes hoveddør. Hanne vinkede Jes indenfor. Det var en overraskelse for Lucas, da han ikke havde forestillet sig, at Jes og Hanne havde en forbindelse.

Lucas gik om bag huset. Han krøb hen til stuevinduet, hvor han så to personer i samtale i sofaen. Lucas genkendte Jes og Hanne. Lucas piftede stille. Han listede sig nærmere og kom helt hen til vinduet. Han lagde sit øre op ad vinduet og kunne svagt opfatte, hvad de talte om. De havde en lav, men heftig dialog.

– Der kommer en forsendelse i morgen, sagde Hanne.

– Du skal være forsigtig, sagde Jes.
– Hvorfor?
– Vi havde en privatdetektiv ansat, som afslørede snyderi med bilsalget i Motorkompagniet.
– Hvem var det? spurgte Hanne.
– Lucas Beck, svarede Jes. - Han var effektiv.
– Ham kender jeg.
– Hvorfra?
Hanne ridsede kort begivenhederne op fra Skopelos. Hun undlod at fortælle, at Lucas næsten var blevet likvideret af et par af hendes bøller få uger tidligere.
– Han har opdaget svindel hos Motorkompagniet, sagde Jes.
– Hvad? udbrød Hanne.
– Forhandlerne har brugt en fidus, som jeg har foreslået.
– Du mener, at Lucas har noget på dig.
– Ja, salgsdirektøren kommer med antydninger. Det er kun et spørgsmål om tid, før politiet bliver tilkaldt.
– Det må du selv klare.
– Det kan give problemer.
– Hvis du nævner et eneste ord om vores handel med narkotika, er du færdig.
– Det ved jeg.
– Lucas arbejder sammen med politiet, sagde Hanne. - Han er ubestikkelig og svær at slippe af med.
– Vi er nødt til at stoppe, sagde Jes.
– Vi kan ikke stoppe, og du kan ikke trække dig ud.
– Jeg er nødt til at stoppe.
– Du kan ikke trække dig ud. Du skal hjælpe med den sending, der kommer i morgen.
– Jeg er vel ikke nødvendig.
– Jo, der er kommet besked om en ekstra stor pakke.
– Og hvad så?
– Vi har brug for din hjælp. Du må gøre din pligt som mellemmand.

– Det tror jeg ikke, jeg kan denne gang. Vi kan ikke ses mere.

– Du kan ikke trække dig ud. Det vil chefen aldrig tillade, sagde Hanne.

– Jeg vil ud i en periode. Jeg har tjent nok, sagde Jes.

Hanne havde haft mange problemer med Jes, og nu ville han oven i købet ud af handlen med narkotika.

– Lad os tage en sidste drink sammen, sagde Hanne.

– Det er jeg med på. Så vil jeg køre hjem, sagde Jes.

– Jeg vil lægge et godt ord ind for dig. Jeg håber, at chefen vil acceptere, at du er ude i en periode.

– Tak.

Lucas så, at Hanne gik hen til et rullebord, hvorfra hun hældte vodka i to glas. Hun rev frisk ingefær, som hun blandede i begge glas sammen med økologisk appelsinsaft.

Ved siden af rullebordet stod et chatol. Hanne trykkede på siden af chatollet, og en hemmelig skuffe gled ud. Lucas kunne ikke se, hvad der var i skuffen, men det lignede små plastikposer.

I skuffen opbevarede Hanne et udvalg af poser med farlige stoffer som hash, rygeopium, Rohypnol, kloroform og ricin.

Hash sløver og kan i store mængder fremkalde hallucinationer.

Rygeopium medfører et kortvarigt sus, der glider over i en afslappende rus.

Rohypnol har en beroligende effekt og kan kombineres med hash eller rygeopium for at forstærke virkningen. Der er tilfælde, hvor kvinder er blevet voldtaget, efter at de er blevet bedøvet, fordi der uden deres viden er blevet hældt Rohypnol i deres drinks.

Kloroform kan anvendes til bedøvelse.

Ricin er dobbelt så potent som kobragift og kan medføre dødsfald inden for 4-36 timer. Ricin kan anvendes til det perfekte giftmord, da virkningen ligner et alvorligt maveonde. Der findes ingen kendt modgift.

Jes kiggede ud af vinduet, og uden at han bemærkede det, tilsatte Hanne ricin og opiumsdråber i hans drink. Hun opløste pulveret med ricin ved at røre i drinken. Så rakte hun glasset til ham og løftede sit eget for at skåle.

– Skål på lange og behagelige nætter, sagde Hanne.

– Skål på dit helbred, sagde Jes.

Han indtog den velsmagende drink, der havde en svag bitter eftersmag, som han ikke bemærkede. Han var for optaget af at få det overstået, så han kunne komme hjem. Mødet havde været ubehageligt.

– Jeg vil ud af handlen med narkotika, sagde Jes.

– Det er snart overstået, sagde Hanne.

– Jeg vil leve et normalt liv med min kone.

– Det forstår jeg. Drik ud.

Jes drak ud, rejste sig og omfavnede Hanne til afsked. De udvekslede kun få ord.

Det var signalet til Lucas om at forsvinde. De to forbrydere finansierede deres luksusliv med narkopenge. Det undrede Lucas, at mennesker kunne synke så dybt, at de slet ikke tænkte på ofrene. Han spekulerede på, hvem chefen kunne være. Der måtte være en stor bagmand, der sad og skummede fløden. Lucas vendte tilbage til bilen og kørte hjem.

Jes forlod huset og gik hen til sin bil. På vej hjem i bilen blev han søvnig under køreturen. Da han kom hjem, lå konen i sengen og sov. Jes lagde sig ved siden af konen uden at vække hende og faldt i søvn.

Midt om natten vågnede Jes op med kvalme og mavesmerter. Han gik på toilettet og kastede op. Efter at have drukket vand sank han sammen på gulvet af træthed. Han rejste sig og kiggede i spejlet. Han var bleg i ansigtet, og hans øjne var dybrøde med dybe render. Han skyllede ansigtet og drak vand fra vandhanen. Med kraftige mavesmerter tømte han maveindholdet ud i toiletkummen.

Jes vendte tilbage til sengen og faldt i en urolig søvn. Selvom han havde mavesmerter, faldt han snart i en dyb søvn, men sov ind tidligt om morgenen. Da hans kone vågnede, kunne hun ikke få liv i Jes. Han var helt kold.

Konen ringede til lægen, som konstaterede, at han var død af noget, der lignede maveforgiftning. Lægen kontaktede politiet, da liget skulle obduceres, fordi Jes var fundet død uden en alvorlig sygdom.

Obduktionen blev udført uden at alle potentielt dødelige giftstoffer blev undersøgt. En omfattende undersøgelse blev kun udført, hvis der var en konkret mistanke, da det var en dyr undersøgelse. Obduktionen viste symptomer, der mindede om madforgiftning, og det blev derfor angivet som dødsårsag.

Nogle dage efter afslutningen af opgaverne for Motorkompagniet havde Lucas ikke fået nye opgaver og kedede sig. Han tog på café og læste Jes' dødsannonce i avisen. Enken havde skrevet, at hendes kære mand, Jes Søndergaard, stille var sovet ind og altid ville være i hendes hjerte. Lucas glemte hurtigt dødsannoncen og begyndte at fundere over livet over en kop kaffe.

23

Lucas drak sin kaffe, forlod caféen og tog hjem til sit ydmyge værelse på Kong Georgs Vej på Frederiksberg. Fra vejen lignede huset et ganske almindeligt murstenshus med en smal gangsti.

Lucas listede ned ad den smalle gangsti. Bag huset var der en grim tilbygning, som i mange år havde trængt til en kærlig hånd. Der var sprækker i muren, og taget var utæt. Alt jernværk var rustent. Haven bestod af en stor græsplæne omgivet af velplejede blomsterbed.

Husets ejer var Ludvig Hannibal Sørensen, i daglig tale kaldet Hajen. Han havde tidligere ernæret sig som taxivognmand, men havde for flere år siden trukket sig tilbage og levede af sin opsparing og udlejning af værelser sammen med sin kone.

Lucas hilste på Hajen, som sad i sit køkken og vogtede over, hvem der kom og gik. Han sad der med sin sure cerut og billige, iskolde hvidvin fra karton. Han havde en lille bimmelim på, men Lucas kunne ikke mærke det på ham. Han var en hærdet alkoholiker, og cerutten overdøvede stanken af sprit.

Hajens lille pekingeser sprang ned af hans skød og løb mod Lucas. Den stoppede og bjæffede af Lucas.

Lucas havde et af de tarvelige værelser i tilbygningen. De andre lejere var studerende og folk med små indkomster. Ingen andre var interesserede i at bo under så kummerlige forhold til den alt for høje husleje. Folk, der ikke betalte, blev straks smidt på gaden med låsesmed, flyttemand og hele baduljen. Derefter fulgte en regning for udsmidningen.

Hajen havde oprindeligt bygget tilbygningen med et værelse til hvert af sine seks børn, som alle var flyttet hjemmefra, på nær en usædvanlig køn, mørkhåret teenager, Maren, som havde sit eget værelse i selve huset.

Hvis en utilfreds ejer en dag fandt på at anmelde Hajen, ville myndighederne få lejeloven galt i halsen af forbløffelse over urimeligt store huslejer. Hajen slap imidlertid af sted med denne indbringende forretning, da ingen klagede til myndighederne.

Det var anstrengende for Hajen, da han stort set ikke havde en uge, hvor der ikke var et eller andet problem med en eller flere af lejerne. Det kunne være manglende husleje, larm eller højrøstet brok over forholdene.

Hajen var blevet truet med tørre tæsk flere gange, men havde klaret frisag hver gang. Han havde et rotteagtigt instinkt, når der var optræk til ballade blandt lejerne. Det kom af erfaringen. Han fik altid hurtigt fod på det.

Det var ikke så sjovt for Hajens kvindelige lejere. Den sure stank af cerut iblandet spritten stod ud af hans mund. Hans rynkede ansigt var prydet med et skævt, sjofelt smil, når han lagde sin varme arm om en ung kvindes skulder. Den unge kvinde kunne ikke slippe fri, uden at han spillede fornærmet. De kvinder, der boede her, havde som regel intet alternativ. De måtte finde sig i ubehaget med et surt smil.

Hajen havde frit spil i dagtimerne. Hans kone, fru Sørensen, var en moden dame, der havde et job ude i byen. Det var uklart, hvad hun lavede. Hun kom og gik på uregelmæssige tidspunkter.

Det var en gåde, at denne mørkhårede dame havde valgt en så slimet mand. Men Hajen havde formentlig været et godt parti i sine yngre dage. Der blev gættet på, at han havde været godt ved muffen, og at hun havde været helt til rotterne, da de mødtes. Hajen havde nok reddet hende fra rendestenen.

Fru Sørensen holdt Hajen og pekingeseren med selskab i køkkenet, når hun var hjemme. Efter aftensmaden, præcis klokken seks hver eneste aften, gik de ind i stuen, drak mere billig vin og tilbragte aftenen foran fjernsynet. Herfra kunne de ikke holde øje med lejerne, men da det var et stille kvarter, kunne de som regel mærke, når folk kom og gik.

Der var plads til seks lejere i tilbygningen, som havde to etager. Der var en dør ind til hovedbygningen, som kun kunne åbnes fra den anden side af Hajen og fru Sørensen. Lejerne kunne ikke komme ind i hovedbygningen, medmindre de blev lukket ind.

Lejerne kom ind i tilbygningen på øverste etage gennem deres egen hoveddør, hvorfra der var adgang til et køkken med seks spisepladser. Køkkenet var veludstyret med skabe, køleskab og komfur. Etagen indeholdt desuden et udmærket fælles toilet med bruser.

På det øverste plan bag køkkenet var der to små værelser, hvor bistandsklienten Speed boede. Han havde mørkeblondt hår og azurblå øjne, der var hårde som stål. Han levede af bistandshjælp, som blev suppleret med hashhandel, rapseri og anden småkriminalitet.

Speeds nabo hed Peter. Han handlede med genbrugsvarer ved hjælp af sin mobil og en gammel varebil. Han havde mange gode værdier, selvom han levede i samfundets moralske periferi. Han var en typisk hipster. Hans skæg mindede om Van Goghs skæg. Hans halvlange hår strittede, sat op i en top på toppen af hovedet.

De to naboer sad ofte sammen på Speeds værelse om aftenen for at ryge hash. De så altid actionfilm på tv eller hørte høj rockmusik.

Køkkenet havde en trappe ned til den nedre etage.

På den nedre etage boede Eva, en lettere afdanket arbejdsløs. Hendes hår havde en ubestemmelig lys nuance, kroppen så sygeligt tynd ud, og huden var næsten hvid med små pletter. Hun levede af bistandshjælp og skaffede lidt ekstra til hash og måske andre stoffer ved at sælge sin krop ved Mariakirken på Vesterbro til tilfældige kunder i flotte biler.

Ved siden af var der et stort værelse, hvor Lucas havde lejet sig ind for et par måneder. Han skulle bo her, indtil han kunne finde et bedre sted. Lucas faldt uden for Hajens normale type af lejere.

I kælderen til venstre for Lucas boede Johnny, en sær ung mand, der holdt sig for sig selv. Han var en yderst nervøs mand i midten af tyverne, og når han talte med de andre beboere, blinkede hans øjne heftigt. Det var en pestilens at være høflig og tale med ham. Speed havde med det samme døbt ham Blinke.

Blinke fik mellemste førtidspension, da han var skizofren. Blinke fortalte ofte en fantastisk historie om israelske agenter, der talte til ham gennem radiatoren. Hans historier gav mening for ham selv, men alle andre gennemskuede på få minutter, at det var opdigt.

Til højre boede en stille studerende kvinde, der helt faldt ved siden af dette selskab. Når hun åbnede døren, kunne Lucas se, at hun havde en del dyre ting. Det var designmøbler og et B&O fjernsyn. Den forsagte blondine måtte lægge ryg til mange hentydninger og små klap fra de mandlige beboere. Hajen kunne være faderlig på en lummer måde. Lucas holdt sig for god til den slags.

Speed havde en gang forsøgt sig hos blondinen. Han var blevet interesseret i denne lille nipsting, men han blev afvist. Ingen var helt klar over, hvad der var foregået. Det var kun rygter, men hun må jo have gjort det ganske klart for Speed.

Til gengæld fik blondinen den kolde skulder af den afviste Speed, og det var hun formentlig ganske godt tjent med, da hun fik mere fred. Speed tilhørte ikke ligefrem den kreds af unge mænd, som den pæne unge studerende kvinde ville omgås eller ses med ude i byen.

Lucas gik ind på sit eget værelse for at spise lidt mad. Efter måltidet smuttede han tilbage på caféen og blev der indtil den lukkede klokken to om natten. Han snuppede avisen med Jes' dødsannonce, slingrede hjem til sit værelse og lagde sig til at sove.

24

Næste morgen vågnede Lucas tidligt. En fjern lyd trængte ubønhørligt gennem hans tågede hjerne. Han kunne ikke placere lyden. En dump lyd, som rev ham ud af sin søde søvn. Lyden irriterede ham. Klokken var kun syv, og han ville gerne have sovet lidt mere.

Han opdagede, at han havde sovet i sine blå cowboybukser og sin røde t-shirt. Han kom i tanker om, at han var kommet hjem fra en café ud på de små timer.

Lucas genkendte lyden. En eller anden idiot bankede hårdt på naboens dør. Der var en, der bankede på hans nabos dør midt om natten. Det måtte være en, der ingen respekt har for de uskyldiges ret til en fredelig morgenstund.

Lucas forstod, at han ikke ville få mere fred. Det var bedst at stå op og undersøge sagen. Han fik med møje og besvær begge ben ud af sengen.

Det bankede igen. Lucas slæbte sig hen til døren. Ved siden af døren stod en gammel polstret spisebordsstol, som havde udskårne ben med smukke mønstre af guld. Han brugte stolen til at rejse sig op og åbne døren.

Ude i gangen stod overboen Peter med siden til. Kroppen var bøjet fremad i en skæv vinkel, og han havde en næsten røget cigaret i den ene hånd. Cigaretten pegede dirrende op mod loftet med en faretruende lang aske, der truede med at falde ned på gulvet hvert øjeblik. I den anden hånd holdt han en gul plastikpose fra Netto.

Peters' hoved hang lavt, mens han kiggede ind gennem nøglehullet til naboens dør. Hans hennarøde hår indrammede hans blågrå øjne på en uskyldig måde. Han mindede om en vicevært, der lurede på en lejer. Der trængte ikke en lyd ud fra naboens dør.

Peter lagde knap nok mærke til, at Lucas var til stede, men han fornemmede, at der var en anden person. Næseborene vibrerede en anelse som et dyr på jagt - et dyr, der sansede en rival, en fare eller var grebet på fersk gerning og endnu ikke havde forstået situationen.

Peter var lige ved at banke på døren igen, da han lagde mærke til Lucas, der stod tydeligt tegnet i hans venstre øjenkrog. Han lod sig slet ikke mærke af det usædvanlige i situationen.

– Eva svarer ikke, sagde Peter.

– Nå, og hvad så? spurgte Lucas.

– Jeg skal tale med hende.

– Åh, for fanden, prøv dørhåndtaget.

Peter kiggede på Lucas med rynkede øjenbryn, tog fat i dørhåndtaget og opdagede, at døren slet ikke var låst. Peter stirrede tomt ud i luften og gik direkte ind i Evas værelse med tunge trin. Han ville være helt sikker på at blive hørt. En tung, indelukket og sur lugt ramte Lucas' næsebor.

Persiennerne var trukket for, og værelset lå hen i mørke. En brun plakat med en faderlig Buddha kunne skimtes på væggen. Eva lå i en forvreden stilling på en møgbeskidt madras og sov med urolig og uregelmæssig vejrtrækning.

Peter knælede ned på madrassen bag et ulækkert sofabord. På bordet lå en plastikpose med brunt pulver, en afsveden bakke af sølvpapir og et tilrøget glasrør. Der var også et overfyldt askebæger, en klump hash og en lighter. Desuden var der en halvfuld, kold kop kaffe og et katalog om aktiviteter i København. Han ruskede ganske blidt i den slumrende kvinde.

– Eva, vågn op, sagde Peter.

– Hun rører sig slet ikke, sagde Lucas.

– Det er Peter.

– Rusk hende igen.

Peter ruskede hende flere gange, og det gav pote. Evas muskler blev stenhårde, mens hun kæmpede for at få sine øjenlåg op. Det kunne hun ikke. Hun åbnede munden halvt, mens der løb hvidt spyt ud af mundvigen.

– Er det dig igen? mumlede Eva. - Skrid. Jeg er så forbandet træt.

Evas øjenlåg faldt langsomt i, mens hun talte.

– Nej, du må ikke sove, sagde Peter.

Peter raslede med den gule Nettopose.

– Jeg har din vodka til dig.

– Nej, jeg vil ikke have vodka.

– Jo, drik lidt.

– Ikke nu. Jeg er så træt. Åh, det er det forbandede stads.

– Vågn op, Eva, vågn op!

Evas øjne lukkede sig helt, og væk var hun. Hendes venstre ben sitrede, og musklerne i hendes krop trak sig sammen, så hun vred sig i smerte. Hun åbnede sine øjne og greb fat i Peters skjorte.

– Hvem er den røde djævel bagved?

Af uransagelige årsager hentydede hun til Lucas. Peter kiggede skulende hen på Lucas, som var den mest pæredanske person, man kunne opdrive. Det eneste, der kunne retfærdiggøre Evas spørgsmål, var Lucas' røde t-shirt.

– Åh, stønnede Eva. - Hent noget vand til mig.

Peter forsøgte at vride sig løs fra Evas greb, men hendes hænder holdt ham fast. Hun begyndte at hoste blod, og der kom mere af det hvide spyt ud af munden.

Lucas indså alvoren i situationen. Han vågnede op af en følelse af uvirkelighed og løb hen mod madrassen for at hjælpe. Evas rystende pegefinger pegede anklagende på ham. Øjnene var spilet ud af angst.

– Hold den røde djævel væk fra mig, hvæsede Eva.

Lucas' hjerte sprang flere slag over. Han så sig selv løbe i slowmotion. Tankerne fløj af sted med ekspresfart gennem hans overbelastede hjerne. Eva kunne være blevet skør. Han kunne ikke huske, at han nogensinde havde gjort hende ondt. Tværtimod var de venner.

Det måtte være febervildelse, der fik hende til at forveksle ham med en anden, måske fra et mareridt. Lucas standsede sit løb, og situationen blev med ét fastfrosset. Ikke en eneste lyd hørtes i et sekund eller to.

Et eneste billede stod knivskarpt i Lucas' bevidsthed. Eva lå i en akavet stilling på en beskidt madras i det mørke værelse med en løftet pegefinger. Peter stod foroverbøjet i billedets udkant med et bøvet ansigtsudtryk. Både Eva og Peter stirrede direkte ind i Lucas' øjne. Instinktivt løftede Lucas langsomt sit højre øjenbryn, mens han rejste begge arme op foran ansigtet som for at værge for sig mod et angreb.

Den frosne situation varede et splitsekund, selvom det føltes som minutter. Så hørtes nogle korte hvislelyde fra Evas mund, og det knivskarpe billede opløstes langsomt til den normale bevidsthedstilstand. Detaljerne blev langsomt helt udvisket, sjovt nok med Eva i skarp fokus. Intet bevægede sig.

Evas mund begyndte at snappe efter vejret med hvæsende hvin. Munden sukkede efter livgivende ilt, som synes at være en mangelvare i lokalet. Hun rakte sløvt hånden ud efter den halvfulde kaffekop, men hun fik ikke fat. Kold kaffe væltede ud over bordet og ned på gulvet.

Eva kastede sit hoved helt tilbage og holdt stillingen et halvt sekund. Uden varsel hakkede hun tænderne ned i bordkanten, og der lød en uhyggelig knasende lyd, som når tre stykker tavlekridt bliver trukket ned over en skoletavle og uventet knækker, et efter et.

Eva rettede kroppen ud i smerte og holdt hovedet spørgende på skrå. Ansigtet udtrykte et stumt spørgsmålstegn. Hun kiggede kort på Lucas, inden hendes hoved faldt ned på madrassen i et ryk og fandt hvile.

Lucas kiggede forbavset på hendes hoved, der hvilede på Evas højre kind. Næsen pegede skråt ned mod gulvet. Hun stirrede direkte ind i døden med hviden i øjnene som en lysende ring i halvmørket. Mørkt blod fra de knækkede tænder begyndte at sile ud af munden. I stilhed knælede Peter ned ved siden af Eva. Han tog fat om hendes håndled.

– Ingen puls, hun er død, sagde Peter.

Der blev ikke sagt et ord de næste par minutter. Intet bevægede sig. Peter ringede til vagtcentralen på mobilen og havde en kort samtale med vagtlægen. Efter denne telefonsamtale blev der igen helt stille. Det tavse og næsten mærkbare tomme rum flængede den kunstige stilhed i uendelige små fragmenter.

Peter og Lucas stod og stirrede tomt ud i rummet med blikke blottet for liv. Minutterne gik. De havde underlige tomme udtryk i ansigterne. Deres ansigter lignede stivnede masker på mannequindukker. Hvis nogen havde set ind af vinduet, kunne de have troet, at en kunstner var i gang med at male et uhyggeligt mesterværk. Det lignede et levendegjort billede af maleren Edward Hopper. Uvirkeligt. Mennesker, der var i samme rum, men ikke talte sammen.

Samvær uden kommunikation.

En uforløst stemning hang tungt i stuen. Evas død var ikke gået op for dem. Lucas havde en fornemmelse af, at det hele var en komedie. Eva havde været noget af en skuespiller i det daglige. Hendes liv vekslede konstant mellem leg og alvor. Han vidste aldrig, om det var leg eller alvor.

Lucas kiggede på Evas lig, som om han ventede, at hun ville åbne sine øjne og sige: - Ha ha ha. Der blev I vel nok bange, hva'?

Det bankede på hoveddøren. Det gav et sæt i Lucas. Et øjeblik troede han, at det var Evas fod på gulvet, som om hun virkelig var vågnet. Han så hen på hende og opdagede, at hun havde blottet tænderne i overmunden i et grin. Der lød en høj, knirkende latter.

Lucas' hjerte sprang et slag over, men det var falsk alarm. Den knirkende latter viste sig at være Peters slæbende fodtrin hen over et løst gulvbræt, mens han famlede sig hen for at lukke op. Heldigvis var det lægen og en medhjælper fra en lægeambulance.

– Goddag, hvor er liget? spurgte lægen.

– Inde på sofaen i stuen, svarede Peter.

– Lad mig se.

Lægen undersøgte Eva. Der var ingen tvivl om, at en overdosis heroin havde forårsaget døden. Der var intet spor af vold, selvom det silende, mørke blod havde samlet sig til en rød pøl på gulvet. Der var en sød lugt af metal.

For lægen var det en dagligdags hændelse på lægegerningens støvede landevej. Det var blot endnu et narkodødsfald. Lægen tog posen med det brune pulver op i hånden, kiggede på den og lagde den tilbage på bordet.

Lægen så direkte på Peter: - Tog hun hårde stoffer?

– Det ved jeg ikke, svarede Peter.

– Røg hun heroin?

– Ja, hun troede, det var superhash. Hun kunne aldrig få nok, der skulle hele tiden ske noget.

Lægen afsluttede sin undersøgelse.

– Jeg indberetter dødsfaldet til politiet, sagde lægen.

– Hvad siger du? udbrød Peter.

– Ja, det er proceduren i sådanne tilfælde.

– Er der begået noget kriminelt?

– Det tror jeg ikke. Alle narkodødsfald skal indberettes til politiet.

– Det vidste jeg ikke.

– Ifølge paragraf 179 har jeg pligt til at indberette ikke-naturlige dødsfald.

– Nå.

– I må ikke røre ved noget, før politiet har været her.

Lægen færdiggjorde papirarbejdet. Da han havde klaret det, pakkede han sin taske og nikkede tavst farvel.

– Jeg kan ikke overskue at møde politiet, sagde Peter.

– Har du problemer med politiet? spurgte Lucas.

– Nej, men de vil udspørge os om Evas død.
– Det har jeg ikke problemer med.
– Det var voldsomt for mig at se Eva dø.
– Det skete så uventet.

Snart efter kom ambulancefolkene og hentede Evas lig. Peter og Lucas gik ind på Peters værelse for at tale om Evas død og drikke gravøl. Kort efter kom Speed hjem. De fortalte ham om Evas død. De tre lejere drak flere øl, mens de talte om Eva og hendes død. Efter en tid begyndte de at råbe.

– Eva var en af de gode, sagde Peter.
– Det var uretfærdigt, sagde Lucas.
– Jeg forstår ikke, at netop Eva skulle dø, sagde Speed. - Du kunne godt have taget dig mere af hende.
– Åh, vi var færdige med hinanden, svarede Peter.
– Stop det, I to tossehoveder, sagde Lucas.

Stemningen blev mere og mere ond og fjendtlig på grund af øllet. Hånlige bemærkninger og gensidige anklager fløj gennem luften.

– Din nar, du er sgu dum at høre på, sagde Speed.
– Du er da helt ligeglad med Evas død, dit æseløre, sagde Peter.
– Åh, din laban, bid dig selv i tuden.
– Eva kaldte mig en rød djævel, sagde Lucas. - Hvad fanden mente hun med det?
– Det er sgu da, fordi du er en lille filur, hånede Speed.
– En filur. Det giver jo ingen mening.
– Hun troede sikkert, du var den rene skinbarlige djævel i egen højrøde person. Falsk som den røde filur til Loke.
– Speed, du vrøvler, som sædvanlig, sagde Peter. - Toke var sgu da ikke rød. Han var en gammel dansk sagnfigur.
– Han blandede blod med Odin, sagde Lucas. - Rødt blod.
– Toke, Loke inhalerer røgen fra en joint med rød libanon, jokede Speed.
– Hun må have talt i febervildelse, sagde Lucas. - Der var en pose med en rest af brunt pulver.

– Hvad siger du, din rådne knokkelsparker? grinede Speed.

– Ja, der lå en pose med rygeheroin på bordet, din lille myrelort, flæbede Peter i en perfekt imitation af en fræk tiårig tøs.

– Drop det, sagde Lucas. - I er syge at høre på. Der er mere struktur i en ministertale end i jeres primale strubelyde. Jeg kommer til at tænke på den store Boogiemand.

Speed og Peter begyndte at tale om gamle dage.

– Jeg kommer sgu til at savne den gale kvinde, sagde Peter.

– Jeg kan huske dengang, Eva klædte sig ud til sambaoptog, sagde Speed. - Hun var med i en gruppe af dansere, der havde trænet.

– Eva var klædt i røde, gule og grønne farver. Hun var så nedringet, at det gjorde ondt at kigge på hende. Alle var solgt til stanglakrids. Det lange, lyse hår var sat op til narrestreger med en fræk guldsløjfe.

– Fyrene vendte sig og gloede efter hende. Da en idiot forsøgte at røre hende, gav Eva ham en på kassen, så han faldt til jorden og knækkede en tand. Det havde han fortjent, det dumme svin.

– Eva dansede bare videre, som om intet var sket, sagde Peter.

Lucas lukkede øjnene og forestillede sig Evas sambagruppe danse til rytmer fra timbales, bærbare trommer og trinde triangler, mens tonerne fra blank messing smeltede sammen med smilende ansigter i natten i et ekstatisk crescendo af intense billeder af smukke unge kvinder.

Han kunne næsten lugte byens dunkle baggårde med den ubehagelige stank af gammelt affald og våd urin fra de dansende i gaderne, der blev ledsaget af en sur lugt af sort guldøl, som flød i stride strømme.

– Dengang klistrede du altid til din kæreste, Tina, en køn lille tingest, sagde Peter. - I satte trenden i hele kvarteret.

– Tina fik nok og forlod mig for fire år siden. Det var et hårdt slag for mig, og jeg opgav rollen som lokalkonge og læste til teknikumingeniør, sagde Speed.

– Du blev da aldrig færdig.

– Nej, jeg har ingen ambitioner.

– Når Speed og Tina blev fulde, opførte de sig som om de var med i en film.

– Ja, vi klædte os ud som Bonnie og Clyde.

– Snakken gik ofte over gevind. - Selvom vi andre var skræmte, endte det altid med, at vi grinede. Speed tyranniserede en gang en ung fyr med elegant sarkasme. Den unge fyr blev aggressiv.

Peter og Speed kiggede på hinanden og begyndte at opføre en af de gamle situationer fra fortiden. Det blev til et herligt, spontant teater.

– Du er et resultat af en fulderik og en narkoluder fra Vesterbro, sagde Peter med den unge fyrs stemme.

– Du er en kloning mellem en to hundrede kilo tung jerseyko på mors side og byens eneste finske vortesvin på fars side, sagde Speed med sin egen stemme.

– Skal vi gå underfor og ordne det? råbte Peter med den unge fyrs stemme.

– Kan du ikke finde på andet, din amøbe? svarede Speed med sin egen stemme.

– Jeg skal sende dig to uger på hospitalet, sagde Peter med den unge fyrs stemme.

Peter talte, som om han læste op: - Den unge fyr slog ud og ramte et glas, som blev splintret med et brag. Blodet flød fra hans klo. Han tog fat i Speed, som tog om hans strube.

– Vil du være sød at gentage det? spurgte Speed med sin egen stemme.

– ...to uger på ...ah...ah, sagde Peter med den unge fyrs stemme.

Peter forklarede: - Vi morede os over de sære hvæs fra den unge fyrs hals, indtil vi fandt ud af, at Speed var ved at kvæle manden.

Peter fortalte, at de andre derefter kastede sig over Speed og tvang hans hænder væk fra fyrens hals. Den unge fyr sad og gispede efter luft i flere minutter, mens han skulede angstfuldt efter Speed. Gassen var gået af ballonen. Den unge fyr forsvandt hurtigt og kom aldrig tilbage til selskabet, skræmt af Speeds uberegnelige vildskab.

Speed begyndte at fortælle om Peters vilde ungdom: - Peter var en skæg fyr i lyseblå cowboybukser og en hvid t-shirt. Han bar solbriller og så vild ud med sit lange, uplejede hår. Når han spillede på sin elguitar, lignede han en rockstjerne. Hans band, De Fagre Kloninger, gav nogle få koncerter, før det blev opløst.

– Vi brugte de få penge, vi tjente på musikudstyr, sagde Peter. - Jeg er næsten tredive og har opgivet musikken.

– Kvinderne stod i kø for at møde Peter. Guitaren virkede som en magnet på kvinderne, og han nød det. Peter kunne lide at være midtpunkt og elskede at diskutere. Hvis han ikke fik ret, kunne han blive aggressiv, især når han blev fuld.

De tre mænd førte en lang samtale, mens de drak vodka. Meningsløsheden bredte sig i stuen. Til sidst havde Lucas fået nok og begav sig ned til sin egen lejlighed, stærkt beruset. Han tændte ikke lyset, men famlede sig frem til sin seng, hvor det digitale vækkeur viste 01:45 i en skarp, orange farve mod en sort baggrund.

Lucas sov med et let smil på læben. Han svedte varm tran. Drømmen var noget uvirkelig og dunkel. En uklar, mørk skikkelse lurede hele tiden i baggrunden.

Døden?

Næppe.

Skikkelsen virkede bekendt. Lucas kunne ikke finde ud af, hvem det var. Hans djævelske, dybblå øjne virkede både psykotiske og varme. Han kendte de øjne. Han kunne ikke placere dem.

Drømmen blev mere og mere udvisket. Den mørke skikkelse i baggrunden klagede sig i stille protest over denne overdrevne udfoldelse af liv. Lucas kunne ikke placere denne drømmekvæler.

Det blev mørkere og mørkere i værelset. Lucas' nattedrøm gik over i en tung, drømmeløs søvn, og han fik sin fortjente skønhedssøvn.

25

En smal stråle sollys gik gennem persiennen og landede på Lucas' ansigt. Han forsøgte at åbne øjnene, men det var umuligt. Hans øjne var limet sammen af en klæbrig gul masse, der var stivnet til en hård skorpe. Han forsøgte flere gange forgæves at åbne sine øjne, men til sidst lykkedes det ham at løfte øjenlåget så meget, at han fik det skarpe sollys direkte ind i øjnene. Det gav et stik af smerte i øjnene som tusind sole, der eksploderede i et mægtigt lysglimt.

Lucas undrede sig over, hvor han var. Han måtte være påvirket af nattens drøm. Så gik det op for ham, at han måtte være hjemme i sin seng. Han genkendte sit værelse på trods af nogle ubehagelige tømmermænd. Der var en tør ørken i systemet, der krævede øjeblikkelig lindring. Han var nødt til at hælde væske ned i ganen. Han rejste sig, slæbte sig op ad trappen og ind i køkkenet.

Skarpt sollys ramte ind i Lucas' sammenknebne øjne. Han stødte ind i køleskabet, åbnede døren og kiggede ind. En kold Coca-Cola grinede tilbage som en kærkommen gammel ven. Den kvalmende drik gled ned i tre mundfulde og gav næsten et halvt minuts lindring. Det var, som om han kunne smage sin egen mavesyre i munden.

Han spekulerede på, hvordan han skulle komme igennem resten af dagens uendelige antal minutter. Gårsdagens begivenheder kom tilbage. Eva var død af en overdosis heroin. Hvilken morgen at vågne op til. Tømmermænd, ondt i maven, kvalme, hovedpine, ørken i hele systemet og Eva var død. Virkeligheden kunne næppe blive mere tør og konkret, set fra Lucas' vinkel.

Lucas forsøgte at få hjernen til at fungere, men den virkede simpelthen ikke. Elværket havde lukket for strømmen til hans hjerne. Det var det rene vrøvl. Han spekulerede på, om Eva var død af en overdosis heroin. Et andet stof kunne have slået Eva ihjel. Obduktionen ville sikkert give et svar. Han kunne ikke få rede på det. Spørgsmålene hobede sig op i hans alt for sløve hjerne.

Hjernen fik et øjebliks tiltrængt ro, før den atter begyndte at arbejde. Lucas tog et bad, der friskede ham op. Han ristede brød og bryggede kaffe. Han drak kaffen og spiste det ristede brød. Lidt efter lidt formåede Lucas at samle tankerne. Heldigvis havde han ingen aftaler den formiddag.

Lucas tog tøj på og gik hen til Evas værelse. Døren var ikke låst, så han gik ind. Han håbede at finde noget, der kunne hjælpe ham med at forstå, hvad der var sket. Han kiggede sig omkring. Det så ud til, at der havde været nogen i værelset. Bordet var ryddet pænt op og tørret af med en våd klud. Blodet var naturligvis tørret ind i løbet af natten.

Mystisk nok var sølvpapiret, glasrøret, pulverposen og hashen væk. Nogen måtte have fjernet det. Hvis det ikke var politiet, måtte det være en anden.

Lucas kiggede rundt i lokalet. Kataloget over aktiviteter i København lå stadig på bordet. Han samlede kataloget op og bladrede i det. En af siderne var våd af den kaffe, Eva havde spildt i går.

Den våde side indeholdt omtaler af forskellige teaterstykker. Et af stykkerne hed *Dragons and Fireworks*, et totalteater, som skulle opføres ved midnat nogle dage senere på Københavns Rådhus af den spanske teatertrup Les Commediantes de Surprise. Der så ikke ud til at være entré, så det måtte foregå udenfor. Det var åbenbart en blanding af skuespil, artisteri og fyrværkeri.

Nedenunder teksten var der et billede af en komikertrup på et tag med en rød drage med lysende gule øjne, en åben mund med store sylespidse tænder. Den røde drage havde takkede vinger på ryggen og en lang rød hale.

Billedet fik Lucas til at tænke på, at den røde satan Eva havde omtalt, kunne være den røde drage, som optrådte i forbindelse med fyrværkeri og ild. Den forklaring var søgt og langt ude, men hun havde jo også været langt ude, inden hun døde. Han stod i stilhed og rystede på hovedet, da det ikke gav mening.

En eller anden brød stilheden ved at buldre op ad trappen. Lucas fór ud af Evas værelse, men det var bare den sære nabo, Blinke, som stivnede og nervøst missede med øjnene.

– Åh, jeg troede, det var Hajen, sagde Lucas.

– Nej, han besøger familien i dag, sagde Blinke.

– Har du haft besøg af politiet?

– Nej. Er det rigtigt, at Eva døde af en overdosis?

– Det var, hvad ambulancefolkene sagde. Jeg har ikke hørt, hvad embedslægen siger.

– Liget skal vel obduceres?

– Ja, har du mødt nogle af hendes bekendte for nylig?

– Ja, en rødhåret fyr. Han gik med sådan en bøssering, du ved.

– Nå, en ørering. Havde han den i højre side?

– Det kan jeg ikke huske. Han gik med beskidte cowboybukser. Han lever sikkert af kontanthjælp.

– Det kan jo næsten være hvem som helst. Halvdelen af kvarterets unge ser sådan ud.

Lucas orkede ikke at udspørge kvajet mere. Blinke benyttede chancen til at forsvinde, buldrede usikkert op ad trapperne og ud af døren. Lucas gik ind til sig selv.

Resten af formiddagen var helt begivenhedsløs, bortset fra at Lucas døjede med sine tømmermænd. Han sad det meste af tiden og stirrede tomt ud i luften, mens han skyllede litervis af cola og kaffe ned i halsen.

Lucas spiste frokost og hentede Ekstra Bladet. En overskrift på forsiden sprang i øjnene: *24-årige Eva død af overdosis.* Overskriften handlede om Eva. Inde i bladet var der en større artikel om dødsfaldet. Han læste, at Evas lig skulle obduceres på Retsmedicinsk Institut. Man regnede med, at obduktionen ville vise, at hun døde af en overdosis heroin, sandsynligvis superheroin.

En anonym kriminalassistent udtalte: *Det kan være en ny bru-*

tal form for afstraffelse. Vi ser ofte, at narkoludere udsættes for fysisk afstraffelse, hvis de ikke følger underverdenens uskrevne regler. De bliver slået, men kan som regel genoptage arbejdet med det samme.

Artiklen skrev, at politiet ikke turde se bort fra muligheden for, at der var tale om en psykopat. Politiet kunne heller ikke udelukke, at nogen havde lokket den unge kvinde til at prøve en ny variant af rygeheroin. Politiet advarede unge mod dette nye og ukendte rygeheroin, da det kunne være dødeligt at indtage.

Drabschef Tom Harder udtalte: *Det er en usædvanlig sag, som vi skal have opklaret. Vi skal foretage en hel del afhøringer i kvarteret. Heldigvis har vi nogle spor og håber, at alle, der har set noget, vil henvende sig til os.*

En ung fyr blev set i området af en husejer. Politiet ønskede at tale med den unge fyr, som var iført blå cowboybukser, sort bælte med stort bæltespænde, grøn kortærmet skjorte og hvide kondisko. Det var en uplejet type med en muskuløs krop og halvlangt, rødligt hår.

Lucas begyndte at spekulere over, hvem den omtalte unge fyr kunne være. Der lød hårde bank på døren. Lucas åbnede døren, og drabschef Tom Harder og en kriminalassistent stod udenfor.

Drabschefen var en erfaren politimand, der havde opklaret mange mord i sin karriere. Han havde ganske få rynker i ansigtet, selvom hans korte hår var blevet næsten hvidt. Hans øjne lyste ud gennem to smalle sprækker. Han kiggede nysgerrigt på Lucas. Han var iført et pænt, mørkt jakkesæt med hvid skjorte uden slips.

Lucas gav hånd til dem begge.

– Det var dig og Peter, der fandt Eva i går og ringede til vagtcentralen, ikke sandt? spurgte drabschefen.

– Eva døde bogstaveligt talt i vores arme, sagde Lucas. - Vi forsøgte at holde hende vågen, men det var for sent. Vi kunne ikke nå at tilkalde en læge. Vagtlægen antydede, at hun havde taget en overdosis rygeheroin.

– Ja, men det var ikke almindelig rygeheroin, hun døde af.

– Jeg ved det. Jeg har læst om det i avisen.

Tom udspurgte ham om hans, Peters og Speeds færden den foregående dag. Lucas tilføjede, at Peter havde været kæreste med Eva i næsten et halvt år, og at forholdet var gået i stykker for nylig.

– Ved du, hvorfor forholdet gik i stykker? spurgte drabschefen.

– Jeg har ikke boet her så længe, svarede Lucas. - Jeg tror, at forholdet gik i stykker, fordi de skændtes.

Drabschefen kiggede på Lucas.

– Eva røg hash hver dag, og der skulle altid være gang i den, fortalte Lucas. - Hun fyldte huset med venner hver weekend. Peter kunne ikke holde til det i længden. De begyndte begge at have affærer, og en dag var det slut.

– Ser man det, sagde kriminalassistenten.

Politifolkene lyttede tålmodigt, mens de tog notater.

– En pose med brunt pulver ved siden af liget er forsvundet, sagde drabschefen. - Kender du noget til det?

Det direkte spørgsmål fik Lucas til at vågne op af sin uvirkelighed og komme i forsvarsposition. Spørgsmålet hang ud i luften som en anklagende pegefinger.

– Nej, men jeg så posen med det brune pulver ved siden af liget i går, svarede Lucas.

– Har du slet ingen anelse om, hvor posen er nu? spurgte kriminalassistenten.

– Nej, desværre.

– Ved du, hvem der solgte Eva rygeheroin?

– Nej, jeg aner det ikke.

Lucas' hjerte sprang et par slag over, mens tankerne fløj af sted. Hans indre var i kaos. Peter havde solgt hash for lang tid siden, så det kunne være Peter, der havde solgt Eva stofferne. Det kunne også være Speed eller den mystiske fyr, der var blevet omtalt i avisen.

Lucas var sikker på, at Peter var holdt op med at sælge hash, og at han aldrig havde solgt hårde stoffer.

– Har du været inde i Evas lejlighed, siden i går? spurgte drabschefen.

Lucas var mest tilbøjelig til at sige, at han ikke havde været derinde. På den anden side kunne politiet have talt med Blinke. Hvis de havde gjort det, ville betjentene vide, at han løj. Det ville sætte ham i et temmelig dårligt lys.

– Jeg var inde i lejligheden i morges, indrømmede Lucas.

– Ledte du efter noget?

– Nej, jeg var nysgerrig.

– Så du posen med det brune pulver, da du var derinde?

– Nej, posen var væk.

Lucas kunne se, at drabschefen troede på ham.

– Du har mit nummer. Ring til mig, hvis du kommer i tanke om noget.

Betjentene fortsatte afhøringerne i boligkomplekset. Selv efter at have afhørt alle beboerne, var de ikke kommet nærmere en opklaring. Der var ingen mistænkte, ingen afgørende spor og ingen at anholde.

26

Senere på eftermiddagen gik Lucas på café, og her mødte han Becky. Lucas havde egentlig ikke regnet med at se mere til hende, for hun havde jo tidligere sagt, at hun ville koncentrere sig om sin kæreste. Becky var iført en smart top og stramme blå jeans. Hun vinkede Lucas over til sit bord.

– Hvordan har du det? spurgte Lucas.

– Jeg bor alene, svarede Becky.

– Er du gået fra kæresten?

– Ja.

– Hvorfor?

– Kan du ikke gætte det?

Lucas trak på skuldrene og smilede. Lucas og Becky sad længe og talte på cafeen og fandt ud af, at de havde savnet hinanden.

– Har du lyst til at gå med mig hjem og få aftensmad? spurgte Lucas.

– Ja, jeg er hundesulten, svarede Becky.

De tog hen til Lucas' ydmyge værelse på Kong Georgs Vej på Frederiksberg.

– Becky, kom indenfor, sagde Lucas. - Mit værelse er ikke noget særligt.

– Det er småt, men her er hyggeligt, sagde Becky.

– Lad os drikke et glas vin.

– Ja tak, hvad har du?

– Lidt forskelligt.

– Hvad med en rød bordeaux?

– Den finder jeg.

Lucas sad og sludrede med Becky, mens de drak vin og spiste snacks. Becky fortalte, at hendes forældre boede i en villa i Hellerup, med et par hundrede meter til skoven og få skridt til stranden. Hun havde levet et beskyttet liv og var gået direkte igennem sin uddannelse.

Becky så frisk og naturlig ud. Hendes brune hår klædte hendes lyseblå jeans. Hun var for lav til at blive kaldt flot, men høj nok til at blive betragtet som køn.

Hun arbejdede for et stort eksportfirma og havde sit eget kontor. Hun arbejdede på en seriøs måde og høstede stor anerkendelse. Det stod helt klart, at hun en skønne dag ville blive direktør for en vigtig organisation. Hun havde ben i næsen.

Lucas improviserede en græsk ret. Forretten var græsk salat med brød. Salaten bestod af tomat og skrællet agurk i skiver, løg i skiver, fetaost og dressing af olivenolie med tørrede krydderier.

Hovedretten var en stor, flad bøf, som blev stegt med salt, peber og oregano. Bøffen skulle serveres med en halv citron for syrlighedens skyld. Til retten hørte ovnstegte kartofler i skiver med dild. Der duftede af friske råvarer og skønne krydderier i hele køkkenet.

Til maden åbnede Lucas en iskold flaske retsina, som han havde taget med hjem fra kurset på Skopelos. Becky kendte denne type vin, som havde en let bitter smag på grund af den tilsatte harpiks. I starten bed den bitre vin på tungen, men efterhånden som de spiste, smagte vinen bedre og bedre. Den havde en dejlig varm eftersmag af græsk sommer og uendelig åbenhed. Den bitre smag blev langsomt afløst af en varm fornemmelse.

Lucas var vild med denne specielle vin, som smagte perfekt til krydret mad. Den lette græske mad satte deres fantasi i sving. Deres tale blev mere og mere fortrolig. Beckys ansigt fik de yndigste smilerynker om munden, når hun blev ivrig. En anelse generthed gjorde hendes glade ansigt til en yderst levende affære.

– Jeg bliver nogle gange så usikker, sagde Becky.

– Det er derfor, du er så charmerende, sagde Lucas.

– Jeg ved ikke altid, hvad jeg skal sige.

– Åh, det går da fint.

Lucas satte bossanova på cd-afspilleren, og *Pigen fra Ipanema* og blide latinske toner strømmede ud af højttalerne. Musikken påvirkede stemningen og bidrog til at åbne deres sanser. De lå sammen på sengen og kunne mærke hinandens dejlige, varme kroppe.

Lucas begyndte forsigtigt at rode i Beckys lyse hår og kyssede hendes skuldre. Hun protesterede ikke. Hun strøg ham blidt på kinden med den ene hånd og lod sine røde negle på den anden hånd kradse ham let på armen.

Ingen af dem sagde et ord. Lucas kyssede Becky på munden. Den søde duft af kvinde ramte hans næsebor som en rå næsestyver. Han var nær blevet knockoutet.

Hun indåndede duften af mand fra hans krop. En blanding af træ, læder og styrke. De kælede og elskede, indtil de nåede højdepunktet og mistede fornemmelsen af tid og sted.

Bagefter svævede Lucas og Becky ind i en drømmetilstand og lå oven på sengen og svalede af i tavshed en tid. Derefter krøb de ned under den varme dyne og hviskede søde ord i hinandens ører. De hviskede de søde ord, som elskende siden tidernes morgen har udvekslet efter en god elskov. Musikken stoppede, og der blev helt stille. De var lykkelige, da søvnen tog over.

Der gik lang tid. Vinduet klaprede.

Klokken var to om natten. Det var underligt. Lucas plejede ikke at glemme at lukke vinduer og døre. En frisk brise kom ind gennem det åbne vindue. Ganske behageligt. Tørhed i halsen fik ham til at række ud efter sit glas. Der kom støj fra den anden side af værelset.

Lucas stivnede og blev lysvågen. Det var, som om der var nogen i værelset. Hans nakkehår rejste sig advarende. Han tog bukser på og vækkede forsigtigt Becky, der var søvndrukken. Hun så utrolig glad ud, da hun fik øje på ham.

Han satte højre pegefinger op til sine læber.

– Jeg tror, der er nogen, hviskede Lucas. - Vær helt stille.

Der lød en let skurren ude i gangen. Becky rejste sig op i sengen og kom til at vælte et glas, som splintrede i tusind stykker på gulvet. Det gav et sæt i Lucas, og han fór op. Han tog sin dolk ned fra væggen, som til nøds kunne bruges som våben.

Lucas løb ud i gangen. Døren var åben. Der var mørkt, men der var nogle få sprækker af lys, som kom oppe fra køkkenet. Han kom i tide til at høre hurtige trin op ad trappen, og han hørte hoveddøren smække. Den ubudne gæst måtte have hørt lydene og fundet det klogest at forsvinde. Lucas løb op ad trappen og ud på gaden, hvor han så en tynd, adræt fyr i lyseblå cowboybukser, som spurtede rundt om det nærmeste hjørne. Fyren så ud til at have halvlangt, rødt hår.

– Stop tyven! råbte Lucas.

Lucas lagde dolken fra sig og sjaskede efter fyren på våde strømpefødder. Efter kort tid måtte han opgive jagten på indbrudstyven. Den barfodede tur gjorde ondt i hans fødder. Det var køligt denne tidlige morgenstund. Han tænkte på at køre efter ham i bilen, men bilnøglerne lå selvfølgelig i hans jakkelomme i værelset. Han opgav tanken og gik tilbage.

– Så du ham? spurgte Becky.

– Ja, bagfra, svarede Lucas. - Det var en tynd fyr med halvlangt, rødt hår iført blå jeans. Han var en forbandet hurtig løber.

Den rødhårede løber passede på beskrivelsen i avisen af den mand, som politiet gerne ville snakke med i forbindelse med Evas død. Det kunne også være en anden.

– Var han inde på værelset, mens vi sov? spurgte Becky.

– Ja, han har nok brudt vinduet op, sagde Lucas. - Han må have ledt efter noget.

De kiggede på hinanden. Lucas rystede stadig efter løbeturen. Nu kom reaktionen. Det gik op for ham, at en fremmed havde brudt ind i hans værelse, oven i købet mens han lå og sov sammen med sin nye kæreste.

Lucas' temperament løb af med ham. Han var rasende: - Hvis jeg får fat på ham, banker jeg ham til mos. Det skal koste ham fjorten dage på sygehuset.

Han slog ud i luften med vilde slag på en sigende måde.

– Lucas, stop det, sagde Becky.

Becky kaldte gennem Lucas' blodrøde vrede. Det virkede, han kom til fornuft. De gik i gang med at undersøge værelset. Der var ikke taget noget, udover at en plovmand var forsvundet fra skabet. Lucas' kreditkort var der stadig, og ingen af hans værdigenstande manglede.

Lucas ejede nogle dyre ting, såsom et kostbart stereoanlæg, et professionelt digitalt Nikon-kamera, et nummereret Salvador Dali-litografi og en kostbar bærbar computer. Det var alt sammen dyre mærkevarer.

– Det er mystisk, sagde Lucas. - Han har tilsyneladende kun taget plovmanden.

– Han er nok blevet forstyrret af dig, sagde Becky.

Becky kiggede beundrende på ham med de sødeste øjne, der fandtes i hele universet: - Tror du, at han er narkoman?

– Det kunne han måske ligne, hvis man dømmer efter udseendet, svarede Lucas.

Lucas var langt fra sikker på, at det var en almindelig narkoman på rov. Tyven kunne nemt have taget pungen, kameraet, litografiet og computeren. Det ville have været nemt at afsætte disse genstande hos en hæler. Denne sag lugtede. Det kunne have forbindelse med Evas død og det forsvundne brune stof. Tankerne fløj med ekspresfart gennem Lucas' hoved. Han sagde ikke noget til Becky om disse tanker. Det kunne vente, til de havde sovet.

– I morgen vil jeg melde indbruddet til politiet, sagde Lucas.

Lucas afsluttede dermed nattens samtale. De gik i seng og forsøgte at sove. Mens Becky hurtigt faldt til ro, var Lucas så urolig, at det tog over en time, før han faldt i søvn. De sov uforstyrret indtil næste morgen.

27

Klokken var otte lørdag morgen. Becky lavede kaffe og ristede rundstykker fra fryseren. Hun tog en morgenfrisk mine på, som om nattens begivenheder var forduftet.

– Godmorgen, så står vi op, sagde Becky. - Solen skinner fra en skyfri himmel, og der er rundstykker og kaffe.

– Bare fem minutter mere. Jeg ligger så behageligt, sagde Lucas.

Becky rev dynen af Lucas, selvom han af al sin kraft forsøgte at holde den på plads. Han havde ikke nok kraft i kroppen. Det var en rigtig uduelig krop. Det var som om hans sædvanlige faste greb i hænderne var pist væk.

– Nå, så skidt da, sagde Lucas, som overgav sig og stod op.

De spiste rundstykker med frisk smør, drak velduftende varm kaffe og friskpresset juice.

Det bankede på døren, og de klædte sig på. Lucas åbnede døren, og udenfor stod Speed. Han blev budt indenfor på kaffe og rundstykker. Mens Speed gumlede på brødet, kiggede han først på Lucas og derefter på Becky.

– Vi har haft ubudne gæster i nat, sagde Becky.

– Der har også været indbrud hos mig, sagde Speed.

– Blev der taget noget fra dig? spurgte Lucas.

– Måske, men der er blevet rodet i mine skuffer.

– Mon de andre i huset har haft indbrud i nat? spurgte Becky.

– Lad os undersøge det, sagde Speed.

De småsnakkede og drak kaffe. Efter en stund rejste Speed og Lucas sig og gik ud i gangen og op ad trappen hen mod Peters værelse. De bankede på døren for at spørge, om han havde haft indbrud. Der blev ikke svaret.

– Peter har nok sovet ude hos sin kæreste i Herlev, sagde Speed. - Hans vindue står på klem.

– Han har sikkert glemt at lukke vinduet, sagde Lucas. - Vil du med på politistationen for at anmelde indbruddet?

– Nej, jeg anmelder indbruddet over telefonen. Jeg venter desuden besøg.

– Hader du politiet?

– De er mine fjender.

– Åh, lad være.

Speed gik ind til sig selv.

Lucas og Becky tog op på den lokale politistation for at anmelde indbruddet. Bag en glaslåge sad en betjent og læste sin morgenavis. Da han så dem, sænkede han avisen en anelse og skulede mod dem. Becky så uskyldig ud, mens Lucas fik dårlig samvittighed. Han rankede hurtigt ryggen og kiggede tilbage. Betjenten rynkede panden og åbnede glaslågen.

– Javel, et indbrud, sagde betjenten. - Hvad er der blevet stjålet?

Betjentens øjne var rettet mod loftet.

– Fem hundrede kroner, svarede Lucas. - Min kæreste og jeg blev forskrækkede over, at nogen brød ind på mit værelse.

Betjenten begyndte at tromme med højre hånd på disken.

– Det er mystisk, sagde Lucas. - Min nabo, Speed, har også haft indbrud. Har andre i området haft indbrud?

– Nej, ingen andre fra kvarteret har anmeldt indbrud, svarede betjenten.

– Heller ikke Speed.

– Nej.

Betjenten hævede avisen og studerede en spalte med påtaget interesse. Det sidste ord var åbenbart sagt i den sag. Lucas fornemmede, at de skulle skride. Becky knejsede med nakken, da hun gik ud af døren.

– Farvel og tak for hjælpen, sagde Lucas.

Både Lucas og Becky så stramme ud i ansigterne, da de gik hen mod bilen.

– Det er for galt, sagde Lucas.

– Ja, man burde kunne sove i sin egen seng uden at få ubudne gæster midt om natten, sagde Becky.

– Politiet er blevet sløvt.

– De er ligeglade med almindelige borgere.

– Bare de dog havde gidet at sende en politibil og tage notater.

– Betjenten kunne have sænket sin avis og skrevet en rapport.

– Rapporter om banale indbrud kan føre til gennembrud i store kriminalsager.

– Ja, sådan er det blevet i Danmark.

Lucas og Becky kørte hjem til Lucas for at spise frokost. Derefter skulle Becky hjem og ordne noget.

Om eftermiddagen bankede det på Lucas' dør. Det var Peter, som straks blev lukket ind. Snakken faldt straks på nattens indbrud. Peter havde ikke lagt mærke til noget. De blev enige om at tjekke hans lejlighed sammen. Vinduet stod åbent, præcist som om morgenen, men der var intet rod.

– Der ser ikke ud til at mangle noget, sagde Peter.

– Speed og jeg har begge haft indbrud, sagde Lucas.

– Hvem mon det kan være?

– Kan der være en forbindelse til Evas død?

– Det er sgu uhyggeligt.

– Kan det være nogle fra kvarteret?

– Næsten alle er over femogtyve. Skulle de begå indbrud for nogle få skallede hundrede kroner?

– Det kan være narkomaner, sagde Lucas.

– Eller unge, der mangler hurtige penge til at gå i byen, sagde Peter.

– Jeg gad vide, om Speed har anmeldt sit indbrud.

– Han har måske ikke fået stjålet noget.

– Vi kunne jo gå op og spørge ham.

Lucas og Peter gik op og bankede på. Speed kom ud og lukkede op. Han så søvnig ud. De kom ind i værelset, og snart begyndte de at snakke om nattens indbrud.

– Har du fundet ud af, om du har fået stjålet noget? spurgte Lucas.

– Ja, tre hundrede kroner, svarede Speed. - Jeg får min kontanthjælp om to dage, og jeg har kun en hund at leve for.

– Det er sgu surt, sagde Peter.

Peter blandede sig ikke i resten af samtalen, men stillede sig i stedet hen til vinduet og stirrede ud i haven.

– Det sagde du ikke noget om, da vi talte sammen tidligere, sagde Lucas.

– Jeg har først lige opdaget det, svarede Speed.

Lucas overvejede, om Speed virkelig var i knibe. Alle kunne naturligvis komme til at bruge for mange penge sidst på måneden.

– Hvorfor har du ikke anmeldt indbruddet til politiet? spurgte Lucas.

– Jeg har haft en gæst, og derefter har jeg sovet, svarede Speed. - Jeg ringer til politiet senere.

Aggressionerne hang næsten i luften.

Telefonen ringede. Lucas kunne høre Speeds mor skratte i røret uafbrudt i mere end ti minutter. Lucas benyttede lejligheden til at kigge på stedet omkring Speeds vindue. Der var spor af indbrud på gulvet. Tæppet var løst, og der lå en smule afskallet maling. Mærkeligt nok var der ikke mærker på vinduet.

Lucas kunne høre, at Speeds mor holdt op med at skratte i telefonen. Speed gik hen mod døren, åbnede den og sagde med et smørret grin: - I må sgu undskylde mig. Jeg er træt og vil sove.

Lucas og Peter forlod værelset og gik hver til sit. Lucas var i dybe tanker. Detektiven i ham havde taget overhånd. Han kunne ikke frigøre sig fra en begyndende mistanke om, at Speed kunne have iscenesat et indbrud inde hos sig selv for at dække over, at han selv var tyven. Speed havde haft et anstrengt udtryk i ansigtet, da han undersøgte vinduet.

Lucas var i tvivl om, hvorvidt Speed selv havde iscenesat et indbrud. Han havde ikke et motiv. Lucas kunne i hvert fald ikke se det. Speed mente måske, at det ikke var umagen værd at gå til politiet. Speed havde måske bare glemt at lukke vinduet. Lucas var usikker på det.

Tvivlen var for alvor sået i Lucas' sind. En tvivl, der ikke var til at slippe af med. Peter og Speed havde måske også deres mistanke. Det kunne jo være, at de alle mistænkte hinanden. Det var et kønt naboskab.

28

Om søndagen kørte Lucas og Becky en tur nordpå til Liseleje. De gik en lang tur langs stranden. Det blev en perfekt eftermiddag. På hjemvejen stoppede de ved en charmerende café og fik kaffe og frugtkage med creme fraiche.

– Jeg har en aftale i morgen formiddag, sagde Lucas.

– Så tager jeg hjem, sagde Becky. - Jeg skal møde på kontoret i morgen tidlig.

Lucas var blevet rigtig gammeldags forelsket i Becky. Hjertet hamrede, halsen snørede sig sammen, og det kildrede i maven. Han kunne ikke finde ord. Han vidste ikke, hvad han skulle sige til hende.

Det var mærkeligt. Når han ikke var forelsket i en kvinde, kunne han nemt tale med hende. Når han var forelsket i en kvinde og skulle score hende, kunne han også nemt finde ordene. Men nu, hvor han var dybt forelsket i en kvinde, han for længst havde scoret og var vildt interesseret i at snakke med, manglede han ord. Sådan fungerede det åbenbart.

Beckys øjne var klare bag de sorte øjenvipper, og hun kiggede hele tiden på Lucas. Hun var hele tiden opmærksom på alt, han sagde. Det var, som om hun ikke ville gå glip af et eneste ord fra hans mund. De drak deres kaffe ud, og han kørte hende hjem.

Da Lucas kom tilbage til sit eget værelse, mødte han Peter på trappen. Peters ansigt var helt forvredet. Det var et ansigt med et ondskabsfuldt blik, som skræmte Lucas.

Peter lignede en, der havde taget narkotika. Peter gik direkte hen til Lucas, stirrede ham direkte i øjnene med røde udstående øjne og tog fat i hans krave.

– Har du været inde på mit værelse? spurgte Peter.

– Nej, for fanden da, svarede Lucas.

– Der er stjålet hash fra mig.

– Det er ikke mig. Du ved, at jeg ikke ryger det skidt.

– Der er noget andet.

– Hvad?

– Du så det ikke. Hajen må ikke se det. Jeg ved, at han ikke vil acceptere det.

Lucas anede ikke, hvad Peter talte om. Det kunne være rygeheroin. Måske havde Peter snuppet det brune stof, der lå på Evas sofabord. Lucas gik med ind på Peters værelse. Der lå hash smuldret ud over gulvtæppet og bordet. Det var mærkeligt, for sådan ville en tyv aldrig gøre.

– Det er sgu nok Hajens pekingeser, der havde været inde på værelset, sagde Lucas.

– Det mener du ikke, sagde Peter.

– Jo. Hunden har snuset sig frem til hashen på bordet og spist af det.

– Skulle noget af hashen så være smuldret ned på gulvet?

– Ja.

Peter gloede på Lucas, som om han ville slå ham. De gennemborende fakirøjne blev til små mikroskopøjne, der forvandledes til smalle ondskabsfulde sprækker. Det var en psykopats vanvittige øjne, der skar ind i Lucas' sjæl. Peter var en ung fyr, der var ødelagt af stoffer og dårligt kammeratskab. Al menneskelighed var gemt væk bagerst i hans reptilhjerne.

Lucas var bange for, at det skulle komme til kamp. Han gjorde sig klar til at slå fra sig. Lucas kunne have skåret med en kniv i lokalets tykke mur af ondskab. Peter besindede sig.

– Det kan ikke være dig, sagde Peter. - Men jeg tror heller på, at det var hunden.

– Hvem er det så? spurgte Lucas.

– Det må være dig. Jeg kan ikke udelukke dig som mistænkt.

– Det giver jo ingen mening.

– Jeg ved godt, at du ikke har stjålet min hash. Alligevel mistænker jeg dig.

– Kan det være en af de andre?

– Det kan ikke være Speed eller Johnny, for de har ikke været hjemme, mens jeg sov. Døren har ikke været brudt op. Hajen ville aldrig stjæle fra en lejer.

– Jamen, det er ikke mig. Det kan være en udefra.

– Det var hash, jeg skulle have solgt videre nede i Istedgade. Jeg skylder to tusind kroner for det. De penge må du betale. Det er din skyld det hele.

Peter kiggede ondt på Lucas med øjne, der ikke blinkede en eneste gang, øjne som kun folk på hårde stoffer havde, øjne uden menneskelighed, øjne, der kunne dræbe for mindre end en tier.

Lucas gjorde det eneste, der var at gøre i denne situation. Han kiggede direkte ind i Peters øjne uden at flakke eller kigge ned. Han undgik at gøre noget, der kunne virke som dårlig samvittighed eller angst i Peters forkrøblede sind. En demonstration af uskyld og hæderlighed var enten et spørgsmål om voldelig kamp eller ej.

Lucas frygtede ikke kampen, da han havde trænet slagteknik og faldteknik i mange år. Han havde forsvaret sig selv i flere gadekampe i sine unge dage. Hans teknik var farlig at bruge, da han kunne risikere at slå Peter ihjel. Det ville koste en hård dom. Det kunne aldrig blive betragtet som selvforsvar af en dansk dommer. Lucas ville forsøge at undgå, at det kom til kamp.

Peter kom til fornuft. - Det kan ikke være dig, der har taget hashen. Det må være en anden. Jeg ved hverken ud eller ind.

– Slap af, sagde Lucas.

– Det kan være dig. Jeg er i tvivl.

– Men det var ikke mig.

– Jeg tror ikke, at det var dig, der tog hashen. Men du må hjælpe mig. Kan du ikke låne mig to tusind kroner?

Peter virkede truende.

– Jeg har næsten ingen penge på mig, svarede Lucas. - Jeg har lidt penge i banken. Vi kan tage ind på Hovedbanen og finde en automat.

– Jeg skal arbejde der i aften. Hvis du kører mig i bilen, giver jeg dig en modeskjorte for lånet af de to tusind kroner.

Lucas tog imod en smart modeskjorte, selvom han vidste, at den var varm. Det var bedst at føje Peter. Lucas havde ondt af det sølle skrog til Peter, som var på spanden. Han var en mand med en hjerne, der var for ødelagt af stoffer til at tænke klart. Han var bævende angst for sin pusher. Peter var en mand, der ville være i stand til alt for at komme ud af sin situation. En mand, der ville være i stand til at slå ihjel.

Lucas kørte Peter ind til København og parkerede i området bag Planetariet.

De gik forbi Viktoriagade, en sidegade til Istedgade. Her lå et motorcykelværksted med speciale i Harley-Davidson-motorcykler. Værkstedet hed Ezy Ryder, ejet og bestyret af Præsidenten. De fleste brugere af værkstedet var medlemmer af Københavns Motorcykelklub, som havde et stort korps af supportere, prospects og hangarounds. Værkstedet solgte brugte motorcykler, reservedele, bøger og bladet *Ezy Rider.*

– Hashhandlen i Istedgade bliver styret af Præsidenten, sagde Peter. - Han bestemmer, hvem der har lov til at sælge hash.

Der var ingen direkte beviser for påstanden, som lød sandsynlig i Lucas' ører. Hvis det var rigtigt, kunne politiet hurtigt lukke handlen. Derfor troede han, at flere bander stod bag handlen med stoffer i Istedgade.

– Præsidenten har en hær af advokater til det juridiske, sagde Peter.

– Det lyder utroligt, sagde Lucas.

– Dem, der ikke respekterer reglerne, risikerer at få tæsk.

– Hvem er med i tæskeholdet?

– Det aner jeg ikke.

– Hvad med Billy?

– Han arbejder alene. Billy har gjort tørre tæsk til sin forretning. Hans far er fra Thailand, og hans mor er fra Mexico. Derfor bærer han næsten altid en rød klud om halsen.

– Hvorfor det? spurgte Lucas.

– Der er rødt i begge landes flag, svarede Peter.

– Det lyder underligt.

– Det siger Billy selv. Hans sorte hår stinker altid. Han er en stor, beskidt og grim satan. Han har lært thaiboksning og bliver ofte brugt til det grove tæskearbejde, da han er for dum til andet.

– Så må han vide, hvem bagmændene er.

– Rigtigt, men han ville aldrig afsløre noget. Ikke engang fysisk tortur ville kunne få ham til at synge. Han er skræmmende med den røde halsklud, som han trækker op foran næsen som en cowboy, når han ikke vil genkendes.

– Ved du, om der er hårde stoffer i Istedgade? spurgte Lucas.

– Ja, de sælges bag Mariakirken, sagde Peter.

Sælgerne på gadeplan finansierede deres eget hashforbrug ved videresalg. De færreste havde overskud på handlen. Sælgerne var stakler, som var forfaldne til hash. Deres bedste mulighed for at tjene penge var at sælge narkotika. Det eneste alternativ, de havde, var at begå indbrud eller butikstyveri. De var småfisk, der ikke kunne trække sig ud af det. Når de først var begyndt på salg af narkotika, hang de på den.

Det var kendt, at de fine bagmænd i Københavns forstæder havde et antal mellemmænd, der havde en klemme på de fleste af pusherne. Der var kontant afregning, hvis de ikke gjorde som de skulle. En afskyelig og afstumpet verden. Mellemmændene boede i lejligheder i nærheden af markedet. Det var netop en mellemmand, som Peter skulle afregne med. Lucas hævede to tusind kroner i en hæveautomat og gav pengene til Peter.

Lige efter dukkede en kvinde op, som Peter præsenterede som Gerda. Hun så ynkelig ud med snusket tøj og fedtet, mørkt hår. Hun havde set bedre dage og var endt med at sælge hash på Istedgade. Peter lagde kærligt hånden på hendes skulder, gav hende et klem og plantede et stort, vådt kys på hendes mund. Gerda var tydeligvis hans kæreste.

Lucas undrede sig over, at småkriminelle havde samme almindelige følelser og behov som alle andre, ligesom Godfather, der på en familiedag kunne beordre et groft mord for bagefter at stryge sin lille pige på hovedet. Den slags mennesker kan jonglere med andres liv og have helt normale følelser for deres egne.

Lucas forestillede sig, at Gerda var vokset op i en alt for stor familie i en alt for lille lejlighed i Herlev. Hun var garanteret forsømt hjemmefra og havde aldrig fået den kærlighed, hun havde brug for. Derfor havde hun som teenager fundet en omgangskreds, der accepterede hende. Det var ganske vist det dårlige selskab, men det var bedre end intet selskab. Hun var ikke teenager mere, hun lignede nærmest en afdanket gadeluder.

– Jeg kender hende fra Karrusellen, sagde Peter.

Karrusellen var et værtshus, hvor man kunne få svimmelvand i litervis. Et rygte sagde, at der blev handlet med hælervarer. Et værtshus, hvor handlen foregik under bordet. Værten var dygtig til at lukke øjnene for det, og politiet ankom altid for sent.

Karrusellen kunne byde på en læsterlig omgang tæsk, hvis man var så uheldig at forvilde sig derind. Især unge mennesker kunne risikere at få bank og blive rullet af det faste klientel.

Det faste klientel var ikke til at spøge med. Alle havde deltaget i slagsmål. De bar alle mærker fra kampene, havde mistet tænder eller havde ar fra snitsår. De fleste var prydet med gamle tatoveringer. De havde intet at miste og var derfor farlige at komme i klammeri med.

Gerda havde byens bedste kvindelige venstrehook. Hun grinede med en dyb, rå lyd som en havneluder. Der sprøjtede spyt ud gennem de ormædte tænder. Hun var medlem af det faste klientel på Karrusellen. Som regel kunne man finde hende ved et af bordene med et stort glas fadøl.

Mens disse tanker gik gennem Lucas' hoved, stillede Peter sig op for at sælge hash og tyvekoster. Desuden tog han imod bestillinger på nye tyvekoster til faste priser: 300 kroner for Hugo Boss-skjorter, 400 kroner for et par Levi's og 500 kroner for et par Nike-sko. Peter var så dreven i denne handel, at det næsten lignede lovlig gadehandel.

Peter var nødt til at skrabe penge sammen til sin pusher, ellers ville han få besøg af et tæskehold eller Billy, hvilket ville resultere i en uges gratis ophold på sygehuset med alt betalt af skatteyderne. Han ville stadig skylde det oprindelige beløb plus gigantiske renter. Det blev kaldt en dummebøde.

Uden penge kunne han ikke rejse kapital til en ny portion hash, som han kunne sælge videre til stakkels unge uskyldige eksistenser, som havde trang til kunstige oplevelser. Den sædvanlige forretningsmoral gjaldt også her, bare hårdere. Hvis man først kom ud på et skråplan, kunne det ende frygteligt galt.

Irriteret over denne åbenlyse handel overvejede Lucas at tage hjem, men så fik han øje på Speed, som han vinkede over.

– Hej, Speed. Hvad laver du her? spurgte Lucas.

– Jeg er på vej hjem, svarede Speed.

– Det er sørme en omvej.

– Ja, jeg har købt en springkniv på Karrusellen.

– Åh, vrøvl.

– Jamen, så se her.

Speed tog en sort springkniv op af lommen. Den så brutal ud med et blad på ti centimeter. Den var helt sikkert ulovlig. Han trykkede bladet frem og slog ud efter en flok duer, som forskrækket lettede med tunge vingeslag, mens de arrigt kurrede.

Pusherne på Istedgade fór sammen, og Peter kom løbende med et dumt grin: - Hej, hvad fanden sker der? I skræmmer sgu de handlende. Er det din springkniv?

– Ja, svarede Speed.

– Du må hellere lægge kniven væk. De handlende skræpper rundt som forskræmte høns. De bliver nemt utrygge.

– Okay, jeg lægger kniven væk nu.

Speed slog grinende endnu en gang ud med kniven med en hvislende lyd. Duerne lettede og kurrede igen. Pusherne fór sammen for anden gang. Peter kiggede på Speed.

– Du lovede at stoppe.

– Ja, ja, jeg skal nok.

Peter, Speed og Lucas stillede sig op og begyndte at småsludre. Bare tre skridt derfra så det hyggeligt ud. I virkeligheden emmede samtalen af uudtalt mistænkelighed. Det var tydeligt, at afdøde Eva var i tankerne på alle tre. Lucas tænkte, at en af de andre havde myrdet hende. De to andre havde rimeligvis lignende tanker, medmindre en af dem havde myrdet Eva.

– Speed, vil du køre med hjem til Frederiksberg? spurgte Lucas.

– Ja tak, svarede Speed.

De gik hen til Planetariet, steg ind i bilen og kørte mod Frederiksberg. De talte ikke sammen i starten. Lucas tog bladet fra munden med et skud i tågen.

– Ved du, at Peter er begyndt på dope? spurgte Lucas.

– Ja, jeg har set ham her ved kirken, sagde Speed. - Det er det bedste sted for hashsalg uden for Christiania.

– Peter påstår, at der er blevet stjålet noget fra ham. Han har endda anklaget mig.

– Ser man det.

– Han var helt ude i hampen. Han havde de der stenhårde narkoøjne, du ved.

– Hvad er der blevet stjålet?

– Hash. Han ved, at det ikke er dig eller Blinke. I har ikke været hjemme i eftermiddags.

– Det er sgu mærkeligt med ham Peter. Hvad synes du?

– Jeg ved ikke, om jeg stoler på Peter længere. Han er fandeme i stand til hvad som helst, tror jeg.

– Også mord? spurgte Speed.

– Måske, svarede Lucas. - Hvis Peter bliver presset, vil han måske gøre noget uoverlagt.

– Du er vist ikke for spids. Tror du virkelig, at han er indblandet?

– Nej, jeg tror ikke, at det er ham, der har givet Eva dødeligt rygeheroin.

– Hvis det er ham, har han ikke vidst, at det var dødeligt.

– Jeg har ikke skyggen af bevis.

– Det kan være alle mulige andre.

– Ja, jeg kan gå videre med en så løs mistanke. Synes du, jeg skulle nævne det her til politiet?

– Nej. Hvis du går til politiet, får du problemer med Peter. Han vil ikke bryde sig om at blive angivet.

Der blev ikke sagt mere resten af turen. De kom frem til huset på Kong Georgs Vej og gik ind på hver deres værelse. Sent om aftenen tikkede en mail ind med en hasteopgave fra en tidligere kunde, som ønskede at mødes med ham. Det ville han se nærmere på næste morgen.

29

Næste morgen drak Lucas morgenkaffe, mens han kiggede på opgaven, der var kommet på en mail aftenen før. Han forberedte sig på at tage ud til et møde med kunden, som havde softwareproblemer. Lucas havde på kort tid opnået ry som en freelancer, der med kort varsel kunne løse problemer.

Han ringede til kunden efter morgenkaffen og aftalte at mødes med det samme. Han nød besøget hos den tidligere kunde. Det var underholdende, og der var penge i det.

Det tog længere tid at løse problemet, end Lucas havde regnet med. Den gamle software drillede. Kundebesøget trak ud til langt ud på eftermiddagen. Da problemet var løst, kørte Lucas hjem for at spise aftensmad.

Lucas havde håbet at spise aftensmad med Becky, men da hun ikke dukkede op, måtte han spise alene. Han tilberedte et let måltid. Mens han sad og spiste, ringede Hanne.

– Hej, Lucas. Det er lang tid siden. Hvordan går det?

– Jeg har det fint. Hvad vil du?

– Jeg skal advare dig.

– Imod hvad?

– Du skal passe på.

– Selvfølgelig.

– Du kunne komme alvorligt til skade.

– Skal jeg opfatte det som en trussel?

– Slet ikke. Sørg bare for at se dig for.

– Jeps.

– Du bør passe på dine kære. Der kunne nemt ske dem noget.

– Mener du Becky?

Der lød et klik, da Hanne lagde på. Lucas ringede til politiet og bad om at tale med drabschef Tom Harder.

– Jeg er blevet truet af Hanne Faber Toft i telefonen, sagde

Lucas. - Hun advarede mig, og jeg opfattede det som en trussel mod mig og min kæreste, Becky.

– Sagde hun noget konkret om, hvad hun ville gøre? spurgte drabschefen.

– Nej, det gjorde hun ikke.

– Så er det nok ikke så farligt.

– Måske ikke, men nu ved du det, hvis der sker noget.

– Der er intet, jeg kan gøre.

– Så siger jeg tak for det. Farvel.

Lucas lagde på. Han spiste resten af sin aftensmad, men han tænkte på advarslen fra Hanne.

Mens Lucas sad og spiste aftensmad, fik Becky fri og tog hjem til sin egen lejlighed. Det havde været en kedelig dag, og Becky var søvnig. Hun stod på den halvmørke trappe og tumlede med låsen. Som sædvanligt var der uhyggelige skygger på den mørke trappe. Der lugtede surt i opgangen af manglende trappevask og overboens stinkende surkål, som han spiste til grillede, stærkt røgede pølser.

Becky fandt nøglen frem fra sin taske, låste døren op og gik ind i entreen. Endelig var hun hjemme. Hun satte sig i sofaen med en kold cola og lyttede med lukkede øjne til dæmpet Mozart. Gulvet inde i stuen knirkede. Hun mærkede det ikke i sin ubændige trang til at hælde cola ned i svælget.

Hun mærkede en lugt, der både var fremmed og bekendt på samme tid. Det var lugten af mandesved og kloroform. Hun åbnede øjnene, og alle hendes sanser var fuldt åbne.

Bag hende lød et dæmonisk skraldgrin, en psykotisk latter fra en desperat mand. Hun forsøgte at vende sig om, men det var for sent. Hun var træt af dagens strabadser. Stærke hænder greb om hendes krop. Instinktivt åbnede hun munden, men der kom ikke en lyd. Hun nåede det ikke, inden et lommetørklæde blev presset over hendes mund.

Becky blev svimmel og kiggede ind i de venligste og smukkeste blå øjne, hun havde set. Hun ville smile til de smukke øjne. Så blev alt tåget for hende, og alt blev helt sort, inden hun gik ind i et absolut tomrum. Hun tabte bevidstheden.

Hovedpine og svimmelhed var det første, Becky registrerede, da hun begyndte at komme til sig selv. Dernæst bemærkede hun, at hun lå bundet med bind for øjnene. Det var koldt, og det trak en smule.

Det var en forbandet måde at vågne på. Men det var naturligvis bare et mareridt. Om lidt ville vækkeuret ringe, og en dødkedelig arbejdsdag ventede, men det var ingen ringetone. Det var ikke et mareridt, men virkelighed.

Becky blev efterhånden mere klar i hovedet, men hun anede ikke, hvad der var sket. Hun huskede svagt kampen i lejligheden. Hun indså langsomt, at hun var blevet bortført af en uklar, dæmonisk mandsperson med jordens dejligste blå øjne.

30

Da Lucas var færdig med at spise aftensmad, vaskede han op. Han fornemmede, at der ikke var andre i tilbygningen. Han var blevet urolig og rastløs efter telefonsamtalen med Hanne. Han koncentrerede sig om at læse avisen.

Lucas hørte postkassen smække. Han gik ud for at se, hvad der var sket. I postkassen fandt han et brev uden frimærke eller afsender. Det var mystisk. Han åbnede brevet og fandt et enkelt hvidt ark med en næsten ulæselig håndskrift:

Jeg har Becky.

Mød op i Mariakirken kl. 20, hvis du vil se hende igen.

Gå til politiet, og Becky vil dø.

Der var naturligvis ingen signatur, men i brevet var en fingerring, som Lucas genkendte. Det var Beckys smukke sølvring.

Lucas vidste ikke, hvad han skulle gøre. Det var udelukket at ringe til drabschefen igen, da det kunne bringe Beckys liv i fare. Det måtte være Peters værk. Måske havde Speed fortalt Peter om hans mistanke. Efter en indskydelse løb Lucas ud af værelset, buldrede op ad trappen og bankede på Speeds dør. Der blev ikke reageret. Han tog hårdt i døren, som var låst. Peter var heller ikke hjemme.

På vej ned til sit eget værelse åbnede Lucas køleskabet for at tage en cola. Han opdagede en pose, der indeholdt nogle brune rester. Han åbnede posen med køkkenrulle om hænderne og snusede til resterne. Det var ikke hash, men det kunne være rygeheroin. Han anbragte posen i en anden pose for ikke at ødelægge eventuelle fingeraftryk og dna-materiale. Han besluttede at overdrage den til drabschef Tom Harder, da den muligvis kunne føre til Evas morder.

Lucas gik tilbage til sit eget værelse og læste det hvide ark igen og igen. Der var en time til mødet foran kirken. Lucas sikrede sig, at hans lommekniv med værktøj blev skjult i en inderlomme. Han håbede, at kidnapperen ikke ville gennemsøge ham alt for grundigt. Han drak sin cola og kørte mod Mariakirken.

Lucas parkerede bilen på Vesterbrogade, fem minutters gang fra Mariakirken. Klokken var kvart i otte, så der var et kvarter til rekognoscering, hvilket var unødvendigt, da Lucas havde boet i området og kendte det som sin egen bukselomme.

Han så intet usædvanligt. Der var ingen skumle personer, udover hashhandlerne oppe ved hovedindgangen til kirken. Det var næsten for roligt. Han forventede at blive afhentet af en forbrydertype, men der var stadig ti minutter at løbe på.

Han gik ned ad Gasværksvej. En port stod åben. Fra porten havde han udsigt til baggården, hvor forretningen Ezy Ryder lå. Der var en dør, der førte ind til et magasin. Han fik sin lommekniv frem og dirkede låsen op. Han gik ind og lukkede døren efter sig.

Der var en trappe ned til en kælder. Han gik ned i kælderen, åbnede et vindue og kiggede ud. Der var ingen personer at se i gården. Der var helt stille. Det her var ikke så farligt. Det værste, der kunne ske, var, at han blev vist bort af en ubehagelig type.

Lucas var sikker på, at kidnapperen gemte Becky i et baglokale til Ezy Ryder og håbede at overraske kidnapperen. Han tog fejl, der var ingen i baglokalet. Han gik op ad kældertrappen og hen til Mariakirken.

Klokken slog otte, men der var ingen, der hentede ham. Ti minutter over otte var der stadig intet sket. Ventetiden bragte Lucas i et lettere irriteret og ængsteligt humør. Han var utålmodig og ivrig efter at komme i kontakt med Becky. Han blev afbrudt i sine tanker, da han mærkede, at en person prikkede ham bagfra på skulderen.

– Følg med, makker, sagde en kvinde. - Lad være med at råbe op, så sker der ikke noget.

Lucas vendte hovedet og genkendte Gerda. Hun måtte være i ledtog med hendes kæreste Peter. Hun havde en avis under armen. Ud fra avisen stak en morderisk udseende pistolmunding. Gerda satte fingeren op til læben.

– Hold din kæft og følg med, sagde Gerda. - Ellers dør du.

Lucas stivnede. Han blev ført bag om biblioteket og ind i motorcykelbutikken Ezy Ryder. De gik direkte gennem butikken og hen til en dør.

– Gode Gud, hvis du har krummet bare et eneste hår på Becky, knuser jeg alle knogler i din elendige krop, sagde Lucas.

– Nå, det tror du, sagde Gerda. - Jeg sætter en kugle i din lever, hvis du ikke makker ret.

Hun stak pistolen ind i siden på Lucas.

– En mistænkelig bevægelse, kammerat, og du er færdig.

– Okay, tag det roligt, sagde Lucas.

Lucas rakte langsomt hænderne mod loftet. Han var ikke blevet beordret til det, men instinktet sagde ham, at det ville berolige Gerda. Det var ikke ligefrem nødvendigt at vække alle hendes alarmklokker. Øjeblikket til handling var ikke inde. Hans tid ville komme senere.

Gerda åbnede døren ind til et lavloftet kælderrum. Det var tørt og varmt. En svag pære gav en anelse lys. De var i ejendommens varmerum med isolerede rør frit fremme og en vandbeholder, der hang en halv meter over gulvet. Der stak en termostat af messing ud forneden på vandbeholderen.

Becky sad i et mørkt hjørne og var bundet til et ekstra tykt rør. Hun sad med en klud presset ind i munden. Hun reagerede ikke. Lucas følte sveden pible frem på panden, og i vrede spændte han alle sine muskler. Han beherskede sig, da han hårdt fik stukket pistolen ind i siden.

– Hvis du har vovet at krumme et hår på hende, så..., sagde Lucas.

En skikkelse trådte frem fra mørket og afbrød Lucas: - Rolig, jeg har ikke rørt hende.

Der lød en hæs, dæmonisk latter. Lucas kunne ikke se, hvem det var, men det måtte være Peter. Der var sket en drastisk forvandling med ham. Forleden havde han haft desperate øjne på grund af stofmangel og angsten for sin bagmand. Han stod i halvmørket med sindssyge, intelligente øjne, som om han havde besluttet sig for et eller andet bestialsk.

Becky kiggede på Lucas med et sløvt, advarende blik. Den desperate mand skubbede Lucas ud af rummet og trak ham ind i et andet kælderrum, som var fugtigt og stank af kloak. Lucas mærkede et hårdt, uventet slag i baghovedet. Han segnede om på det kolde kældergulv og var bevidstløs.

Heldigvis ramte den desperate mand ikke helt rent. Lucas slappede af, da slaget faldt. Han kunne ikke give igen med det samme. Det var bedst at blive liggende på gulvet og spille bevidstløs. Den taktik kunne muligvis give en fordel i den sidste ende.

Den desperate mand fiskede et reb frem og begyndte ubønhørligt at binde Lucas' hænder stramt bag på ryggen. Rebet skar i hans hænder. Han bed tænderne sammen i smerte. Umærkeligt lykkedes det Lucas at spænde alle muskler i håndleddene og holde hænderne en smule fra hinanden. Hvis manden ikke opdagede det, kunne Lucas senere slippe af med rebet.

Lucas lå helt stille og håbede, at manden ikke kontrollerede rebene. Han tog Lucas' mobil, men fandt ikke lommekniven. Heldigvis knirkede det ovenfra. Lyden kom helt klart bag på ham. Den desperate mand listede hen til døren, slukkede det sparsomme loftslys og gik ud i kældergangen. Lucas kunne høre, at døren blev låst udefra.

Lucas lå bundet i en umulig situation. Han var ikke sikker på, hvem den desperate mand var. Hvis det var Peter, var det en dramatisk forandring. Han var gået fra at være lettere psykotisk til at blive helt vanvittig. Det måtte være Peter, fordi kæresten Gerda hjalp ham.

Lucas var ikke helt klar i hovedet efter slaget. Alligevel spekulerede han på, hvad formålet med kidnapningen var. Det kunne dreje sig om løsepenge, eller Peter kunne være blevet vanvittig.

I begge tilfælde var det skørt. Peter måtte da vide, at han stod til en streng straf for kidnapning, som kunne ende med mord. Lucas turde næsten ikke tænke tanken til ende.

31

Lucas lå i kælderrummet, men han var endnu ikke helt klar i hovedet. Efter et par minutter blev han frisk nok til at begynde det møjsommelige arbejde med at løsne rebet. Han måtte ikke spilde tiden. Efter fem minutter var rebet så løst, at han kunne få den ene hånd fri. Derefter var det en smal sag at få den anden hånd fri.

Lucas forsøgte at rejse sig op, men han mærkede et knæk i nakken. Hovedet gjorde ondt, som om en indre djævel for rundt og knuste glas overalt i baghovedet. Det sortnede, og han sank sammen. Efter et par minutters hvil gjorde han et nyt forsøg. Denne gang lykkedes det ham at komme op at stå, men han havde pådraget sig en dundrende hovedpine.

Lucas kunne stadig ikke tænke klart. Han gik hen til døren og ruskede i den i håbet om at få den op. Døren var imidlertid ikke lavet af pindebrænde. Det var en solid branddør af jern. Det viste sig at være umuligt at få døren op. Han forsøgte forgæves at hamre på den og skubbe til den.

Lucas forsøgte uden held at dirke låsen op med sin lommekniv. Han måtte erkende, at han var håbløst spærret inde, men gik i gang med at undersøge resten af rummet. Trods hovedpinen kom han hurtigt til den konklusion, at der ikke var en anden udgang end døren. Der var hverken ventilation eller vinduer.

Der var en syrlig, muggen stank i rummet, som måtte komme et eller andet sted fra. Lucas undersøgte rummet en gang til og blev opmærksom på, at gulvtæppet havde en ujævnhed. Han rullede tæppet sammen. Der var et rundt dæksel på gulvet. Han fik hurtigt lommeknivens skruetrækker ned i et af dækslets huller. Han løftede dækslet af og så ned i mørkt vand. Det stank ulideligt af kloak.

Lucas måtte træffe en hurtig beslutning. Han kunne enten

forsøge at komme igennem kloakken eller vente på, at den desperate mand vendte tilbage. Lucas vidste ikke, om manden ville vende tilbage, eller om han først ville dræbe Becky.

Lucas ville ikke vente. Det var bedre at prøve lykken i kloakken. Måske førte kloakken op i kælderen eller ud til en rist på gaden. Det virkede som et vovet forsøg, men det var måske sidste chance for at redde Becky.

Lucas stak benene ned gennem hullet og krøb ned. Han lagde tæppet hen over dækslet, som han trak nogenlunde på plads. Det ville give manden noget at spekulere over, hvis han kom tilbage. Adskillige minutter ville gå, før manden ville forstå sagens rette sammenhæng. Det ville give Lucas et forspring.

Turen ned i hullet gik bedre end forventet. Der var plads nok til at bevæge sig. Heldigvis skråede kloakrøret kun en smule nedad med et slimet og fedtet indre. Den ulidelige stank blev værre og værre. Der var ret mørkt, men der trængte en smule lys igennem, der gjorde, at han med nød og næppe kunne orientere sig.

Røret snævrede ind længere nede. Det gik langsomt fremad. En ny forhindring kunne betyde, at det var ude med ham. Luften var ubeskriveligt dårlig. Han kæmpede sig frem, og snart mærkede han ikke den dårlige lugt længere. Blodet bankede i hans tindinger. Han trak vejret i korte stød, og hjertet bankede som en stortromme.

Lucas besluttede at holde en pause for at slappe af. Han lå udstrakt i røret uden at udfylde det helt. Hjertet begyndte at hamre vildt i hans bryst. Tusind slag i minuttet mindst. Det føltes som en stram knytnæve, der absolut ville ud af brystet. Han måtte tage den med ro.

Efter et kort hvil fortsatte Lucas. Han skubbede sig videre ned gennem det snævre kloakrør. Efter et uendeligt antal små skub mærkede han, at rørets hældning øgedes og snævrede ind. Her var næsten helt mørkt, Lucas kunne ikke se en hånd for sig. Det var skræmmende.

Det, han frygtede allermest, skete. Han sad fast. Total panik. Det var ude med ham. Det varede nogle få sekunder, før han kunne tænke klart. Han var stadig på kanten af panik. Hvilken frygtelig død. At ligge her og dø en smertelig og ulækker død. Han blev måske aldrig fundet, rotterne ville gå til biddet, og hans skelet ville synke ned på kloakkens bund.

Lucas følte kloakkens slimede sider overalt på sin krop, men han kunne kun tænke på kloakkens stank. Han tog en hånd op foran næsen. Det mindskede stanken en anelse. Han holdt vejret et helt minut. Derefter trak han vejret i små stød. Hans puls steg til uanede højder, og blodet dunkede i hans tindinger.

Han kom i tanke om, at han næsten havde fået pulsen til at stoppe under en hashrus på Skopelos i Grækenland. Han forsøgte at bruge samme teknik. Han trak vejret så langsomt, han kunne. Pulsen gik ned, og han slappede af. Hjertet holdt næsten op med at slå.

Lucas var tæt på at besvime, men han var ikke rede til at dø. Det var lige før, han begyndte at råbe og sparke i protest over situationen. Når døden lurer, og man ved, man ikke kan gøre noget, ligger vanviddet på lur. Vanviddet bor rundt om det næste grå sving i hjernens sært forkrøblede sæt af vindinger.

– Der er ingen grund til panik, spottede en underlig, tør, sprukken stemme.

– Hvem i alverden er den idiot, der har vovet sig herned for at tale til mig? spurgte Lucas.

En eller anden måtte være fulgt efter Lucas. Det kunne være Peter. Så gik sandheden op for ham. Det var jo hans egen stemme. Genkendelsen gav ham fornyet mod og gjorde, at han var i stand til at tvinge sig til at slappe helt af.

Det var uudholdeligt at trække dybe åndedrag, som ellers ville have hjulpet med at give ilt til hjernen. Lucas formåede alligevel at få nok luft ned i lungerne, så han kunne fortsætte.

Luften blev hurtigt endnu dårligere. En kraftig vandstrøm kom gennem røret. Det kom ikke bag på Lucas, der regnede med, at han befandt sig i et afløbsrør. Vandet, der strømmede hen over ham, var iskoldt. Han gispede efter vejret, mens han forsøgte at løfte ansigtet op mod rørets loft for at undgå at drukne.

Et djævelsk grin hang langt borte i det fjerne. Lucas vidste ikke, om grinet var indbildning eller virkelighed. Han var ligeglad. Han var bange for, at han måske var ved at blive vanvittig af angst. Egentlig var det ligegyldigt, om vanviddet ville få overtaget, eller om fornuften ville sejre. Resultatet ville blive det samme. Døden var sikker. Vandet vedblev at strømme og fyldte snart røret helt op.

Lucas tog en sidste kraftig indånding, inden vandet fyldte røret helt. Hans lunger protesterede mod den dårlige luft. Han var nødt til at opbyde al sin viljestyrke for at holde luften i sig. Røret blev langsomt fyldt med vand, og han kunne mærke, at trykket i ørerne steg.

Lucas måtte synke. Det gjorde ondt i lungerne, og det dunkede i tindingerne. Det var et spørgsmål om sekunder, før han mistede bevidstheden. I så fald ville han dø en ensom død i denne stinkende kloak.

I desperation forsøgte Lucas at samle de sidste kræfter og skubbe sig frem med hænderne. Det hjalp ikke det mindste, han sad uhjælpeligt fast. Kræfterne ebbede ud. Det var for sent at gøre et nyt forsøg. Han kiggede opad og begyndte at bede til Gud.

– Vorherre, hjælp mig, så jeg kan befri Becky, bad Lucas. - Så lover jeg at være god mod min næste resten af mine dage.

Lucas slap sin sidste luft ud af lungerne, mens vandtrykket steg og pressede hans krop til det yderste. Han sank nedad og skød ud af røret som en prop fra en flaske champagne.

Med et vældigt plask landede Lucas i et stort kloakrør. Masser af opslæmmede og iskoldt vand styrtede ned over ham. Lucas var gledet igennem det snævre rør og befandt sig i et større kloakrør, der var tre gange så stort.

Luften var betydeligt bedre her, og Lucas tog en serie dybe

indåndinger, indtil hans vejrtrækning blev normal. Han var glad for, at der var lys nok til, at han kunne skimte sine egne hænder.

Det værste var overstået. Lucas var reddet. Han takkede Gud i det høje. Udover nogle slemme knubs var han klar til at tage kampen op. Han hørte, at det puslede og pilede omkring ham. Det var rotter. Han hadede rotter. Selvom rotterne var ulækre, beroligede de ham. Hvis rotter kunne leve og ånde her, kunne han også overleve her.

Længere henne ad det store kloakrør kunne Lucas skimte lys. Det måtte være en opgang. Hvis han kunne slæbe sig derhen og klatre op, kunne han komme Becky til undsætning. Han håbede, at hun stadig var i live.

Lucas gik sammenkrøbet på bunden af det store kloakrør. Det var temmelig fedtet, og han risikerede hele tiden at falde. Han kæmpede sig længere og længere hen mod det svage lys. Han fik nyt mod og hastede videre på knæ i det dybe vand. Strømmen var blevet stærkere, og luften blev bedre og bedre, efterhånden som han nærmede sig det svage lys.

Lucas' øjne vænnede sig til mørket. Han gjorde sig klar til at klatre op ad den stige, der nødvendigvis måtte være henne ved hullet. Der var ikke nogen stige eller jerntrappe. Han øjnede et firkantet hul. Da han kom nærmere, kunne han ane, at hullet var forseglet af en rusten rist cirka fem meter længere oppe. Ovenover risten var himlen sort uden en eneste nattestjerne.

Lucas kiggede sig omkring. Der var intet lys at se nogen andre steder. Han kunne slet ikke orientere sig omkring hullet. Det var mørkere end mørkt. De eneste lyde var fra rotterne. De hvinede, peb og gnavede, mens de svømmede rundt i det rislende kloakvand.

Det var alt i alt nogle uhyggelige fremtidsudsigter. Der var ingen mulighed for at komme op, og ingen mulighed for at komme tilbage. Lucas var ved at give op og tænkte, at det var enden på hjælpeaktionen. Han ville ikke kunne tilkalde hjælp i tide ved at råbe op af det firkantede hul.

Lucas var ved at opgive modet, men der var kun en ting at gøre. Han måtte forsøge at klatre op af hullet. Hans stærke fingre fik fat i kanten af hullet, og han begyndte at hive sig op. Hans fingre kunne ikke holde fast, og han faldt ned i det stinkende vand. Det var ulækkert.

I et sidste desperat forsøg rev Lucas ærmerne af skjorten og bandt tøjstumper om sine hænder. Det gav ham et bedre tag i kanten, og han fik sig hævet et stykke op. Heldigvis var der en del ujævnheder i det firkantede hul, der var bygget for mange år siden af mursten. Mursten har det med at tilpasse sig små rystelser i jorden og skabe nogle ujævnheder.

Lucas kom op til kanten af hullet, kiggede op og så en masse mure og tage med tagrør. Han måtte være i en baggård. Det var sandsynligvis gården mellem en lejlighed og butikken Ezy Ryder.

Det gik nemt at skubbe den rustne rist op. Lucas åndede lettet op. Det var en stakket frist, da det var komplet umuligt at få overkroppen igennem hullet. Lucas sad fast for anden gang den aften. Han tænkte på, om han skulle klatre hele vejen tilbage. En tanke, der ikke var til at bære. Det ville også være umuligt. Han sad fem meter oppe i hullet med begge ben presset ud til hver sin side for ikke at rutsje ned.

Risten lå på et fundament af stenhård cement. Dette fundament måtte han få hul på. Han begyndte at løsne mursten omkring fundamentet. Det lykkedes at løsne en mursten, som han brugte til at hamre på fundamentet. Der sprang gnister i den mørke baggård. Desværre var fundamentet ikke resultatet af det sædvanlige byggesjusk. Der var desværre tale om gammeldags byggehåndværk af fremragende kvalitet.

Lucas forsøgte endnu engang at hamre på fundamentet med murstenen. Det lykkedes at slå en revne i fundamentet. Efter fem minutters heftig banken gik fundamentet i to stykker. Han smed begge stykker op i gården. Det var en smal sag at komme op af hullet. Han måtte ligge lidt og sunde sig.

Det var et mirakel, at han var i live. Hvis Lucas ikke havde været i så god form, ville han stadig befinde sig i kloakken. Død som en kloakrotte. Han havde været heldig, men der var ikke tid til at tænke mere over det.

Lucas kom op i baggården til Ezy Ryder. Han spildte ikke tiden, men gik direkte hen til kældervinduet. Det ville have taget en professionel indbrudstyv mindre end et minut at bryde vinduet op. Med sin lommeknivs skruetrækker tog det Lucas lidt længere at komme ind i det yderste kælderrum.

Dørene til de to andre kælderrum var låst. Det første kælderrum havde en billig hængelås. Det tog et minut at dirke denne dør op. Der var næsten helt mørkt i gangen. En klam lugt af noget sødt hilste Lucas' næsebor. Først kunne han ikke bestemme lugten, så blev han klar over, at det var lugten af blod.

Lucas gik direkte ind i en blød klump, der lå på gulvet. Hans øjne havde vænnet sig til mørket. Han kunne skimte Gerda, som lå i en helt frisk blodpøl.

Lucas hviskede en række spørgsmål for sig selv:

– Hvad pokker er der foregået?

– Hvor var Becky?

– Er hun sluppet fri?

– Er hun stadig i live?

En kort undersøgelse af Gerdas lig viste, at hun var blevet skåret med et spidst instrument, sandsynligvis en kniv. Liget var stadig varmt. Det måtte have været sket inden for det sidste kvarter. Det forekom Lucas at være mærkeligt, at Peter havde slået Gerda ihjel.

Lucas fandt Gerdas mobil. Den havde ingen kode, og han åbnede den uden besvær. Han ringede direkte til drabschef Tom Harder, som for længst var gået hjem. Han tog ikke telefonen, så Lucas lagde en besked på telefonsvareren: - Peter har kidnappet Becky. Hun holdes fanget i Ezy Ryders kælder. Kom med det samme. Peter er blevet vanvittig.

Så hørte Lucas en svag støj fra det andet kælderrum. Han tog lommekniven i højre hånd, så var han i det mindste ikke helt ubevæbnet over for en eventuel brutal knivstikker. Han åbnede døren forsigtigt. Der var en smule lys fra en lampe over en håndvask med et spejl på væggen.

32

Lucas kiggede forsigtigt ind i rummet. Becky sad bundet til et jernrør på den modsatte væg. Hun var blevet kneblet med en rød klud, og blodet sivede langsomt fra hendes højre kind. Hun så sløvt hen på ham. Der var ingen øjeblikkelig genkendelse. Hun kiggede på ham. Han fjernede den røde klud fra hendes mund.

– Er det dig, Lucas? spurgte Becky.

– Ja, er du okay? svarede Lucas.

– Ja.

Lucas blev lettet. Becky levede, men havde ganske givet været udsat for nogle grimme chok og var blevet snittet i ansigtet. Vreden vældede op i Lucas. Han ville fare hen og løsne rebet, men noget fik ham til at tøve. Han fornemmede en bevægelse i rummet og hørte en næsten uhørlig lyd. Han stivnede, og nakkehårene rejste sig.

Becky drejede øjnene til siden. Lucas fulgte retningen og så nogle skygger til højre for ham. Becky spilede skræmt øjnene op, og det hvide i hendes øjne kunne ses i mørket.

Lucas opfangede Beckys skræmte øjne og kastede sig instinktivt til højre, da en mand susede forbi. Lige efter rullede Lucas per erfaring den modsatte vej for at forvirre fjenden. Manøvren lykkedes. Manden kom flyvende med vanvittig hastighed og smadrede en kniv ind i væggen, der hvor Lucas havde stået en brøkdel af et sekund tidligere.

Det var et spørgsmål om liv eller død. Lucas trak kniven ud af væggen og stak den med al kraft ind i låret på manden, som hylede afsindigt af smerte og sprang op. Smerten gav denne vanvittige mand endnu mere sindssyg energi.

Noget rødt faldt til jorden. Det lignede hår. Det var i virkeligheden en rød paryk. En fyr med mørkeblondt hår kom til syne. Tyk sminke løb ned af det strimede ansigt. Det var slet ikke Peter. Det var Speed, der havde forvirret alle ved at klæde sig ud som Peter. Speeds forklædning var faldet.

Speed kastede sig over Lucas og hamrede en knytnæve direkte ind på hans kæbe. Han løb mod døren, før Lucas kunne forhindre det. Lucas sprang hen til Becky og løsnede hendes reb.

Han så til sin store lettelse, at hun hverken havde fået brækket ben eller arme eller havde farlige læsioner. Blodet fra hendes ansigt stammede fra et snitsår fra Speeds springkniv. Becky havde våde øjne og hulkede af gråd.

– Han truede mig til tavshed, sagde Becky.

– Så, så, sagde Lucas. - Tag det roligt. Det værste er overstået.

Det var en løgn. Speed ventede måske derude, rasende over det med lommekniven.

– Lad os komme ud herfra, sagde Lucas.

– Jeg har ingen kræfter, sagde Becky.

– Gider du ikke hjælpe mig op?

– Ja.

Lucas fjernede rebet og løftede Becky op. Han hjalp hende over til spejlet og vasken. Hun blev vasket en smule og fik vand indenbords. Det hjalp. Hun begyndte at blive klar i hovedet. Hendes veltrænede krop kom hende til hjælp.

– Vi må væk og tilkalde politiet, sagde Becky.

– Jeg har tidligere ringet til drabschef Tom Harder, sagde Lucas. - Politiet må snart dukke op.

– Speed venter måske derude et sted.

– Ja, vi må være forsigtige og skaffe et våben.

– Hvordan det?

Lucas kiggede sig omkring. Der lå ikke noget på gulvet, der kunne bruges som våben. Han tog fat i vandhanen på væggen og bøjede den nedad i et hug. Vandrøret brækkede af forneden, og Lucas kunne nu bruge det som et slagvåben. Vandet begyndte langsomt at fosse ud af det ødelagte vandrør på væggen og samle sig i en plaskende sø på gulvet. Den ublide behandling havde ødelagt nogle pakninger. Der lød en djævelsk latter.

– I slipper aldrig ud herfra, hviskede en uhyggelig stemme.

Det lød nøjagtigt som Peter, men det måtte være skuespil. Det måtte være Speed, der hviskede med Peters stemme.

– I er allerede døde, hviskede den uhyggelige stemme.

Lucas' instinkt var at styrte direkte derud og angribe med et ordentligt brøl. Becky tog fat i ham og holdt ham tilbage.

– Stop, sagde Becky. - Det er netop det, han vil have os til at gøre.

– Du har ret, sagde Lucas.

– Hvad gør vi?

– Det ved jeg ikke.

Nogle sekunder gik. Lucas fik en idé, der måske ville virke. Han ville slå fjenden med hans egne våben.

– Du må hviske som Eva, sagde Lucas. - Det vil forvirre Speed.

– Tja. Det må jo være ham, der slog Eva ihjel, sagde Becky.

– Da Eva døde, så hun på mig og sagde: *Hold den røde djævel væk.*

- Ved du, hvad hun mente med det?

– Nej, men hun kan have tænkt på Billy og hans røde halsklud.

Lucas vendte det i hovedet. Becky havde været bundet med en rød klud. Lucas bandt den røde klud om halsen og trak den op over næsen som en cowboy, nøjagtig som Billy af og til gjorde.

Eva havde talt om en rød djævel. Hun kunne have tænkt på Speed iført rød paryk. Han var måske blevet sat til at afstraffe Eva for et eller andet. Lucas kom til at tænke på en artikel i avisen om Evas død, hvor en anonym betjent havde nævnt muligheden for afstraffelse. Hun havde måske snydt nogle narkohandlere og dermed gjort sig fortjent til en afstraffelse.

Lucas og Becky hviskede sammen et par minutter og lagde en slagplan. Speed grinede med en hysterisk, sindssyg latter. Hans latter lød ikke så sikker længere, som om tvivlen havde sneget sig ind.

– Er det dig, Speed? spurgte Becky med Evas stemme.

Beckys stemme var klagende, og hun fortsatte med at hviske med Evas stemme.

– Hvor er du henne?

– Jeg har noget til dig, svarede Speed.

Ventetiden, indtil de var sikre på, at Speed havde bidt på maddingen, var næsten uudholdelig.

– Eva, sagde Speed. - Er det virkelig dig?

– Ja, hvor er du henne? spurgte Becky.

– Jeg er her.

– Speed, hvorfor slog du mig ihjel?

– Det var ikke mig. Det var Billy, der gjorde det.

Speeds stemme lød næsten grædende. Det var tydeligt, at han var ved at gå helt op i limningen. Det var ved at slå klik for ham.

– Du lyver. Billy er herinde, sagde Becky.

Becky holdt en kunstpause for at øge uhyggen.

– Billy, var det dig, der slog mig ihjel? spurgte Becky.

Lucas efterlignede Billys stemme og udstødte nogle hæse strubelyde.

– Nej, det er en løgn, sagde Lucas med Billys stemme. - Det var ikke mig.

– Det var ikke mig, sagde Speed.

– Skidt med det, sagde Becky. - Giv mig rygeheroin, Billy.

– Jeg har ikke noget, sagde Lucas.

– Speed, har du noget?

– Ja.

– Kom herind med det samme, sagde Becky.

– Okay, men hold Billy i ro, sagde Speed.

Speeds hoved stak frem i døren til kælderværelset. Becky lå i samme stilling, som Eva havde ligget i den dag, da hun døde. Billy gik hen og bøjede sig over Becky, som spillede den døde Eva.

Lucas holdt øje med Speed. Han måtte time sit angreb. Han var nødt til at overmande Speed, når han var så tæt på, at han ikke kunne undvige. Han måtte ikke komme alt for tæt på Becky, da illusionen var langt fra perfekt. På et eller andet tidspunkt ville Speed, på trods af sin psykotiske tilstand, finde ud af, at denne opstilling var falsk.

Speed gik langsomt ind i rummet. Der var et spørgsmål om at time det. Lucas var nødt til at vente med at overmande Speed, indtil han var så tæt på, at han ikke kunne undvige. Han måtte heller ikke komme for tæt på. Illusionen var langt fra perfekt. På et eller andet tidspunkt ville Speeds psykopatiske fornuft fortælle ham, at denne opstilling var fup.

Der var et dødsensfarligt spørgsmål om sekunder. Selvom Speed måtte vide, at Becky og Lucas var inde i rummet, havde han glemt det lige i øjeblikket. Han så ud til at fokusere på de mørke skikkelser, der lignede Eva og Billy. Det gjaldt om at fastholde Speed i illusionen.

– Speed, giv mig rygeheroin, klagede Becky.

Politiet nåede frem og så, at der var lys i kælderrummene og hørte nogle utydelige stemmer. Drabschef Tom Harder og kriminalassistenten kiggede på hinanden. De kunne høre, at nogen talte sammen.

– Kom nærmere, sagde Becky med Evas stemme.

– Jeg har rygeheroin i min lomme, sagde Speed.

Uvidende om politiets nærværelse besluttede Lucas at handle. Han sprang op og sparkede Speed i skridtet. Speed bukkede sammen, og Lucas plantede sin venstre knytnæve i hans ansigt. Lucas tog derefter det stykke vandrør, han havde revet af vasken tidligere, og smadrede det oven i Speeds kranie.

Der lød en uhyggelig knasende lyd fra Speeds kranium. Han så forvirret ud, og ansigtet var forvredet i en grimasse af smerte. Lucas smed halskluden. Speed gik langsomt i gulvet, mens han tog sig til halsen, som om han ikke kunne trække vejret.

Drabschefen og kriminalassistenten trådte ind på gerningsstedet. De måbede af overraskelse. Drabschefen havde tilstrækkelig årvågenhed til at trække sin tjenestepistol.

– Vi kommer rettidigt, sagde drabschefen.

– Hvad foregår her? spurgte kriminalassistenten.

– Jeg serverer Evas morder for jeres fødder, svarede Lucas og pegede på Speed, som lå udstrakt på gulvet.

Denne ordveksling fik en skæbnesvanger betydning. Politiets indblanding fik en direkte negativ betydning. Ordvekslingen fjernede Lucas' opmærksomhed fra den liggende Speed.

Speed rejste sig fra jorden, og med blodet løbende ned ad ansigtet greb han det blodige vandrør. Han hamrede vandrøret direkte i ansigtet på Lucas, der var uforberedt på grund af samtalen med politifolkene. Vandrøret ramte plet med et ordentligt svup. Blodet løb ned ad Lucas' hoved, og han sank i knæ af smerte.

I samme øjeblik flængedes kælderen af pistolskud. En morderisk ild flammede uden varsel fra en pistolmunding. Der blev sendt to skud ind i Speeds krop. Det sidste skud var overflødigt, for han var sunket halvt sammen ved det første skud.

Det var kriminalassistenten, der havde affyret sin pistol i panik. Forskrifter var nu engang forskrifter, ikke andet end sort skrift på hvidt papir, forfattet af Justitsministeriets embedsmænd engang i tidernes morgen. Forskrifterne var i hvert fald glemt. Der havde hverken været advarselsråb eller advarselsskud.

Der blev helt stille. Den mørke kælder kunne fremvise en dyster scene, hvor rødt blod blandede sig med hvidgrå krudtrøg.

– Tilkald en ambulance, sagde Becky.

Tom begyndte at tale i sin mobil. En kvindelig betjent kom farende ned i kælderen, helt bleg i hovedet.

– Der ligger en død kvinde ude i gangen, sagde betjenten.

Lucas kunne høre betjente trampe rundt et andet sted i kælderen. En mandlig betjent kom ind i kælderrummet.

– Jeg har fundet en død mand ved siden af en glaspibe, sagde betjenten.

– Det må være Peter, sagde Lucas.

– Han kan have røget dræberheroin, sagde betjenten.

– Så er der to døde i denne djævelske kælder, sagde drabschefen.

– Ja, Peter og Gerda, sagde Lucas. - De var kærester.

Det var en stor tragedie, der så ud til at ryste de ellers så hærdede betjente. Den uhyggelige kælder fortalte denne nat en historie, der sagde spar to til, hvad kriminalbetjente i København normalt oplevede på en nat. Her var blod, død og mord nok til mange timers snak i politiets kantine.

Drabschefen fiskede et tørklæde op af lommen og forbandt Lucas' sår. Det stoppede ikke blødningen helt. Heldigvis ankom ambulancefolkene, som tog sig af de tre sårede personer. Først hjalp de Speed op af kælderen. Han var den værst tilredte. Derefter hjalp de Lucas og Becky. Oppe på gaden blev alle tre placeret på bårer. Speeds båre blev sat ind i en ambulance.

Nysgerrige strømmede til og samlede sig på gaden. Politiet kunne ikke holde folk væk. De pegede og talte om, hvad der var foregået.

Midt i virakken blev en ambulancedør flået op. Speed kom farende ud. Han var dækket af blod, som sad i ansigtet, i håret, på trøjen og bukserne. Han havde den røde paryk på hovedet. Parykken var blevet farvet i flere nuancer af rødt og mørkerødt blod.

Speed flygtede ud i natten. Han løb hen til Vesterbrogade, drejede om hjørnet og forsvandt ud af syne.

En eller anden i forsamlingen begyndte at skrige. Det hjalp. Et par betjente satte efter Speed, men han havde fået et for stort forspring. Der var ikke gode chancer for at fange ham. Lucas håbede, at Speed ville blive fundet hurtigt.

Lucas tænkte på Les Commediantes og deres totalteater på rådhuset med deres *Dragons and Fireworks*. Der var kun få minutter til midnat. Det passede sammen. Lucas vinkede Tom hen til sig på båren.

– Jeg ved, hvor han vil hen, sagde Lucas.

– Så sig det, sagde drabschefen.

– Tjek teaterstykket *Dragons and Fireworks* på Rådhuspladsen.

– Javel.

Drabschefen styrtede hen mod Rådhuspladsen, som kun var en kort løbetur væk fra Ezy Ryder. Kriminalassistenten fulgte efter med en række betjente i hælene.

Becky og Lucas ventede på at komme ind i ambulancen. Han greb famlende ud efter hendes hånd, fandt den, holdt fast i den og trykkede den.

– Det bliver godt igen, sagde Lucas.

– Ja, det ser godt ud, mumlede Becky.

– Tag det roligt.

– Er det dig, de kalder vovehalsen Lucas?

– Vovehalsen Lucas. Det er jeg aldrig tidligere blevet kaldt.

– Du har reddet mit liv. Mange tak.

– Det er et mirakel. Sig hellere tak til din skaber.

Ved skæbnens ironi var Lucas blevet ramt af et vandrør i hovedet. Han ville fremover undgå at påtage sig opgaver, der involverede farlige kriminelle. Han havde overlevet et farligt spil, som han ikke havde ønsket at blive rodet ind i. Det var et spil, der kunne have kostet både ham selv og Becky livet.

33

Næste morgen lå Lucas på hospitalet og læste avisen om de dramatiske hændelser i kælderen under Ezy Ryder. Død og blod var nu engang føde for avisernes forsider. Der var en dramatisk gengivelse af anholdelsen af Speed på Rådhuspladsen, netop som Les Commediantes gik i gang på rådhusets tag.

Drabschef Tom Harder fik stor ære for anholdelsen. Lucas Becks og Becky Graffs andel var slet ikke nævnt.

Lucas blev udskrevet næste dag. Han gik hjem og fandt avisen med Jes Søndergaards dødsannonce. Han læste dødsannoncen igen, og denne gang ringede alle alarmklokker. Lucas ringede til drabschefen og aftalte at komme hen på politigården og aflægge beretning. Lucas berettede, hvad han vidste. Han startede med, hvad han havde set gennem Hannes vindue i Holte.

– Jeg stod udenfor Hanne Faber Tofts vindue og hørte hende tale med Jes Søndergaard.

– Hvilken rolle spiller Hanne? spurgte Tom.

– Hun distribuerer pakker med hash og anden narkotika.

– Hvorfor skulle en veletableret leder som Hanne Faber Toft spille en stor rolle i narkotikahandlen?

– Hanne lever over evne i den flotte villa i Holte. Hendes mand sidder fængslet i Grækenland og bidrager ikke med noget. Hun er nødt til at finansiere sit overforbrug.

– Måske har du ret. Jeg vil se på det, men jeg har ikke meget at gå ud fra.

– Jeg tror, at Hanne lader som om, hun er kontaktperson for en hensynsløs gangsterboss. I virkeligheden er hun den øverste chef for narkohandlerne.

– Det lyder langt ude.

– Hanne henviser til en hensynsløs chef, som ikke eksisterer. Det giver de små fisk indtryk af en ansigtsløs chef, de skal frygte.

– Hvorfor skulle hun det?

– For at få kontrol over alle de små fisk som Jes, Speed, Villy og Billy.

– Hvis det er sandt, er det genialt. I øvrigt anholdte vi Speed ved rådhuset i nat.

– Jeg har læst om det i avisen. Hanne må have instrueret Speed i at give Eva rygeheroin.

– Hun døde af det.

– Peter døde også af en overdosis rygeheroin.

– Der kan være noget blandet mere i.

– Noget, der gjorde rygeheroinen ekstra farlig.

– Eva var vant til ren rygeheroin. Det ville hun ikke dø af.

Drabschefen sad og kiggede op i loftet. Han så ud til at skulle fordøje alle disse oplysninger. Lucas benyttede chancen til at række ned i sin lomme og hive en plastikpose frem, som han lagde på bordet.

– Jeg fandt den forsvundne pose med rester i vores fælles køleskab, sagde Lucas.

– Jeg får posen og resterne analyseret for fingeraftryk og dna, sagde drabschefen.

– Speed må have begået indbrud for at lede efter posen, da den kunne afsløre ham. Han må have iført sig en rød paryk for at skjule sin identitet.

– Du mener, at han ikke fandt posen.

– Ja, Peter må være kommet ham i forkøbet og have gemt posen i køleskabet.

– Jeg forstår. Peter må have røget indholdet af posen i kælderen under Ezy Ryder.

– Ja, han døde af det ligesom Eva.

Lucas var glad for, at drabschefen hurtigt så ud til at forstå, hvordan det hele hang sammen. Det var ikke nødvendigt at forklare eller uddybe.

– Der er en ting mere, sagde Lucas.

– Hvad? spurgte drabschefen.

– Da jeg stod udenfor Hannes vindue, hørte jeg, at hun skændtes med Jes. Han ville ud af det. Hanne advarede ham og kan have givet ham gift.

– Det tror jeg ikke. Obduktionen viste, at det var madforgiftning.

– Hanne har arbejdet på et apotek og har stor viden om medicin. Blev der kontrolleret for alle giftstoffer?

– Nej.

– Jeg så, at Hanne åbnede en hemmelig skuffe i siden af et chatol i stuen, fandt en pose og tog noget pulver, som hun rørte i Jes' drink. Jeg foreslår, at du tjekker det.

– Det bliver svært at få en ransagningskendelse udelukkende baseret på dit udsagn.

Nogle dage senere fik drabschefen alligevel en ransagningskendelse. Han besøgte Hannes hus og afhørte hende om narkotikahandel og Jes' død. En ransagning af chatollet afslørede det hemmelige rum, der indeholdt hash, rygeheroin, opium, Rohypnol, kloroform og ricin.

Fundet betød, at drabschefen fik tilladelse til at opgrave Jes Søndergaards lig til en ny obduktion. En komplet retskemisk analyse viste spor af ricin og opium i liget.

Retsmedicineren mente, at ricin var skaffet fra illegale producenter af lægemidler. Han var sikker på, at ricin og opium var blevet blandet i en drink, som Jes var blevet lokket til at drikke.

Posen, som Lucas havde fundet, blev analyseret. Analysen viste spor af hash og Rohypnol. Speed forklarede, at Hanne havde givet ham rygeheroin iblandet Rohypnol. Hanne havde udnyttet sin viden fra apoteket til at blande det i rygeheroin, som så ville blive mere virksomt. Virkningen var på sit højeste inden for to timer og kunne forårsage lammelse, besvimelse eller død i for store doser.

Eva havde været forsøgskanin for dette nye stof, som Hanne havde haft store forhåbninger til. Det kunne blive en succes blandt hendes gadehandlere. Desværre fik Eva alt for meget og døde af en overdosis. Speed blev sigtet for at have givet Eva den livsfarlige rygeheroin.

Gerda blev besværlig for Speed, da hun fandt kæresten Peter død i Ezy Ryders kælder. Derfor ryddede Speed hende af vejen i desperation med sin springkniv. Speed blev sigtet for mord på Gerda og for den særdeles grove kidnapning af Becky.

Hanne Faber Toft blev sigtet for mord på Jes Søndergaard, levering af rygeheroin tilsat Rohypnol, hvilket førte til Evas og Peters død, anskaffelse af kloroform og planlægning af bortførelsen af Becky for at ramme Lucas.

Hanne blev også sigtet for bestilling af mordet på Bertil Folke, som Rotte-Charley havde begået med hjælp fra Villy. Hun ville have Bertil straffet, fordi han havde bedraget Hanne med fyrre tusinde kroner i en narkotikahandel.

Endelig blev Hanne sigtet for at have organiseret narkotikahandelen i København sammen med sin mand og Præsidenten.

Med sig selv og størstedelen af hendes bande bag tremmer blev det afslutningen på Hannes dominans over narkotikahandlen omkring Mariakirken i indre København. Desværre blev denne handel hurtigt overtaget af andre narkotikahandlere.